À Marion Zimmer Bradley et Lisa Waters
qui n'ont jamais cessé de m'encourager…

Chapitre 1

Une brise légère agitait les feuilles de l'arbre, mais la jeune fille assise à son pied ne semblait rien remarquer. Âgée de treize ans, l'adolescente appartenait à une des familles Hold qui habitaient les Marches de Valdemar depuis deux générations.

Elle portait les vêtements ternes caractéristiques de ces austères familles : de simples braies marron et une longue tunique à manches. Ses cheveux rebelles avaient été coupés dans la vaine intention de lui donner une apparence plus conforme aux normes strictes des Hold.

La jeune fille cardait de la laine ; ce faisant elle lisait, ce qui était inhabituel pour une enfant Hold. La plupart ne savaient pas lire, un privilège traditionnellement réservé aux hommes et aux garçons. La place de la femme ne s'apprenait pas dans les livres. Mais si quelqu'un avait lu dans ses pensées à ce moment, il aurait pu y découvrir des choses encore plus étranges…

La nuit était sans lune. À côté d'elle, Vanyel n'était qu'une forme noire dans l'obscurité. Stefen le Barde se tenait un peu en retrait, silencieux. Elle savait que les deux hommes étaient là grâce au souffle de leur respiration. Elle aurait pu toucher Vanyel en bougeant à peine la main. Son entraînement et sa discipline lui interdisaient de faire du bruit, malgré la peur qu'elle éprouvait. À la lumière des étoiles réfléchies par la neige, ils pouvaient distinguer le danger mortel qui menaçait Valdemar.

Sous la corniche où ils se cachaient, dans le col étroit séparant Dellcrag et le Mont Thurlos, défilait l'armée des Serviteurs de l'Obscurité. Ils étaient presque aussi silencieux que ceux qui les regardaient ; seuls quelques sons étouffés trahissaient leur présence. Leur discipline l'emplit malgré elle d'admiration – et d'angoisse. Comment les Gardes-Frontières de l'avant-poste du Sud pourraient-ils faire face à ces guerriers-magiciens ? L'armée d'invasion lutterait à cent contre un ; de plus, il ne s'agissait pas cette fois d'une troupe de barbares désorganisés.

Cette armée obéissait à un chef à la volonté de fer, et ses rangs ne comptaient que des soldats entraînés et endurcis.

Elle sursauta quand Vanyel lui effleura la nuque. Quand il tira légèrement sur sa manche, elle se dégagea du buisson, obéissant à son signal.

—Et maintenant ? chuchota-t-elle quand ils eurent quitté la petite corniche et contourné le gros rocher qui se trouvait à présent entre eux et les Serviteurs de l'Obscurité.

—L'un de nous doit aller prévenir le roi, pendant que l'autre les rabattra à l'autre bout de la passe…

—Avec quelle armée ? demanda-t-elle d'un ton sarcastique.

—Tu oublies, petite sœur, que je n'ai pas besoin d'armée.

Une lumière brilla soudain dans la main de Vanyel, illuminant son sourire ironique et baignant son uniforme blanc d'une aura d'un bleu surnaturel. Elle frémit ; ses traits sombres lui avaient toujours paru un peu sinistres, très différents de ceux du garçon à qui il avait uni sa vie, Stefen le Barde.

Vanyel était peut-être le dernier, et le meilleur, des Hérauts-Mages. Les Serviteurs de l'Obscurité avaient détruit les autres. Seul Vanyel avait été assez fort pour résister à leurs pouvoirs.

Elle qui possédait si peu de magie pouvait presque sentir celle de Vanyel, même quand il ne s'en servait pas.

— Mon Compagnon et moi sommes de force à résister à un millier de leurs maîtres-sorciers, continua-t-il avec arrogance. De plus, l'autre extrémité de la passe n'est pas assez large pour nous permettre de marcher tous les trois de front. Nous pourrons les contenir aisément. Je veux faire partir Stefen aussi vite que possible ; Yfandes ne pourrait pas nous porter tous les deux, mais tu es assez légère pour qu'Evalie vous emmène sans problème, lui et toi.

Elle baissa la tête, s'inclinant devant son raisonnement.

— Je n'aime pas beaucoup cela…

— Je sais, petite sœur, mais tu maîtrises fort peu de magie. Evalie est rapide. Plus vite tu partiras, plus vite tu ramèneras de l'aide.

— Vanyel, dit-elle, prenant sa main gantée de cuir dans la sienne, sois prudent.

Soudain, elle eut plus peur pour lui que pour elle-même. Il avait eu un regard étrange quand le roi leur avait confié cette mission : celui d'un homme qui a vu sa propre mort.

— Je serai prudent, petite sœur. Je ne prendrai aucun risque inutile, c'est juré.

Un instant plus tard, elle était en selle ; son Compagnon, Evalie, galopait comme le vent. Elle sentit Stefen le Barde s'agripper à sa taille et eut un peu pitié de lui. Ne connaissant pas Evalie, il parvenait juste à s'accrocher maladroitement, tandis qu'elle était unie au Compagnon par une magie ne pouvant être partagée qu'avec un autre Héraut.

Ils filèrent comme l'éclair. Des arbres tendaient leurs bras squelettiques sur leur passage, essayant de les arracher au dos d'Evalie. Le Compagnon évitait toujours ces pièges, se tortillant comme une belette pour échapper à leurs griffes.

— Ce sont les Serviteurs de l'Obscurité, cria Stefen dans son oreille. Ils doivent savoir que quelqu'un est allé chercher de l'aide. Ils animent les arbres pour qu'ils se dressent contre nous !

Elle comprit que le Barde avait raison. Les arbres bougeaient de leur propre volonté, non au gré du vent.

Elle sentait derrière elle le souffle chaud de la magie noire, lourd comme l'haleine fétide d'un charognard.

Elle poussa Evalie, qui sentait elle aussi l'approche des pouvoirs obscurs. Le Compagnon accéléra, la sueur, sur son cou et ses flancs, gelant presque instantanément. Les arbres tremblèrent de colère et de frustration quand les cavaliers leur échappèrent.

Devant eux la route de la capitale était droite et libre ; Evalie sauta par-dessus un énorme tronc d'arbre abattu et s'y engagea avec un hennissement triomphal.

Une voix appela Talia, brisant l'enchantement où le conte l'avait plongée. Elle leva les yeux.

La silhouette anguleuse de Keldar, la Première Femme, se découpait sur le seuil de la maison familiale. Les mains sur les hanches, l'air sévère dans ses vêtements sombres, elle attendait la réponse de l'adolescente avec beaucoup d'impatience.

Talia soupira et rangea la laine et les brosses de fer ; elle ferma le petit livre relié en toile et mit de côté les pierres qu'elle utilisait pour garder les pages ouvertes lorsqu'elle travaillait.

Keldar n'aurait pas pu trouver pire moment pour l'interrompre ; Vanyel le Héraut était seul, entouré par les Serviteurs de l'Obscurité, et les renforts qu'il attendait n'arriveraient pas avant un certain temps. Connaissant Keldar, Talia savait qu'elle ne pourrait pas retourner à son livre avant des heures, voire le lendemain.

Keldar était très habile pour l'arracher aux petits moments de lecture qui lui étaient accordés à contrecœur.

Cela dit, c'était la Première Femme ; sa parole avait force de loi dans la famille et devait être obéie en toutes choses.

Talia répondit à l'appel avec autant de soumission qu'elle était capable d'en montrer. Elle mit le petit livre dans le panier où elle gardait sa laine et son fuseau.

Le colporteur qui lui avait donné l'ouvrage affirmait qu'il n'avait aucune valeur pour *lui*. Pour elle il était très précieux : elle n'en possédait que trois et celui-ci était le seul qu'elle n'ait pas encore lu. Pendant une heure ou deux, il l'avait transportée dans un monde magique, peuplé de Hérauts et de Compagnons.

Le retour à l'univers ordinaire du travail et la vision du visage aigri de Keldar furent difficiles. Elle soigna son expression dans l'espoir de ne pas laisser voir son mécontentement ; tenant d'une main son panier, elle prit le chemin qui menait à la maison familiale. Quand elle vit la grimace de Keldar, elle comprit que ses efforts ne suffiraient pas à l'amadouer.

La Première Femme remarqua chacun des signes de révolte de Talia. Ils étaient évidents pour quelqu'un ayant son expérience : les pieds qui traînent, le regard obstiné. Keldar serra imperceptiblement les lèvres. Treize ans, et la sale gosse luttait encore contre le joug que les dieux avaient placé sur ses épaules !

Tout cela allait changer, et vite ! Bientôt il n'y aurait plus de temps pour les contes ridicules et l'oisiveté.

— Arrête de froncer les sourcils, mon enfant ! lança Keldar. Tu ne vas pas te faire battre !

Non que la gamine n'ait pas mérité des gifles dans le passé. Hélas, cela n'avait pas servi à grand-chose, sinon à provoquer de faibles protestations de la Mère de son Mari. Mais les dieux voulaient que les enfants obéissent, et s'il fallait les battre pour cela, on les battait d'une main aussi ferme que nécessaire, et on priait pour qu'ils aient enfin compris.

Peut-être Keldar n'avait-elle pas la main assez ferme ? Elle regarda l'enfant, qui approchait à contrecœur ; elle se promit que cela allait changer. Keldar savait que son attitude envers Talia était d'une sévérité proche de l'injustice, mais la gamine avait épuisé toute sa patience.

Qui aurait pu imaginer que la bovine Bessa aurait enfanté une fille aussi rebelle et inadaptée ? L'enfant ressemblait parfois à un animal sauvage, insoumis, indomptable. Et dire que Bessa avait eu le mauvais goût de mourir en couches et de laisser aux autres femmes la responsabilité de l'éducation de ce canard boiteux ! Talia ressemblait si peu à sa génitrice que Keldar pensait parfois aux korrigans.

L'enfant n'était-elle pas née le jour du solstice d'été, une période propice aux événements étranges ? Elle ne ressemblait pas non plus au grand homme fort et blond qu'était son père.

Mais non. Tout cela était de la superstition, et celle-ci n'avait pas sa place dans la vie d'une famille Hold.

— Dépêche-toi, mon enfant, s'impatienta Keldar. Ou veux-tu que je t'encourage avec ma canne ?

— Oui, ma mère. Je veux dire, non, ma mère ! répondit Talia d'une voix aussi neutre que possible.

Elle essaya d'adoucir son expression pour la rendre acceptable à son aînée.

Pourquoi m'appelle-t-on ? se demanda-t-elle, nerveusement. D'habitude, lorsqu'on la faisait venir, c'était mauvais signe.

— Eh bien, entre, entre donc ! Ne m'oblige pas à rester dehors tout l'après-midi !

Le visage de Keldar ne trahissait aucune indication sur ce qui allait suivre. Tout en elle, de sa coiffure austère au pli impeccable de ses vêtements, donnait l'image d'une femme contrôlant totalement sa vie. Comme elle le rappelait souvent, elle incarnait tout ce que devait être une Première Femme.

Dans sa hâte de dépasser l'autoritaire Première Femme, Talia trébucha sur le seuil. Keldar émit un rire ironique venu du fond de sa gorge ; Talia se sentit rougir. Keldar avait le chic pour lui donner l'impression d'être gauche et maladroite, un vrai garçon manqué.

L'enfant mobilisa ce qui restait de son sang-froid et se glissa dans l'entrée, sombre et sans fenêtre. Elle aurait aimé s'arrêter pour s'accoutumer au noir, mais la présence menaçante de Keldar, derrière elle, la força à aller de l'avant. Elle avança en tâtonnant sur le plancher usé, espérant ne pas trébucher de nouveau.

Puis elle entra dans la salle commune, éclairée par trois fenêtres. Soudain sa bouche devint sèche de peur : *toutes* les femmes de son père étaient là, assises autour de la table où la famille prenait ses repas. Huit paires d'yeux bleus ou marron se levèrent vers elle.

Paniquée, elle passa en revue les bévues commises récemment ; aucune n'était assez grave pour justifier sa comparution devant *toutes* les épouses de son père.

Du moins, elle n'en avait pas l'impression...

Sauf si elles avaient découvert qu'elle s'était faufilée dans la bibliothèque paternelle pour lire à la lumière de la pleine lune. Elle y avait trouvé quelques livres d'Histoire presque aussi passionnants que ses récits héroïques.

Si on découvrait ce qu'elle avait fait, elle serait battue tous les jours pendant une semaine, et « exilée » pendant un mois, c'est-à-dire enfermée la nuit dans une petite pièce et isolée le jour. Personne ne lui parlerait, sauf Keldar, qui lui assignerait ses tâches. Cela lui était déjà arrivé deux fois cette année ; Talia n'était pas sûre de le supporter une troisième.

Keldar prit place à la table.

—Eh bien, mon enfant, dit-elle, tu as treize ans aujourd'hui.

Talia faillit sourire de soulagement. Ce n'était donc que cela ? Le discours annuel sur ses responsabilités croissantes ?

Elle se prépara à recevoir respectueusement la sagesse de ses aînées. Ensuite, on la renverrait à ses travaux, et à la fin de son récit...

—Oui, treize ans, répéta Keldar, et il est temps de penser au Mariage.

Talia eut l'impression que son cœur venait de cesser de battre. *Oh non, pas ça !*

—Tu n'y es pas préparée, bien sûr, continua la Première Femme, aucune fille ne l'est. Mais tu as tes règles depuis un an maintenant, tu es en bonne santé, et tu devrais pouvoir être mère avant la fin de l'année. Ton Honorable Père t'accorde pour dot *trois champs entiers*, c'est plus que suffisant.

L'expression amère de Keldar montrait qu'à ses yeux c'était *beaucoup trop* ! Talia serra le bord de la table à s'en faire blanchir les phalanges

—Plusieurs Anciens t'ont déjà demandée à ton père, reprit-elle, soit comme Première Femme pour leurs fils, soit comme Épouse Secondaire pour eux. Nous t'avons correctement formée ; tu sais coudre, faire le ménage et la cuisine, carder et tisser la laine... Tu apprendras le reste plus tard. On ne te demandera pas de t'occuper de la tenue de la maison avant plusieurs années.

Keldar s'assit et croisa les mains sur son tablier, droite comme un « i ». L'Épouse Secondaire Isrel se leva et continua le sermon.

—Les deux positions ont leurs avantages, tu sais, dit-elle. Si tu deviens Première Femme, tu auras un jour ta propre maison, et tu la dirigeras. Si tu choisis d'être Épouse Secondaire, jamais tu n'auras besoin de prendre de décisions. Tu n'auras rien d'autre à faire que t'occuper de ton travail et porter tes enfants. Nous ne voulons pas que tu sois malheureuse, Talia. Aussi voulons-nous te voir choisir la vie pour laquelle tu te sens le mieux préparée. La *vie*, pas l'*homme*, bien entendu, gloussa-t-elle. D'ailleurs tu n'en connais aucun !

— Isrel ! cracha Keldar, cette remarque est inconvenante, surtout pour les oreilles d'une gamine ! Allons, mon enfant, quel choix fais-tu ?

Talia aurait préféré mourir plutôt que finir comme son amie Nada, battue chaque nuit par son époux, ou comme sa mère. Sans pouvoir s'en empêcher, elle lâcha :

— Je n'ai aucune envie de me marier !

Choquées et incrédules, les neuf Épouses restèrent muettes de saisissement.

— Talia, ma chérie, dit une voix douce, nous n'avons jamais pensé à te poser la question.

C'était la Mère de son Père, assise un peu en retrait.

La seule personne de la maison qui ne semblait pas considérer tout ce qu'elle faisait comme répréhensible.

— Que la grande Mère nous pardonne, nous ne t'avons pas demandé si tu avais la Vocation. La Déesse t'a-t-elle appelée à son service ?

C'était pire encore que le mariage ! Talia avait visité une fois le Cloître du Temple, où des femmes silencieuses, enveloppées des pieds à la tête dans les lourds vêtements religieux, passaient leur vie en prière pour les âmes des disparus. Leur existence l'avait remplie d'horreur.

Elle secoua la tête, incapable de parler.

Keldar se leva et vint se camper devant elle.

— Tu ne veux pas d'un Mariage honorable, tu ne veux pas servir la Déesse ! Qu'est-ce qui ne va pas, enfant ? Que *veux*-tu ?

Elle ouvrit la bouche et trahit son rêve le plus secret.

— Être un Héraut !

Keldar la regarda comme si elle était devenue folle.

— Tu veux… tu veux… (Puis elle se tourna vers la Mère de son Époux.) Vous voyez ce qu'il arrive quand on permet à une fille de s'élever au-dessus de sa position ! Je vous avais dit que cela nous pendait au nez à la laisser ainsi se remplir la tête de sottises !

Elle se tourna vers Talia pour reprendre sa harangue.

Mais la jeune fille était partie.

Sanglotante, elle sortit de la maison et courut à travers champs. Elle traversa un bosquet, continuant sa course jusqu'à la cachette qu'elle s'était trouvée et que personne d'autre ne connaissait.

Deux ans plus tôt, Talia avait découvert une caverne peu profonde qui s'ouvrait sous les racines d'un arbre énorme. Ayant apporté un peu de paille et quelques vieilles couvertures, elle y gardait ses deux autres livres. À l'abri des regards, elle avait passé de nombreuses heures à les consulter.

Elle se jeta sur ses couvertures et pleura hystériquement. Les nerfs à vif, elle prêta tout de même attention aux sons environnants, sachant qu'on ne tarderait pas à la chercher.

Quand les bruits se rapprochèrent, elle étouffa ses sanglots dans la couverture. Ses poursuivants ne retrouvèrent pas sa trace. Lorsqu'ils furent partis, elle put de nouveau donner libre cours à sa peine.

Elle pleura jusqu'à ce que ses yeux ne puissent plus produire de larmes. Puis, les genoux serrés contre sa poitrine, elle se balança d'avant en arrière, plus misérable qu'elle ne l'avait jamais été. Les choix qui s'offraient à elle semblaient pires les uns que les autres. Même si elle s'excusait auprès de Keldar, elle était sûre que l'Époux qu'on lui choisirait serait abominable : quelque vieux gâteux intéressé par sa dot, ou un jeune homme brutal et vicieux du genre de son frère Justus, à qui on dirait de lui apprendre les manières convenant à une bonne épouse.

Et si Keldar décidait d'en faire une Servante du Temple ? Elle passerait le reste de sa vie dans le cloître, sans voir de livres, sans liberté, sans espoir…

Elle songea un instant à s'enfuir, à quitter la maison familiale et les Hold. Mais elle se souvint des visages affamés des rares travailleurs itinérants qu'elle avait vus dans sa vie. Il n'y avait jamais eu de femmes parmi eux. Elle savait qu'elle n'était pas préparée à ce genre de vie. Avec les vêtements qu'elle portait et quelques couvertures trouées, comment survivrait-elle ?

Si seulement elle avait été dans un des récits qui l'enchantaient…

Une voix inconnue, énergique mais calme, prononça son nom. Elle répondit, puis sortit de sa cachette sans hésiter. Devant elle, resplendissant, se tenait une femme Héraut, tout de blanc vêtue. Son Compagnon était près d'elle, blanc comme la neige, la crinière et la queue doucement agitées par la brise. Le soleil leur faisait un halo glorieux. Aux yeux de Talia, le Héraut ressemblait à une image de la Déesse, forte et fière. Derrière, abasourdis et honteux, se tenaient Keldar et son Père.

— Tu es Talia ? demanda le Héraut.

Elle acquiesça.

Le Héraut sourit.

— Que la Déesse soit louée ! Depuis des mois, nous te cherchons. Nous n'avions que ton nom pour nous guider…

— Vous me cherchiez ? Pourquoi ?

— Pour que tu deviennes l'une de nous, petite sœur. Les dieux eux-mêmes l'ont décrété. Regarde ! Voici ton Compagnon !

Talia vit une gracieuse jument blanche au long cou s'avancer vers elle. Le Compagnon était caparaçonné de bleu et d'argent, de petites clochettes étant accrochées à ses rênes et à sa bride.

Talia courut vers la jument en poussant un cri de joie. Le Héraut l'aida à monter en selle. Keldar et son père la regardèrent, pensant sans doute à toutes les punitions qu'ils lui avaient infligées et dont elle se vengerait peut-être maintenant qu'elle en avait le pouvoir.

Un bruit de sabots, sur la route, fit éclater la bulle de son rêve éveillé. Elle craignit un instant qu'il ne s'agisse d'un serviteur de son père parti à sa recherche, mais elle constata très vite, à l'oreille, que les hongres paternels n'étaient pas ferrés ainsi. De plus, un seul type d'équidés avait des rênes ornées de petites clochettes : les chevaux magiques de la légende, les Compagnons des Hérauts.

Talia avait beaucoup rêvé aux Hérauts, mais elle n'en avait jamais rencontré. L'idée qu'elle allait le faire sécha ses larmes. Pendant un moment, déterminée à oublier ses problèmes et sa position précaire, elle serait plongée dans un univers magique dont elle chérirait toute sa vie le souvenir.

La jeune fille se pencha hors de sa cachette pour regarder.

Elle se pencha si bien qu'elle perdit l'équilibre et dévala le talus, se heurtant douloureusement aux racines et aux rochers. Rien n'arrêta sa chute. Elle roula sur la route et s'y étala, face contre terre, les mains égratignées, les côtes douloureuses et les yeux pleins de boue. Elle tourna la tête sur le côté et se trouva le nez contre des sabots d'argent.

Avec un cri étranglé, elle bondit sur ses pieds. Le cheval la regardait calmement.

Sa première idée fut que le nom de « cheval » ne convenait pas vraiment au Compagnon d'un Héraut. Il en était aussi différent qu'une panthère l'est d'un chat.

Le Compagnon n'avait pas de cavalier. Il était entièrement équipé, sellé d'argent et de bleu. Talia n'avait jamais vu un cheval ayant cette puissance, cette allure aérienne. Il était blanc, comme tous les Compagnons, mais d'un blanc radieux, éthéré, qui semblait irréel.

Et ses yeux…

Talia se perdit dans les iris azur du Compagnon, des iris profonds comme la mer, plus purs que le ciel, si pleins d'amour qu'il ne restait aucune place pour le doute.

Oui, petite sœur, te voici enfin. Tu es mon élue. Toi entre toutes. Après tant de recherches, je t'ai enfin trouvée, petite sœur de mon âme ! Je suis à toi comme tu es à moi. Nous ne connaîtrons plus jamais la solitude…

Les mots étaient impuissants à exprimer son émotion. Sa joie était si forte qu'elle en devenait presque douloureuse. C'était comme des retrouvailles, la liberté et l'envol ; l'amour et l'acceptation tels qu'elle ne les avait jamais connus. Elle y répondit de toute son âme.

Oublie maintenant, petite sœur. Oublie, jusqu'à ce que vienne le moment de te souvenir…

Elle revint à la réalité avec un léger sursaut. Il lui semblait que quelque chose d'important était arrivé, mais elle ne savait pas quoi. Pourtant le sentiment qu'elle s'en souviendrait un jour l'envahit.

Un naseau tiède se fourra doucement dans sa main. Le Compagnon hennit doucement.

Tania eut l'impression qu'on la serrait dans des bras aimants. Elle passa les siens autour du cou du Compagnon et pleura sans retenue dans sa crinière soyeuse. Au contraire des larmes solitaires versées dans sa cachette, celles-ci lui apportèrent la paix et le soulagement. Au bout d'un moment, elle se sécha les yeux avec un coin de sa tunique et regarda de nouveau autour d'elle.

Elle lâcha le cou du Compagnon et l'examina. Un bref instant, elle fut tentée de sauter sur son dos et de partir à l'aventure. Puis son sens commun reprit le dessus.

—Tu as dû échapper à quelqu'un, n'est-ce pas ? Tu appartiens sûrement à un Héraut. Je n'ai pas le droit de te garder. Il faut te ramener à tes maîtres…

L'espoir renaquit quand une pensée lui traversa l'esprit.

—Peut-être me seraient-ils reconnaissants si je te ramenais. Avec un peu de chance, ils me laisseraient travailler pour eux ? Ils doivent avoir besoin de quelqu'un pour la cuisine, la couture et toutes ces choses. Je ferais n'importe quoi pour les Hérauts. Dans mes histoires, ils sont si bons, si généreux. Je parie qu'ils me laisseraient lire quand je n'aurais rien à faire. Je pourrais peut-être même te voir, une fois de temps en temps…

Le Compagnon hennit et tendit le cou vers elle. Il la poussa vers sa selle, lui indiquant qu'elle devait y monter.

—*Moi* ? fit-elle, stupéfaite. Je ne pourrai pas…

Elle avait une conscience aiguë de ce qu'il était, et de ce qu'*elle* était : une gamine ordinaire et mal fagotée.

Les yeux bleus semblèrent la regarder avec impatience. Le Compagnon tapa du pied et secoua sa crinière.

Après tout, qui la verrait ?

— Tu es sûr que cela ne te gêne pas ? Je peux, vraiment ?

Il secoua la tête de nouveau ; les clochettes tintèrent. L'animal semblait vouloir dire que ses hésitations étaient ridicules.

— Tu as raison, fit-elle soudain.

Sans réfléchir plus avant, elle sauta en selle.

Talia avait déjà chevauché, profitant de la moindre occasion pour monter tout animal en âge de porter son poids, dressé ou non, sellé ou à cru. Elle était l'aînée des enfants de la famille ; à ce titre, la seule jugée assez responsable pour aller au village délivrer des messages ou faire des courses. Au moins une fois par semaine, elle chevauchait pour ces sorties légitimes.

Le reste du temps, elle montait sans autorisation – quatre ou cinq fois par semaine.

Mais enfourcher un Compagnon était une chose très différente. Son allure était si régulière qu'en fermant les yeux elle aurait pu imaginer qu'ils étaient immobiles. Les bêtes de son père devaient toujours être poussées pour aller autrement qu'au trot. Le Compagnon s'était mis au galop de son propre chef ; il courait plus vite qu'aucun des animaux paternels. L'air embaumé coulait autour d'elle comme de l'eau sur les écailles d'un poisson. Toute pensée la quitta. Il lui sembla que le vent avait emporté ses misères.

Si c'était un rêve, Talia espéra qu'elle mourrait au milieu, n'ayant jamais besoin de se réveiller et d'affronter de nouveau la sombre réalité.

Chapitre 2

Très vite, ils furent loin de la maison ; bien plus que Talia était jamais allée. La route, parallèle à la rivière, était bordée d'un côté par un talus escarpé couronné d'une végétation touffue, et de l'autre par la berge en pente douce qui menait au cours d'eau.

La rivière, à cet endroit, était large et coulait lentement. Il n'y avait pas trace d'habitation. Talia n'entendait que le chant des oiseaux et le bourdonnement des insectes. Il n'y avait en vue que des arbres et la route qui s'étirait à l'infini. Talia aurait juré qu'ils avaient laissé loin derrière eux les terres des Hold.

Sous le soleil encore haut et agréablement chaud, la route se révéla composée d'une matière inconnue pour elle, car jamais elle ne s'était aventurée aussi loin de ses pénates. Les sabots du Compagnon ne soulevaient pas de poussière. L'odeur des bourgeons et des plantes sauvages la grisait comme du vin ; elle ouvrait grands les yeux, décidée à profiter de cette escapade. Bientôt, elle rencontrerait le Héraut à qui appartenait le Compagnon, et l'aventure serait terminée. Il était peu probable qu'elle ait jamais l'occasion d'en chevaucher un de nouveau… Chaque instant était précieux ; elle se jura d'en garder le souvenir pour plus tard.

Comme le temps passait, et qu'aucun Héraut n'apparaissait, Talia tomba dans une sorte de transe. Le galop régulier du Compagnon et la monotonie de la route étaient hypnotiques. À la lisière de sa conscience, quelque chose la réconfortait, la tranquillisait. Elle sortit de sa transe un peu plus tard, quand le soleil couchant se refléta dans ses yeux. Son anxiété et ses craintes l'avaient quittée pendant qu'elle chevauchait. Elle ne ressentait plus qu'un grand calme – le sentiment que ce voyage était nécessaire et légitime – et de l'émerveillement.

La nuit tombait rapidement ; le Compagnon et elle étaient toujours seuls.

Le paysage avait changé pendant qu'elle avançait, perdue dans ses pensées. Les bois et les champs, sur sa droite, étaient maintenant de niveau avec la route, et la surface de la rivière ne s'en trouvait qu'à un pied ou deux. Talia était certaine d'avoir laissé derrière elle les terres des Hold, sises dans les Marches du royaume.

— Allons-nous voyager toute la nuit ? demanda-t-elle au Compagnon, qui tourna la tête pour capter ses paroles.

Il hennit, secoua sa crinière et ralentit. Le chant des oiseaux s'était calmé ; désormais on entendait les petits gazouillis qu'ils ont coutume d'émettre avant de retourner au nid pour la nuit. Le Compagnon semblait chercher quelque chose sur le côté boisé de la route ; du moins, ce fut ce que Talia déduisit en le voyant faire. Quand le soleil couchant teinta de rouge sa robe blanche, il sembla avoir trouvé ce qu'il cherchait. Soudain il quitta la route et partit au trot sur un sentier qui serpentait dans les bois.

— Où vas-tu ? cria Talia.

Il secoua la tête et continua à avancer. Des deux côtés du sentier, les arbres étaient trop près pour que Talia songe à descendre de sa monture. Dans les fourrés, les ombres étaient épaisses, réveillant chez elle des peurs ancestrales. Elle se mordit les lèvres de frustration et d'inquiétude. Accrochée de son mieux à la selle, elle attendit.

Le sentier s'élargit bientôt pour donner sur une clairière, au milieu de laquelle se trouvait une petite habitation sans fenêtre mais pourvue d'une cheminée. Elle était bien entretenue et apparemment vide. Talia la reconnut grâce à ses lectures. C'était un abri de voyage pour les Hérauts.

— Je suis désolée, fit-elle, contrite. Tu savais *exactement* où tu allais, n'est-ce pas ?

Le Compagnon s'arrêta devant la porte de la cabane, secoua sa crinière et attendit que Talia descende de son dos.

Les récits allaient lui être d'une grande aide. Grâce à eux, elle savait ce qu'elle trouverait dans l'abri et à peu près à quel endroit. Elle se laissa lentement glisser à terre et se rendit compte, un peu étonnée, qu'elle avait du mal à bouger. Jamais elle n'avait passé autant de temps en selle ; les muscles de ses jambes étaient raides et endoloris.

Son premier devoir était de s'occuper du Compagnon. Elle lui ôta sa selle et ses rênes, et constata avec étonnement que la bride n'avait pas de mors. Il était impossible de « contrôler » le Compagnon avec ce dispositif.

Les implications étaient intéressantes.

Elle rangea soigneusement la sellerie à côté de la porte de l'abri ; puis elle souleva le loquet et regarda à l'intérieur de la petite pièce. Il restait juste assez de lumière pour lui permettre de trouver ce qu'elle cherchait : un briquet à amadou posé sur l'étagère, proche de l'entrée.

Avec grand soin, elle alluma un petit feu, juste de quoi éclairer l'intérieur de l'abri. Grâce à la lumière, elle trouva ce dont elle avait besoin, des chiffons pour nettoyer la sellerie, et une étrille pour le Compagnon.

Tandis qu'elle éliminait de sa robe d'un blanc pur le moindre grain de poussière et de sueur, il se tint bien plus tranquille que les chevaux de son père. Quand elle eut terminé, il trotta au centre de la clairière et se roula dans l'herbe. Elle gloussa de le voir abandonner ainsi sa dignité et se comporter comme un cheval ordinaire, surtout après la façon solennelle dont il s'était conduit jusque-là, comme si c'était lui qui l'amenait à quelqu'un, et non l'inverse.

Avec le même soin elle nettoya la sellerie, humant avec un plaisir presque sensuel l'odeur du cuir. Elle rangea le tout dans la pièce, juste côté de la porte, à l'abri de la rosée.

Il y avait deux seaux près de la pile de chiffons. Elle les prit et alla à la rivière tant qu'il faisait assez clair. Le Compagnon la suivit, folâtrant comme un poulain ; elle remplit ses seaux et il se désaltéra dans le courant.

Le contact de l'eau délicieusement fraîche lui rappela qu'elle était en sueur et couverte de poussière après ses aventures de la journée. Les enfants des Hold grandissaient dans une scrupuleuse propreté ; Talia détestait se sentir sale.

— Tu as beau être un Compagnon, dit-elle à l'étalon, tu sens tout de même le cheval, et moi aussi ! Crois-tu qu'il soit possible de se baigner ici ?

Le Compagnon hennit, puis s'approcha de la berge et frappa l'eau d'un sabot. Talia le suivit.

— Oh, dit-elle en regardant les plantes qui poussaient sur le bord, des racines à savon ! Les Hérauts n'en auraient pas planté s'il était dangereux de se baigner !

Sans plus réfléchir, elle se déshabilla et entra dans l'eau, ses vêtements à la main. En séchant, ils se froisseraient probablement, mais c'était mieux que leur état actuel de saleté.

L'eau avait été chauffée par le soleil et le fond de la rivière était sablonneux. Elle barbota et folâtra telle une otarie, ravie de pouvoir nager nue comme un tout-petit, sans avoir à se soucier de ce que dirait Keldar si elle la surprenait. Talia savait qu'elle avait hypothéqué son avenir : après une telle fugue, une fille en âge de se marier n'avait aucune chance d'être reprise par sa Maison, sinon comme servante taillable et corvéable à merci. L'idée l'effraya un moment. Puis son regard se posa sur la forme lumineuse du Compagnon blanc qui l'attendait patiemment ; elle décida que rien d'autre n'avait d'importance.

Ses vêtements rincés, elle revint vers l'abri quand le vent commença à la transir. Le Compagnon la suivit. Quand ils arrivèrent, il la poussa vers la porte avec ses naseaux en hennissant d'un ton suppliant. Le message était clair. Et Talia ne trouvait plus étrange d'obéir aux souhaits d'un cheval.

— Gourmand ! dit-elle en riant. Tu veux ton souper, n'est-ce pas ? Ah, cela t'apprendra à t'enfuir de chez toi, Rolan !

Elle s'interrompit et fronça les sourcils.

— Où ai-je bien pu trouver ce nom ? se demanda-t-elle à haute voix, intriguée.

Elle se tourna vers le Compagnon :

— Est-ce toi qui me l'as soufflé ? C'est bien ton nom ? Rolan ?

Elle eut un instant la sensation étrange d'être deux personnes à la fois, ou de voir l'univers à travers les yeux de quelqu'un d'autre. C'était bizarre, mais pas inquiétant. Puis cela s'estompa.

— De toute façon, il faut bien que tu aies un nom, n'est-ce pas ? Qu'importe d'où il vient ! Je vais mettre mes affaires à sécher, Rolan, puis j'irai chercher les seaux. Ensuite je m'occuperai de notre repas à tous les deux.

Elle prépara une portion généreuse de grain pour l'étalon, et une bouillie aux fruits et aux céréales pour elle. Il termina son repas avant que la bouillie de Talia soit prête et vint se coucher à côté d'elle, l'air parfaitement satisfait. Les feuilles des arbres frémissaient, les insectes chantaient. La lueur du feu faisait briller la robe immaculée de Rolan ; Talia se sentit extraordinairement heureuse.

— Ce que je ne comprends pas, dit-elle, c'est pourquoi tu t'es échappé. Je pensais que les Compagnons ne faisaient pas ce genre de choses…

Rolan ouvrit les yeux et prit l'air innocent.

— J'espère que tu sais où nous allons, parce que je n'en ai pas la moindre idée ! Mais je suppose que nous finirons par rencontrer un Héraut ; il saura que faire de toi.

La bouillie sentait bon et avait l'air cuite. Elle retira la marmite du feu avec une branche et attendit qu'elle ait un peu refroidi avant de manger avec les doigts.

— C'est vraiment bizarre que tu sois arrivé à ce moment, dit-elle. Sans toi, je suppose qu'on m'aurait retrouvée avant la nuit ou que je me serais résignée et que je serais rentrée de moi-même. (Elle lui jeta un regard interrogateur.) Dis-moi, tu n'es tout de même pas venu pour *me* sauver ? Non, c'est ridicule ! Je ne suis pas un Héraut, juste une fille Hold un peu bizarre ! Pourquoi voudrais-tu me sauver ? D'ailleurs, si c'était le cas, tu aurais amené ton Héraut, n'est-ce pas ? Ah, si seulement ce pouvait être *moi*, soupira-t-elle. J'aimerais tellement que ce soit vrai !

Rolan avait les yeux fermés et sa tête dodelinait. Talia, le ventre bien rempli, commença à somnoler aussi. La forêt devenait très sombre et le sol était dur. L'intérieur de l'abri parut soudain très attrayant à une adolescente qui n'avait pas souvent dormi à la belle étoile, et jamais seule.

— Si tu t'endors, je crois que je vais faire pareil.

Elle éteignit le feu, laissant la marmite de bouillie au chaud sous les braises, pour son petit déjeuner. Puis elle ramassa des brassées d'herbe pour s'en faire une paillasse. Quand elle se fut installée, Rolan, tel un chien de garde, vint se coucher en travers de la porte. Elle s'endormit très vite.

L'enfant fut réveillée par le chant des oiseaux et les naseaux de Rolan, qui lui touchait l'épaule. Encore à demi endormie, elle eut du mal à se souvenir de l'endroit ou elle se trouvait. Puis les événements de la veille lui revinrent à la mémoire. Elle bondit de son lit d'herbes odorantes et se jeta au cou de Rolan, folle de joie que tout cela n'ait pas été un rêve.

Elle déjeuna rapidement, fit sa toilette et nettoya l'abri du mieux qu'elle put. Enfin, elle enterra les cendres du feu éteint, se sentant légèrement coupable, car l'étiquette eût voulu qu'elle remplace le bois qu'elle avait utilisé ; sans hache, cela lui était impossible. Heureusement, sa culpabilité fut allégée par le fait qu'on était au milieu de l'été ; de plus, elle avait pris soin d'utiliser aussi peu de bois que possible. Quand tout fut en ordre, elle sella Rolan et ils reprirent la route.

La matinée s'écoula rapidement. Chaque instant passé en compagnie de Rolan était un vrai plaisir, et il y avait beaucoup plus de choses à voir. Les bois cédaient peu à peu la place aux champs cultivés ; elle aperçut au loin du bétail en train de paître, et quelques cottages aux murs couverts de lierre, ombragés par des arbres. Puis, juste après que le soleil eut atteint son apogée, la route s'incurva et descendit vers un hameau niché dans une petite vallée.

Talia ne put s'empêcher d'écarquiller les yeux. Ce village ne ressemblait pas du tout à celui près duquel elle avait vécu toute sa vie. Les familles Hold ne portaient que des couleurs sombres. Ici, chacun avait au moins une touche de couleur vive sur ses vêtements ou dans les cheveux. Certains, dont l'allure montrait qu'ils étaient prospères et n'avaient pas à craindre de salir leurs vêtements en travaillant, étaient même entièrement vêtus de couleurs vives. Et les maisons affichaient un air de fête, avec leurs murs peints de motifs bariolés et leurs volets assortis.

Ces bâtisses semblaient extrêmement étranges à Talia, car elles étaient minuscules. Il n'y avait pas de place pour les Épouses Secondaires et leurs petits ; elles pouvaient tout juste contenir un homme, sa Première Femme, et quelques enfants. Talia se demanda si les Épouses Secondaires avaient chacune leur maison. Elle gloussa en imaginant l'Époux courant au cœur de la nuit afin de rendre ses devoirs à chacune de ses femmes.

Enfin, le village, malgré son air prospère et bien entretenu, n'était protégé par aucune barricade. C'était une notion surprenante pour quelqu'un qui avait toujours vu des murs et des fortifications autour des lieux d'habitation.

Quand elle aperçut un homme debout près d'une cabane placée à l'entrée du village, elle tira sur les rênes de Rolan pour l'arrêter. Vêtu d'un uniforme bleu vif et de bottes assorties, il avait l'air d'un garde. Talia vit sur son dos un carquois, garni de flèches ; un arc reposait à côté de lui, contre le mur de la hutte.

Toute sa vie, Talia avait appris à craindre les hommes, surtout ceux qui étaient en position d'autorité. L'Époux détenait le droit de vie et de mort sur les membres de sa famille ; il décidait des récompenses pour bonne conduite comme des punitions en cas de transgression. Combien de fois les Aînés ou son père avaient-ils décidé de la battre ou de la condamner à la réclusion pour des fautes bien moins graves que ce qu'elle avait fait ces deux derniers jours ? Talia ne comptait plus les occasions, elles étaient trop nombreuses ! Cet étranger allait peut-être lui infliger le même genre de punition ou, pire encore, la renvoyer dans sa famille. Pourtant, il lui fallait bien parler à quelqu'un ; un jour s'était écoulé et elle n'avait toujours pas la moindre idée de l'origine du Compagnon.

L'homme avait un visage ouvert et amical ; elle prit son courage à deux mains et s'adressa à lui :

— Pardonnez-moi... monsieur, bégaya-t-elle, n'auriez-vous pas connaissance d'un Héraut qui aurait perdu son Compagnon ?

Il sembla surpris par la question et il s'approcha lentement, comme pour ne pas les effrayer – cela, constata Talia avec soulagement, en laissant son arc contre le mur de la cabane.

— Non, jeune demoiselle, répondit-il. Pourquoi cette question ?

— Hier, j'ai trouvé ce Compagnon seul sur la route, et j'ai pensé que je devais essayer de le ramener à son propriétaire, expliqua-t-elle avec quelque hésitation, toujours effrayée à l'idée que l'homme décide de la mettre en état d'arrestation ou de la traîner devant un Conseil des Aînés.

Il l'examina des pieds à la tête ; elle s'agita, mal à l'aise.

— D'où viens-tu, mon enfant ? demanda-t-il enfin.

— De la famille Sens, près de Cordon. Par là, fit-elle en montrant la direction générale d'où elle arrivait.

— Ah, une famille Hold, dit-il comme si cela expliquait tout. Eh bien, jeune fille, il n'y a qu'une seule chose à faire quand on trouve un Compagnon solitaire : le ramener personnellement au Collegium des Hérauts.

— Moi ? dit-elle, inquiète. Je dois le ramener au Collegium ?

Il fit signe que oui.

— Est-ce très loin ?

— Avec un cheval ordinaire, il faut trois semaines au moins, suivant le temps. Mais avec le Compagnon, et comme tu ne pèses pas plus qu'une plume pour lui, vous devriez y être en huit ou neuf jours, peut-être un peu plus.

— Huit ou neuf jours ! s'écria-t-elle, terrorisée.

Ses vêtements étaient déjà sales et tachés. Dans huit jours, elle aurait l'air d'une vagabonde. Où qu'elle arrive, on la prendrait probablement pour une voleuse !

Les yeux de l'homme se plissèrent. Avec un sourire, il reprit :

— Ne t'inquiète pas, jeune demoiselle. La reine a prévu ce genre de choses. Attends un moment.

Elle n'avait pas le choix : Rolan semblait vissé au sol. L'homme revint rapidement, chargé de deux sacoches et d'un manteau de laine brune. Il tenait un petit morceau de métal dans la main gauche.

— Dans le sac de droite il y a quelques vêtements de rechange, qui devraient être à ta taille.

Il interrompit d'un geste ses protestations…

— Non, non, jeune fille, ne t'inquiète pas. Je t'ai dit que la reine elle-même a prévu ce genre de cas. Si nous t'aidons, le village entier ne paiera que la moitié des impôts, l'an prochain. Le sac de gauche contient quelques broutilles utiles : de l'amadou, une brosse et un peigne, plus diverses choses dont tu auras besoin si ton Compagnon ne trouve pas d'abri de voyage. N'aie pas peur de te servir de ce qu'il y a dans les refuges, ils sont là pour ça.

Il jeta les sacs en travers du dos de Rolan et les attacha fermement à la selle.

— Le manteau est en laine huilée, il te protégera de la pluie. En cette saison, il devrait être assez chaud même si le temps se gâte. Il est un peu grand, mais ce n'est pas grave, il ne t'enveloppera que mieux ! Ah, voici le patron de l'auberge !

Un petit homme rondouillard au visage aimable monta la petite pente en soufflant. Il portait une outre, une bourse et un sac d'où montait une délicieuse odeur de viande qui fit venir l'eau à la bouche de Talia ; son estomac avait oublié depuis longtemps le petit déjeuner !

— J'ai vu que tu n'avais pas de bourse, dit le garde, alors j'ai demandé à Daro de t'en procurer une. Les gens oublient toujours des tas de choses à l'auberge.

— L'outre est pleine d'eau de source bien fraîche, dit l'aubergiste en l'accrochant à l'un des nombreux anneaux de la selle. Il y a un couteau et une cuiller dans la bourse. Mets-la à ta ceinture, comme ceci ! Tu n'imagines pas le nombre de couverts que les gens oublient quand ils quittent l'auberge ! Ces pâtés en croûte devraient se conserver assez longtemps pour que tu les manges tous. Je sais ce qu'est l'appétit d'un enfant en pleine croissance !

Souriant, il lui tendit le sac et s'essuya les mains sur son tablier.

— Et n'oublie pas de dire à tout le monde que nos pâtés sont bons ! Bon, ce n'est pas tout, il faut que je retourne à mes clients !

Il repartit en soufflant avant qu'elle ait eu le temps de le remercier.

— Tiens, fit le premier homme en lui tendant le petit morceau de métal gravé. Quand tu arriveras au Collegium, donne cela à la personne qui te le demandera. Cela lui indiquera que nous t'avons aidée.

Elle prit la pièce et la rangea dans sa bourse toute neuve.

— Si tu as besoin de quelque chose, reprit l'homme, adresse-toi aux gens qui portent le même uniforme que moi. Nous sommes les gardes de la route ; tu seras sûre d'obtenir de l'aide.

Talia était sidérée par sa bonne fortune. Non seulement elle n'avait pas été punie ou grondée, mais il semblait qu'on la récompensait en lui permettant d'aller là où elle n'aurait jamais pensé mettre un jour les pieds.

—Merci ! Je… C'est bien peu de simplement vous remercier pour tout cela !

—Jeune demoiselle, sourit le garde, c'est *nous* qui penserons à toi avec gratitude, au moment de payer l'impôt ! As-tu besoin d'autre chose ?

Rolan sembla penser qu'il était temps de reprendre le voyage, car il se mit en route.

—Non, rien d'autre, dit-elle par-dessus son épaule comme l'homme agitait la main pour la saluer.

Rolan reprit rapidement son allure habituelle ; le village disparut derrière eux. Talia réalisa un peu plus tard qu'elle ne connaissait pas le nom de la bourgade ni celui de ses bienfaiteurs.

—Ma foi, dit-elle en mordant avidement dans un délicieux pâté, je n'oublierai pas de sitôt la cuisine de la femme de Daro ! Isrel n'a jamais rien préparé de meilleur, même pour les jours de fête !

Elle examina la pièce de cuivre que le garde lui avait donnée. Elle portait le mot « DouxRuisseau ».

—DouxRuisseau ? Cela doit être le nom du village. J'aimerais bien savoir ce qui se passe ! Jamais je n'ai entendu parler de Compagnons s'étant enfuis, mais ce garde s'est comporté comme si cela arrivait tous les jours.

Elle traversa un autre village en fin d'après-midi. Il était plus petit que DouxRuisseau, se réduisant à quelques maisons groupées autour d'une forge. Apparemment, il était trop à l'écart pour avoir un garde vêtu de bleu, mais les gens y étaient aussi amicaux : ils lui firent des signes de la main ; aucun ne sembla étonné par la vue d'une adolescente empoussiérée par la route chevauchant un Compagnon de Héraut. Talia ne put s'empêcher de comparer leur gentillesse à la réaction qu'auraient eue les habitants des Hold.

Qui l'auraient sans doute mise en prison pour avoir osé voler un Compagnon !

Rolan trouva un abri de voyage alors que la nuit commençait à tomber. La route s'était séparée de la rivière depuis un moment, mais l'abri disposait d'un puits, donc ils ne risquaient pas de manquer d'eau. Talia découvrit dans le sac que le garde lui avait donné une boîte de savon-crème et du linge de toilette, ainsi qu'une étrille et une brosse pour Rolan. Quand la lune se leva, ils étaient tous deux agréablement propres.

Elle décida de garder les pâtés pour le repas de midi, et de se contenter de la bouillie pour les autres. Après un souper satisfaisant, elle s'endormit sans difficulté malgré le relatif inconfort de l'abri.

Le troisième jour de son voyage, Talia s'était si bien habituée à se déplacer à dos de Compagnon que son esprit vagabonda. La position du soleil lui rappela que, chez elle, elle aurait été occupée à quelque tâche triviale ; elle se demanda ce que sa Famille pensait de sa disparition. Depuis qu'Andrean avait été tué lors d'un raid, et que Vrisa avait été casée comme Épouse Secondaire du vieux Fletcher, il n'y avait plus personne dont elle se sente proche parmi les siens. À ces deux exceptions près, nul n'avait jamais semblé avoir beaucoup d'affection pour elle ; même la Mère de son Père ne se souciait pas assez d'elle pour la défendre si elle avait fait quelque chose qui mettait Keldar en rage. À part son frère et sa sœur, personne n'avait osé braver la colère de Keldar. Vrisa l'avait soutenue secrètement, lui apportant à manger quand elle était privée de souper, par exemple. Andrean avait été plus direct ; il avait exigé qu'on l'autorise à faire certaines choses, ou cajolé son père pour qu'il lève plus vite une punition. C'était grâce à Andrean qu'on lui avait permis de continuer à lire. En tant que Second Fils, sa parole avait du poids. Et, malgré sa différence d'âge avec Vrisa, les deux fillettes avaient été plus proches que des jumelles.

Les larmes lui montèrent aux yeux à la pensée d'Andrean si doux avec elle, si protecteur, et qui avait toujours un mot gentil ou une plaisanterie à lui raconter. Il avait été tué quatre ans plus tôt, mais elle n'avait pas oublié. Elle le voyait encore, tel un géant bienveillant. Si patient, prêt à lui apprendre tout ce qu'elle voulait savoir, il était le préféré de tous, sauf de Keldar. Oui, la Déesse avait dû vouloir le garder pour elle, pour l'avoir rappelé si jeune ! Ce n'était pas juste : Talia aussi avait besoin de lui. On l'avait grondée pour avoir pleuré lors de la veillée mortuaire ; personne ne se doutait que ses larmes ne coulaient pas pour lui, mais pour elle-même.

Et la pauvre Vrisa ! Elle avait été terrifiée à l'idée du Mariage avec le vieux Fletcher, et il semblait bien qu'elle avait eu raison. Les rares fois où Talia l'avait revue, lors des Réunions, elle était pâle et tendue, aussi silencieuse qu'une Servante de la Déesse. Toute vivacité semblait l'avoir désertée ; il ne restait d'elle qu'une coquille vide.

Talia frissonna : le sort de Vrisa aurait très bien pu être le sien. À cet égard, l'arrivée du Compagnon était tout simplement un miracle.

Bientôt, elle sentit un besoin croissant de faire quelque chose de ses mains. Jamais, aussi loin qu'elle se souvienne, elles n'avaient été oisives. Toujours, elles étaient occupées par une tâche ou l'autre. On l'avait autorisée à lire à condition qu'elle accomplisse en même temps un travail utile. Des mains vides lui semblaient presque contre nature.

Pour se sentir active, elle essaya de mémoriser les changements du paysage afin d'établir une sorte de carte mentale. Elle croisa de plus en plus de petits villages à mesure qu'elle se rapprochait de la capitale. Le peu d'importance que les gens lui accordaient l'étonnait. On eût pu penser que la vision d'une adolescente étrangère montant un Compagnon était des plus fréquentes ! Si c'était le cas, et que ce genre de choses arrive tout le temps, comme le garde avait semblé le laisser entendre, pourquoi les histoires qu'elle lisait n'en avaient-elles jamais fait mention ? Les Compagnons étaient hautement intelligents, si elle en jugeait par la façon dont Rolan s'était occupé d'elle au cours de leur voyage. Sa première idée, qu'il se soit enfui comme un vulgaire animal de ferme, était erronée. À ce stade, elle ne se posait plus la question de savoir qui, d'elle ou de lui, était vraiment le chef ! Les récits n'avaient pas menti : les Compagnons étaient des êtres dont l'intellect égalait celui de leurs Hérauts. Elle en savait bien peu sur eux : en trois jours elle avait appris plus de choses qu'en toute une vie. Les familles Hold se tenaient à l'écart des Hérauts et interdisaient aux jeunes de leur parler. Seuls les Aînés gardaient le contact quand ils y étaient obligés. La seule rumeur qu'elle avait entendue concernait les

Hérauts et la légèreté supposée de leurs mœurs, pas les Compagnons.

Pourtant, s'il y avait une conclusion à tirer de tout cela, c'était que Rolan tenait à se faire raccompagner par elle. Il ne faisait aucun doute qu'il aurait pu rentrer seul au Collegium. Se pouvait-il qu'il l'ait choisie délibérément ? Et pour quelle raison ? Peut-être même était-il venu au domaine de sa famille avec l'intention de l'emmener avec lui ? Cela ressemblait trop à une légende ! Talia ne pouvait pas y croire. Ce genre de miracle arrivait à un jeune homme doté de pouvoirs magiques, comme Vanyel, pas à une petite fermière des Hold. Personne ne pouvait imaginer une telle chose !

Et pourtant… la question restait entière. Pourquoi était-il venu, et surtout, pourquoi l'emmenait-il dans le lieu où elle souhaitait se rendre plus que n'importe où au monde ?

Au matin du sixième jour, elle avait terminé le dernier pâté en croûte. Alors, elle décida de mettre à l'épreuve ce que le garde lui avait dit. Peut-être en apprendrait-elle davantage du suivant ? Le prochain village lui apporterait-il des réponses ?

CHAPITRE 3

Vers midi, ils arrivèrent aux abords d'un village de bonne taille blotti dans une petite vallée verdoyante. Comme dans les autres bourgades, les maisons étaient bigarrées ; les portes et les volets peints de couleurs vives contrastaient plaisamment avec les murs crépis de blanc et le jaune du chaume frais qui couvrait les toits. Cela ressemblait si peu à une habitation des Hold grise et terne, qu'il aurait pu s'agir d'un autre pays. Au bord de la route, il y avait un poste de garde. C'était le premier qu'elle voyait depuis le matin ; à mesure qu'ils approchaient du centre de Valdemar, il y avait de moins en moins de soldats sur la route. Il lui sembla que c'était l'endroit idéal pour essayer d'obtenir des réponses et pour se réapprovisionner.

L'abri du garde se trouvait sous un arbre immense dont l'ombre s'étendait sur toute la largeur de la route. Contrairement aux bâtiments qui l'entouraient, l'abri n'était pas peint, car il était fait de bois teinté. Talia vit quelqu'un bouger dans l'ombre, mais le soleil était trop brillant pour qu'elle puisse distinguer les détails. Son étonnement ne connut pas de borne quand elle constata que le garde qui émergeait de la cabane était une femme, vêtue d'un uniforme en tout point identique à celui des autres. Un instant, elle pensa que ses yeux la trahissaient.

Ce n'était pas possible, elle faisait sûrement une erreur ! Elle regarda de nouveau. Mais non, le soldat était bien une femme ! Même si cela semblait absurde, il n'en était pas moins vrai que les femmes, comme les hommes, faisaient ici partie de l'armée.

Avant qu'elle ait repris ses esprits, la femme vint à elle d'un pas vif, s'arrêta, et regarda Rolan.

— Eh bien ! fit-elle avant que Talia ait trouvé quelque chose à dire, je ne rêve pas, c'est Rolan ! (Elle se pencha, examinant sur la selle des marques que Talia avait notées auparavant.) Oui, c'est bien lui. Vous avez été longtemps absent, mon seigneur, dit-elle en s'adressant au cheval. J'espère que cela en valait la peine !

Rolan tira sur sa manche d'un petit coup de dents ; la femme rit, puis se tourna vers Talia.

— Bien, que puis-je faire pour toi, jeune demoiselle ?

Talia se demandait comment elle avait pu deviner le nom du Compagnon. Rolan n'étant pas très courant, elle n'avait pas pu le choisir par hasard !

— Il s'appelle *vraiment* Rolan ? fit-elle, sidérée.

Puis elle rougit, honteuse de son manque de manières.

— Je suis désolée… Je ne comprends pas ce qui m'arrive. Le garde de DouxRuisseau m'a dit que ses collègues pourraient m'aider

— DouxRuisseau ! dit la femme, étonnée. Tu es loin de chez toi, mon enfant !

— Oui hésita Talia. C'est ce qu'on dirait…

Son interlocutrice la regarda d'un œil critique. Talia portait ses propres vêtements. Après avoir essayé ceux qui se trouvaient dans la sacoche, un peu épais pour la chaleur ambiante, elle était revenue aux siens. Elle les avait lavés et les avait fait sécher en essayant de ne pas trop les froisser.

La femme sembla deviner d'où elle venait à la coupe de ses vêtements.

— Tu es une fille des Hold, je vois, dit-elle. Oui, j'ai entendu parler d'eux. Je suppose que tu ne sais pas où tu en es, ma pauvre petite ! Ah, ne t'inquiète pas, tu comprendras bientôt ce que tout cela signifie. Ils te le diront quand tu arriveras au Collegium. J'aurais bien essayé de t'expliquer, mais je n'en ai pas le droit, si tu n'es pas déjà au courant... C'est sans doute mieux ainsi, je ne ferais qu'ajouter à ta confusion. Pour répondre à ta question, je sais que c'est Rolan, car tous les gardes ont été informés de son départ. Sa sellerie porte son sceau, comme pour tous les Compagnons. Tu vois ?

Elle montra les marques gravées dans le cuir. Maintenant qu'elle connaissait leur nature, Talia vit qu'il s'agissait d'une version contractée du nom du Compagnon.

— Et maintenant, reprit la femme, que puis-je faire pour toi ?

— J'ai bien peur d'avoir besoin de quelques provisions, dit Talia, craignant une réprimande. À DouxRuisseau, on m'a donné des pâtés à la viande ; j'ai essayé de les faire durer, mais

— Il y a combien de temps ?

— Quatre jours..., dit Talia en se ratatinant sur sa selle.

— Quatre jours ! Par le feu de l'Enfer ! Et qu'as-tu mangé d'autre ? Pas cette saleté séchée qu'ils gardent dans les abris de voyage ?

Talia n'osa pas avouer que c'était exactement ce qu'elle avait fait ; son expression la trahit.

La bouche de la femme frémit. Elle prit un air ennuyé.

— Rolan, dit-elle d'un ton qui ne souffrait pas de contradiction, vous allez laisser cette pauvre petite se reposer une heure, vous m'entendez ? Vous n'aurez aucun mal à rattraper le temps perdu, vous le savez. Elle a besoin d'un repas chaud avant de continuer. Vous ne voulez pas qu'elle attrape un rhume ou pire encore ? Vous auriez l'air malin !

Rolan renâcla et aplatit les oreilles ; mais il ne tenta pas d'intervenir quand la femme tendit la main à Talia pour l'aider à descendre. Sale et maladroite, l'enfant se sentit mal à l'aise sous le regard de la femme. Rolan les suivit, le garde conduisant sa nouvelle amie par la main jusqu'à l'auberge du village.

— Je suppose que le garde de DouxRuisseau était un homme, non ? (Au hochement de tête affirmatif de Talia, elle prit l'air entendu :) C'est bien d'un homme ! Jamais il n'aurait eu l'idée que tu étais plus effrayée qu'enthousiasmée par tout cela. Il a oublié que tu as peut-être été élue, mais que tu restes une petite fille ! Et vous ne valez pas mieux que lui, Rolan. Ah, les hommes !

Le Compagnon émit un son qui ressemblait beaucoup à un ricanement.

L'auberge semblait prospère avec ses tables installées sous l'immense chêne qui poussait au milieu de la cour. Quelques clients étaient déjà attablés, en train de boire et de manger. La femme fit asseoir Talia et demanda à la serveuse d'apporter un énorme repas. Elle ordonna à l'adolescente, d'un ton sans réplique, de « s'occuper de cette nourriture ». Talia constata tout à coup qu'elle était affamée ; elle n'eut aucune peine à obéir à l'ordre qu'on venait de lui donner.

La femme s'éclipsa ; elle revint quand Talia avalait les dernières miettes. Elle ramenait les sacoches, maintenant pleines à craquer.

Elle s'assit à côté de la dîneuse et les posa sur le banc.

— J'ai ajouté d'autres vêtements, ils sont du même style que ceux des Hold ; certains de nos jeunes les portent pour les gros travaux. Je sais que tu seras plus à l'aise avec ce genre de tenue ; cela aidera peut-être les gens à comprendre que tu n'es pas habituée à être dans le vaste monde.

Talia commença à dire que cela n'était pas nécessaire, mais la femme la regarda d'un œil sévère et elle se tut.

— Il y a suffisamment de vêtements pour que tu arrives au Collegium sans avoir besoin de les laver en route. L'aubergiste t'apportera des provisions de voyage. Pas de vin, je pense ? (Au hochement de tête affirmatif de Talia, elle reprit :) Tu es en pleine croissance, ne mange pas la cochonnerie des abris ! Elle est réservée aux cas d'urgence ; je te le dis, il faudrait une catastrophe pour que j'avale ce truc ! Tu t'arrêteras tous les jours à midi pour prendre un repas chaud, sauf si tu ne rencontres pas de village. C'est un ordre ! Tiens, voici la pièce de la ville. (Talia prit le petit rond de cuivre et le rangea soigneusement dans sa bourse.) Franchement, si ce n'était pas à cause de ces fichus règlements, je te garderais ici cette nuit. Comme ça, tu aurais un bain chaud et un lit confortable… Bon, n'en parlons plus. Tu devras t'arrêter encore une fois pour qu'on te donne des provisions. Essaie ForgeBouilloire. La sentinelle de jour est une vieille amie, qui connaît les Hold et les enfants. Elle s'assurera que tout va bien pour toi. Tu es prête à repartir ?

Talia hocha la tête, un peu étourdie. Cette femme avait l'autorité et l'efficacité de Keldar, sans sa froideur. Elle avait tout pris en main si vite qu'elle en avait fait tourner la tête de l'adolescente. C'était pour elle une expérience nouvelle de voir quelqu'un s'inquiéter de son bien-être, ou du fait qu'elle allait être seule pour reprendre la route. Talia aurait presque été soupçonneuse si la femme n'avait pas eu l'air aussi honnête. Et si elle n'était pas aussi franche qu'elle le paraissait, rien ne permettait de le deviner.

— Parfait, il est temps que tu repartes.

Elle poussa gentiment Talia vers l'endroit où Rolan l'attendait, entouré d'une cour d'admirateurs. Les enfants se battaient pour lui caresser les naseaux ou lui donner quelque friandise. Talia lui trouva l'air très content de lui.

La femme l'aida à monter en selle, accrocha les sacoches au troussequin et le sac apporté par l'aubergiste sur l'avant de la selle. Puis elle donna une petite tape à Rolan pour le faire démarrer.

Une fois en chemin, Talia réalisa que personne n'avait répondu à ses questions.

Enfin, pas directement ; la femme avait laissé échapper certaines allusions. Elle avait parlé des « règlements » régissant ce type de voyages, ce qui signifiait qu'ils étaient courants. Elle s'était adressée à Rolan comme à une personne, indiquant qu'il était aussi remarquable que le prétendait la légende et que son comportement ne devait rien au hasard.

Le Compagnon avait l'intention qu'elle fasse quelque chose de précis. Mais quoi ?

N'avoir que des informations partielles était aussi exaspérant que de disposer de la moitié d'un livre ! Toutefois, certaines de ces informations commençaient à prendre une signification.

Le moment était venu de tenter d'analyser tout cela. Les trois livres de Talia affirmaient que les Compagnons étaient des créatures capables de magie. Ils partageaient un lien mystique avec leurs Hérauts. Dans l'histoire de Vanyel, il était indiqué que les Compagnons et les Hérauts pouvaient communiquer de manière articulée. D'ailleurs, la femme avait parlé à Rolan comme si c'était lui qui était responsable de l'adolescente, corroborant l'impression que Talia avait depuis le début.

De toute évidence, Rolan comprenait ce qu'on lui disait et y répondait à sa manière. C'était lui qui trouvait les abris toutes les nuits et qui la protégeait ; plus important, il connaissait le chemin du Collegium. Tout cela menait à une déduction : le Compagnon ne s'était pas trouvé par hasard à l'endroit où elle l'avait rencontré. Mais quel était le rapport entre le but qu'il cherchait à atteindre et elle ?

Elle osa à peine formuler mentalement la réponse qui semblait évidente. Se pouvait-il qu'il ait cherché quelqu'un susceptible de devenir un Héraut ?

Talia n'avait aucune idée de la façon dont les Hérauts étaient recrutés. Elle savait simplement qu'ils suivaient un entraînement strict au Collegium. L'histoire de Vanyel mentionnait qu'au début il avait presque renoncé devant l'ampleur de la tâche ; mais elle ne savait pas de quelle manière il avait été sélectionné. Tout ce qu'elle connaissait des Hérauts, d'après les commérages des Hold, était leur réputation de monstres dépravés, à la morale douteuse et au comportement dévergondé. Elle soupçonnait que ces racontars étaient les fruits de l'envie et de la jalousie. En effet, les Hérauts ne souscrivaient pas à la notion d'infériorité des femmes, si chère au cœur sec des gens des Hold. Ils ne reconnaissaient aucune autorité excepté celle du monarque et de leurs pairs. Talia avait été surprise qu'il y ait des femmes parmi les gardes. Mais depuis la première histoire qu'elle avait lue, celle de la quête de Lune et Ombre, elle savait que les Hérauts comptaient des femmes dans leurs rangs, et que celles-ci étaient les égales de leurs confrères. C'était en partie pour ça qu'elle avait rêvé de devenir un Héraut.

Oserait-elle croire que ce rêve pouvait devenir réalité ?

Au moment où Talia pensait s'être habituée aux surprises du voyage, elle fut de nouveau décontenancée. Le garde de ForgeBouilloire était une femme, comme elle le savait. Ce qui la sidéra, ce furent les cicatrices qu'elle arborait, et le morceau de bois qui remplaçait une de ses jambes. Elle l'avait perdue, expliqua-t-elle à l'adolescente d'un ton dégagé, lors de la dernière guerre. L'idée d'une femme livrant bataille était si étrangère à Talia qu'elle en resta sidérée pendant tout le repas et sortit seulement de sa stupéfaction en rencontrant le Héraut.

La route menait à une vallée boisée, calme et fraîche. Les sabots de Rolan écrasaient les aiguilles des conifères qui s'étaient accumulées sur le sol ; l'odeur des pins les enveloppait. En quelques instants, ils furent dans les bois et hors de vue des habitations. Au cœur de la forêt, ils arrivèrent à l'endroit où une autre route croisait la leur. Talia ne s'aperçut pas qu'il y avait quelqu'un, jusqu'à ce qu'une exclamation étouffée la fasse sortir de sa transe.

Elle leva les yeux. À quatre ou cinq pas d'elle, l'étonnement inscrit sur le visage, se tenait un homme vêtu de blanc chevauchant une jument couleur neige. C'était un Héraut, un vrai Héraut, monté sur *son* Compagnon.

Talia se mordit les lèvres, soudain effrayée. Malgré tout ce qu'on lui avait dit, elle n'était pas entièrement sûre de faire ce qu'il fallait. Et maintenant, elle affrontait un Héraut, qui ne manquerait pas de remarquer que Rolan était un Compagnon alors qu'elle ne ressemblait pas le moins du monde à un de ses collègues. Les ennuis risquaient de commencer !

Malgré son appréhension, elle ne put s'empêcher d'être un peu déçue quand le Héraut s'approcha d'elle. Il semblait étrange qu'il puisse être si… ordinaire.

Le jeune homme se comportait avec l'aisance de son rang, il était calme et sûr de lui. Il ne faisait aucun doute qu'il était un Héraut, et pourtant… il était presque laid, ne ressemblant certes pas au beau Vanyel ou à l'angélique ChanteSoleil des légendes.

Mais sa voix grave était si mélodieuse qu'elle faisait oublier son apparence.

— Par la main de la Dame ! s'écria-t-il. Rolan, c'est bien toi ! Par tous les dieux, tu as enfin ton élue !

— On… on m'a dit de le ramener au Collegium, mon seigneur. Je ne savais pas quoi faire d'autre, tout le monde avait l'air si sûr…, bafouilla Talia, les yeux baissés comme il convenait pour une fille devant un homme de haut rang.

Terrorisée, elle attendit que le couperet tombe.

—Oh, mais vous avez fait exactement ce qu'il fallait! dit le jeune homme. Vous n'êtes donc pas au courant? Non, bien sûr, sinon vous ne vous comporteriez pas comme si je vous avais attrapée la main dans le sac!

Talia leva les yeux, stupéfaite par ses paroles. Il ne parlait pas du tout comme les Hérauts de ses récits! Plutôt comme son frère Andrean.

Elle aurait voulu voir s'il avait aussi les mêmes yeux qu'Andrean, mais elle n'osa pas le dévisager; elle baissa de nouveau les siens quand il essaya de croiser son regard.

Il rit gentiment.

—Ne vous inquiétez pas, vous agissez tout à fait comme il faut. Restez sur la route principale, et vous arriverez à la capitale avant le dîner. N'importe qui pourra vous indiquer le chemin du Collegium. De toute façon, Rolan connaît parfaitement le trajet! Vous ne risquez pas de vous perdre. J'aimerais pouvoir vous en dire plus, mais c'est contraire au règlement. On vous expliquera tout quand vous serez au Collegium. Cela vaut mieux; si chacun vous avait donné un bout d'information, vous auriez eu en tête un tas d'idées fausses et il aurait fallu des jours pour tout remettre dans l'ordre.

—Mais...

Talia aurait aimé que quelqu'un lui explique de quoi il retournait. Elle avait l'impression d'être un pion dans un jeu dont elle restait la seule à ignorer les règles, avançant aveuglément de case en case sans savoir pourquoi. Un Héraut était sûrement bien placé pour connaître la vérité. Comme elle aurait voulu s'en remettre à lui! Elle ne comprenait pas comment un homme si commun d'apparence pouvait la faire penser à Andrean, mais c'était le cas. Il lui inspirait confiance ; c'était la première fois depuis la mort de son frère qu'elle éprouvait ce sentiment pour un mâle.

— Pas de mais ! Vous découvrirez tout ce que vous souhaitez savoir au Collegium ! Allez, mettez vous en route !

Il flanqua un coup sec sur la croupe de Rolan. Surpris, le Compagnon se lança au petit galop, laissant le Héraut loin derrière. Talia, occupée à ne pas perdre l'équilibre, ne vit pas le jeune homme et son Compagnon s'enfoncer dans la forêt et suivre un chemin qui les ramènerait plus tard sur la route qu'elle suivait, mais assez loin devant.

Quand elle eut repris son équilibre, Talia constata que la route était désormais beaucoup plus fréquentée. Les voyageurs allaient dans les deux sens. Certains marchaient, d'autres chevauchaient. Il y avait aussi des véhicules tirés par divers animaux. Elle regarda autour d'elle mais n'aperçut pas d'autre Héraut.

La foule ne ressemblait pas à celles qu'elle avait connues.

D'abord, elle était bruyante. Les familles Hold gardaient à tout moment un ton mesuré ; même à la Foire des Moissons, au moment où les enchères battaient leur plein, l'agitation se traduisait par un bourdonnement sourd.

Ensuite, les gens qu'elle croisait avaient des visages ouverts qui révélaient leurs émotions et leur personnalité. Les Hold gardaient des visages fermés, impavides, qui ne trahissaient rien de ce qui se passait dans leur tête.

Ses compagnons de route ne semblaient pas lui accorder beaucoup d'attention. Rolan se frayait délicatement un chemin parmi eux. Il avançait bien plus rapidement que les autres voyageurs qui, à dire vrai, semblaient peu concernés par les records de vitesse. Talia était si occupée à observer les gens qu'elle ne pensa plus à la cité.

Quand ils arrivèrent au sommet d'une butte, elle la découvrit.

Elle était si vaste que Talia se pétrifia. Vraiment, c'était une bonne chose que Rolan soit responsable de leur voyage : sinon la jeune fille aurait volontiers tourné les talons pour se réfugier dans le cadre familier des Hold.

La cité était bâtie au cœur d'une vallée fluviale qui s'étendait en contrebas. De la butte où ils venaient de grimper, la vue était excellente. Talia découvrit que la ville était à l'origine une cité entourée de murs, un peu comme les villages Hold mais à une échelle bien plus supérieure. Avec le temps et l'amélioration de la sécurité, elle s'était étendue hors des murs en suivant le tracé des routes.

À l'intérieur de l'enceinte, les maisons étaient si serrées que Talia apercevait seulement leurs toits. Une seconde enceinte courait le long de la première, entourant quelques immenses bâtiments érigés au milieu d'un vaste parc planté d'arbres. À l'extérieur des murs se trouvaient des bâtiments de toutes tailles allant de cabanes à un seul étage jusqu'à des sortes de hangars sans fenêtres si grands que toutes les maisons de son Hold natal auraient pu y tenir. Ces bâtisses étaient regroupées autour du premier mur et s'étiraient comme des tentacules le long des routes et de la rivière. Les yeux de Talia revenaient sans cesse à l'enceinte intérieure, et à un édifice planté au milieu de l'espace vert central et qui dominait tous les autres bâtiments. C'était sûrement le palais et le Collegium, pensa-t-elle.

Quand Rolan descendit la colline, la vue cessa d'être aussi dégagée.

Ils approchèrent de la zone où naissaient les habitations. Les bruits de la ville assaillirent Talia. Il y avait des camelots partout, qui beuglaient pour annoncer leur présence. Les boutiquiers vantaient les vertus de leurs marchandises à la foule qui faisait le siège des échoppes. Les enfants jouaient au milieu des passants, approchant parfois trop près des sabots des chevaux et des animaux de trait qui pullulaient dans les rues. Les badauds échangeaient des commérages à voix haute ; des bruits de conversations ou de chansons sortaient des tavernes. Tout cela faisait tourner la tête de Talia et grandir sa peur.

Et les odeurs ! Le parfum du pain et de la viande en train de cuire, la fumée, les épices, les relents plus contestables des excréments d'animaux, la sueur, le métal chauffé, la bière renversée... Son nez de campagnarde n'ayant pas été habitué à un tel pot-pourri, il était mis à aussi rude épreuve que ses oreilles.

Ils arrivèrent devant le portail de la première enceinte. Les gardes ne tentèrent pas de l'empêcher de passer, mais ils la regardèrent avec une expression étrange : de la curiosité, plus quelque chose d'indéfinissable. La muraille impressionna Talia ; elle était aussi haute que le mur du Temple, chez elle.

La gamine se sentit toute petite et insignifiante.

Le vacarme était encore pire à l'intérieur, où les maisons avaient toutes plusieurs étages. Elles étaient si près les unes des autres que leurs pignons se touchaient. Dépassée par le mélange de sons et d'odeurs, Talia se ratatina sur sa selle, les yeux agrandis de peur, le visage livide et pincé. Elle ne remarqua pas les regards apitoyés des badauds qu'elle croisait. Encore heureux que Rolan sache où aller, car elle n'aurait jamais trouvé le courage de demander son chemin.

Après un temps qui lui sembla interminable, Rolan s'arrêta devant un petit portail percé dans l'enceinte intérieure. Le garde posté à l'entrée regarda Talia avec curiosité. Au contraire des autres soldats, celui-ci portait un uniforme bleu foncé rehaussé d'argent. Il ouvrit le portail et s'avança vers Rolan. Avec un sourire pour Talia, il se pencha afin de lire les marques inscrites sur la selle.

— Rolan ! s'écria-t-il ravi, donnant l'impression d'avoir totalement oublié Talia. Enfin ! Nous commencions à penser que tu ne trouverais jamais personne ! Certains ont même parié que tu avais passé la frontière ! Le Collegium est en effervescence depuis que tu es, parti !

Il se tourna vers Talia, dont les nerfs étaient sur le point de craquer.

— Votre épreuve sera bientôt terminée, mon enfant, dit-il gentiment.

Talia se recroquevilla un peu plus.

— Descendez, ajouta-t-il. Je vais m'occuper de vous faire conduire là où vous devez aller.

Il l'aida à mettre pied à terre comme si elle était une princesse. Dès que ce fut fait, un autre garde approcha et emmena Rolan. Le cœur lourd, Talia les regarda disparaître et se demanda si elle reverrait jamais le Compagnon. Qu'allait-il advenir d'elle ? Pourquoi avait-elle rêvé pouvoir faire partie de cette magnificence ?

Le garde la conduisit dans une bâtisse de pierre grise à plusieurs niveaux dressée au bout du chemin qu'ils empruntèrent. Elle ne ressemblait à aucun bâtiment que Talia ait connu. Ils entrèrent par des portes massives ornées de cuivre ouvragé. L'adolescente n'avait jamais rien vu qui égalât la complexité et la beauté de ces décorations. Et ce n'était que le début ! Elle se sentit de plus en plus mal à l'aise à mesure qu'ils avançaient. Le mobilier de chacune des pièces qu'ils traversèrent avait à lui seul plus de valeur que toutes les propriétés de sa famille. Même, le sanctuaire du Temple n'était pas aussi impressionnant que ce bâtiment. Elle aurait préféré s'enfuir ; mais elle n'était pas seule. De toute façon, elle aurait été parfaitement incapable de retrouver son chemin.

Ils gagnèrent enfin une pièce beaucoup plus petite que les précédentes, mais tout aussi somptueuse.

— Quelqu'un viendra vous trouver dans quelques instants, jeune fille, dit l'homme en prenant les pièces remises par les villages. N'ayez aucune crainte, vous êtes avec des amis. Nous vous attendions, saviez-vous ? Vous voir arriver, vous et Rolan, a été une grande joie pour moi.

Elle ne répondit pas. Il lui tapota la tête.

— Ne vous inquiétez pas, personne ne vous fera de mal ! J'ai des enfants qui ont à peu près votre âge ! Mettez-vous à l'aise pendant que je préviens les personnes concernées que vous êtes arrivée.

Elle se demanda comment être à l'aise dans une pièce aussi impressionnante.

Finalement, elle choisit une chaise couverte de cuir, pensant que c'était celle qu'elle risquait le moins d'abîmer. Elle s'y assit du bout des fesses. Dans le silence de la pièce vide, sa peur commença à la quitter, mais elle ne se sentit pas plus à l'aise pour autant. Ce luxe lui faisait prendre une conscience aiguë de son état : sale, suante de peur, sentant un peu le cheval, et vêtue de hardes qui, dans un endroit pareil, ne seraient même pas bonnes à faire des chiffons ! Elle ne perdait pas de vue, non plus, qu'elle n'avait que treize ans. Avec Rolan, rien de tout ça n'avait semblé important, mais elle était désormais fort consciente de ses faiblesses. Comment avait-elle pu penser qu'elle deviendrait un Héraut ? C'était impossible, seuls les enfants nés et élevés dans ces lieux pouvaient aspirer à un tel destin.

Le garde était sans doute allé chercher quelque serviteur qui lui donnerait une pièce d'argent et la renverrait chez elle. Avec un peu de chance, elle pourrait peut-être obtenir un travail et rester...

Une tornade miniature entra en courant dans la pièce, interrompant ses réflexions.

— Oh, dit la nouvelle venue, une fillette d'environ sept ans.

Elle avait les yeux bleus et une chevelure châtaine. Son expression était hargneuse, même si son visage restait joli.

— Que faites-vous ici ?

Pour la première fois depuis son arrivée, Talia se sentit sûre d'elle ; elle avait l'habitude de s'occuper des petits.

— J'attends, répondit-elle, comme on me l'a demandé.

— Vous n'allez pas vous agenouiller ? demanda l'enfant d'un ton impérieux

Talia retint un sourire. Elle sentit sa confiance renaître à l'idée de remettre à sa place une gamine visiblement gâtée.

— M'agenouiller ? dit-elle. Pourquoi donc ?

La fillette rougit de colère.

— Parce que vous êtes en présence de l'Héritière du Trône, répliqua-t-elle avec hauteur, levant le menton.

— Ah bon ? Où ça ?

Talia regarda autour, d'elle d'un air candide. Elle cacha son amusement. Cette petite allait recevoir le traitement que méritaient ses mauvaises manières. Si elle était *vraiment* l'Héritière du Trône, ceux qui l'élevaient ne faisaient pas leur travail correctement. Et si elle ne l'était pas, cela lui apprendrait à mentir.

— Je ne vois personne, reprit Talia.

— C'est moi ! Moi ! cria la gamine en tapant du pied de colère et de frustration. Je *suis* l'Héritière !

— Cela m'étonnerait, dit Talia. Vous n'êtes qu'une petite fille en train de piquer une colère ! J'ai lu beaucoup de choses sur les Héritiers. Un Héritier est toujours poli et charmant ; il traite la dernière des filles de cuisine comme si elle était une reine. Vous ne pouvez en aucun cas être l'Héritière. Je me demande si je ne vais pas appeler un garde et lui dire qu'il y a une petite menteuse ici...

L'enfant ouvrit la bouche et la referma sans un mot, muette de colère.

— Ou un poisson, reprit Talia sur un ton faussement innocent. Fermez la bouche, vous allez attraper des mouches.

La fillette hurla de colère et se prépara à frapper l'insolente.

— Je ne ferais pas ça à votre place, l'avertit Talia. Je ne me laisse pas gifler sans répliquer.

Les yeux de l'enfant s'agrandirent de surprise, puis son visage s'empourpra davantage. Elle cria de colère.

— Vous vous répétez, fit tranquillement Talia.

La fillette hurla sur un ton suraigu et se jeta contre une petite table, qu'elle renversa avant de sortir en trombe. Talia s'y était attendue et parvint à rattraper la table avant qu'elle tombe. Elle la remit en place avec un soupir exaspéré.

Un petit rire retentit derrière elle.

L'adolescente se retourna et vit un rideau s'écarter devant une femme de grande taille, élégante dans ses vêtements blancs de Héraut. La seule différence avec les autres Hérauts dont Talia avait entendu parler était la jupe qu'elle portait sous sa tunique longue au lieu des braies classiques. Le tissu de ses vêtements était riche, du velours et de la soie. Elle avait un visage triangulaire à l'expression déterminée.

Ses yeux bleus étaient pénétrants et intelligents.

Talia fit mine de se lever, mais la femme lui indiqua de rester en place.

— Ne bougez pas, mon enfant. Vous venez de faire un long voyage, il n'est que justice que vous soyez sur quelque chose d'immobile, pour changer un peu !

La femme étudia avec bienveillance la fillette assise devant elle. Elle avait traité l'impolitesse et la colère de l'Héritière avec compétence, montrant assez de taquinerie pour suggérer qu'elle avait le sens de l'humour, mais sans tomber dans la cruauté. Cela était très bon signe et présageait bien de sa réussite.

— Vous êtes donc Talia. J'espère que vous ne m'en voudrez pas d'avoir écouté en cachette. Je voulais voir comment vous vous y prendriez avec elle...

— Je lui aurais donné une bonne fessée, si j'avais été responsable de son éducation, répondit Talia sans y penser.

L'approbation de la femme concernant l'incident avait contribué à calmer ses craintes. Au contraire de Keldar, qui la rendait toujours nerveuse et la faisait se sentir incompétente, cette dame la mettait à l'aise.

— Je crois qu'elle n'en a pas assez reçu, soupira la femme. C'est certainement le moment de la prendre en main.

Elle examina Talia et se sentit encouragée par ce qu'elle vit sur le visage de l'adolescente. Il y avait de l'intelligence et de la curiosité dans ses grands yeux marron ; son expression suggérait une enfant douée de patience et d'un bon caractère. La femme la supposa un peu plus âgée que le laissait penser son apparence, treize ou quatorze ans peut-être. Le visage en forme de cœur, couronné par une masse de boucles brunes, était attrayant. Le corps solide, bien musclé, montrait que l'enfant n'était pas étrangère aux travaux les plus durs. Il sembla à la dame que Rolan avait fourni au Collegium la candidate idéale.

— Bon, reprit-elle, venons-en à un autre sujet. On m'a dit que vous êtes venue avec Rolan. Est-ce vraiment le cas ? Quelqu'un vous a-t-il déjà donné des explications ?

Talia se sentit encouragée par la compréhension de la dame. Rassurée par l'intérêt sincère qu'elle sentit derrière la question, elle laissa les mots qui se bousculaient sur ses lèvres quitter sa bouche.

— Non ! Tout le monde semble savoir ce qui se passe, et personne ne veut m'expliquer la moindre chose !

La femme s'assit avec une grâce innée.

— Eh bien, quelqu'un va vous expliquer, maintenant. Racontez-moi ce qui vous est arrivé, depuis le début. J'essaierai de vous aider à comprendre.

Talia lui confia toute l'histoire, depuis l'instant où Keldar l'avait appelée dans la maison jusqu'au moment présent. Elle lutta contre les larmes en terminant son récit. Tous ses doutes revenaient en force. Elle n'avait rien à espérer à part un peu de gratitude pour avoir ramené Rolan. Et elle devinait dans quelle situation désespérée elle se trouverait si les Hérauts la rejetaient.

— Je vous en prie… Il y a sûrement quelqu'un… quelqu'un qui peut…

— Quelqu'un de responsable ?

— Oui. Vous pouvez me trouver quelque chose à faire ici, supplia-t-elle, toute honte bue. Je ferai ce que vous voudrez. Je pourrais repriser les vêtements, laver, récurer les sols…

Elle se tut, les larmes aux yeux. Comment avait-elle osé espérer se joindre à ces êtres de légende qui lui semblaient aussi lointains que les étoiles ?

— Dirk avait raison. Vous n'avez aucune idée de ce qui se passe, n'est-ce pas ? murmura la femme.

Elle fixa Talia, qui détourna les yeux sous l'intensité de son regard.

— Quand vous avez dit à la Première Femme que vous vouliez être un Héraut, le pensiez-vous vraiment ?

— Oh oui ! (Talia baissa les yeux et observa ses mains.) Oui, je le voulais plus que tout. Je ne savais pas que c'était impossible, à ce moment-là. Personne ne m'avait dit à quoi ressemblait cet endroit. Je n'en avais pas la moindre idée. La maison de ma famille est très différente. Je n'aurais pas pu deviner à quel point j'étais présomptueuse. S'il vous plaît, pardonnez-moi. Je ne voulais pas être irrespectueuse.

— Vous pardonner ? dit la femme, stupéfaite. Mon enfant, je n'ai rien à vous pardonner ! Il n'est pas présomptueux de vouloir devenir un Héraut. Même si ce n'est pas comme dans les légendes ! Car c'est un travail à la fois ennuyeux et dangereux ; quand ce n'est pas l'un, c'est l'autre ! Une bonne partie des Hérauts n'atteignent jamais l'âge mûr. Et c'est une vie qui vous laisse peu de temps libre. C'est déjà un vrai miracle que certains *acceptent* de faire ce travail, alors qu'ils en *rêvent*… Un Héraut doit toujours faire passer son devoir avant tout, y compris son propre bien-être.

— Cela n'a pas d'importance ! s'écria Talia.

— Pourquoi ? Qu'est-ce qui a de l'importance ?

— Je n'en suis pas sûre, dit-elle, essayant d'exprimer avec des mots ce qu'elle avait toujours ressenti. Ce qui compte, c'est que les Hérauts *font* quelque chose au lieu de se plaindre de ce qui ne va pas. Ils agissent pour le bien des autres, même s'ils se contentent de régler une querelle au sujet d'une vache… Et puis… (Sa voix se brisa.) Il y a le Compagnon…

Ses larmes coulèrent malgré elle. Elle se souvint des jours passés sur la route ; là, pour la première fois de sa vie, elle n'avait plus été solitaire. C'était peut-être son imagination, mais il lui avait semblé que Rolan éprouvait de l'affection pour elle. Oserait-elle penser de l'amour ? Il ne faisait aucun doute qu'elle avait aimé Rolan. Maintenant, il était parti. On avait dû le rendre au Héraut à qui il appartenait *réellement*.

— Oh, ma pauvre petite !

La femme tendit les bras vers la fillette et l'attira. Elle la laissa sangloter sur son épaule.

Talia essaya de refouler ses larmes et de se dégager, malgré son désir de se laisser aller et de pleurer contre ce giron accueillant.

—Je suis couverte de poussière, gémit-elle, et vous portez des vêtements blancs. Je vais vous salir.

—Il y a des choses plus importantes dans la vie qu'un peu de poussière, répondit la femme en la serrant dans ses bras, comme Vrisa l'avait souvent fait. Elle était presque aussi réconfortante que Rolan, ou sa sœur, ou Andrean. La résistance de Talia s'évapora ; elle pleura jusqu'à l'épuisement.

Quand elle eut repris le contrôle d'elle-même, la femme lui tendit un mouchoir pour qu'elle répare les dégâts. Puis elle lui dit :

—Il semble clair que personne ne vous a jamais expliqué comment les Hérauts sont choisis.

—Je croyais qu'ils naissaient dans la lignée, vous savez, comme quand on est le Fils Aîné… Et puis… tout ceci…

—Tout ceci ne signifie rien, si on n'est pas fait pour être un Héraut. Il est vrai qu'on naît Héraut car personne ne peut *apprendre* à l'être, mais le sang n'a rien à y voir. Non, ce sont les Compagnons qui les désignent.

Alors, tout lui revint à la mémoire : l'instant brillant, magique, où elle avait regardé Rolan dans les yeux pour la première fois. « *Tu es mon élue* », avait-il dit dans son esprit.

Maintenant, elle se souvenait…

La femme sourit devant l'ébahissement de Talia. Les morceaux du puzzle venaient de se placer aux endroits adéquats, formant une image claire.

— D'habitude ils n'ont pas besoin d'aller très loin. C'est une chose étonnante, mais pour différentes raisons, tous ceux qui ont l'étoffe de devenir des Hérauts se rapprochent d'eux-mêmes de la cité, de la Cour et du Collegium. Parfois, il arrive que les Compagnons doivent partir à la recherche de leur Héraut. Il y a même un Compagnon qui procède *toujours* ainsi. Dites-moi, parmi les récits que vous avez lus, êtes-vous tombée sur l'histoire qui s'appelle « Le Héraut Personnel de la reine » ?

— Oui, dit Talia d'un ton dubitatif, toujours un peu sidérée par la révélation et les souvenirs qui lui étaient revenus. Mais je n'ai jamais compris ce qu'elle signifiait.

— C'est un poste de toute confiance. Seule une personne vraiment extraordinaire peut l'occuper. Chacun voudrait connaître quelqu'un qui ne donnerait jamais de mauvais conseils, et qui serait un véritable ami dans tous les sens du mot. La reine a besoin d'une telle personne plus que n'importe qui, car elle est entourée de gens qui n'ont que leur intérêt à l'esprit. C'est cela, le « Héraut Personnel de la reine ». Son existence est une des raisons expliquant que ce royaume a connu si peu de luttes intestines au cours des ans. Quand la reine sait qu'il existe quelqu'un en qui elle peut avoir confiance, et qui lui dira toujours la *vérité*, cela la rend plus sûre d'elle, plus honnête, moins égoïste ; cela fait d'elle un meilleur chef. Le poste de Héraut Personnel est attribué à vie. La personne qui l'occupe est toujours élue par le Compagnon du dernier titulaire. Quand ce Héraut meurt, le Compagnon quitte le Collegium et part dans le royaume à la recherche d'un successeur. Autrefois, cela prenait rarement plus d'un jour ou deux ; souvent, le

Compagnon désigne quelqu'un qui est déjà un Héraut, ou près de le devenir. Cette fois, les choses se sont passées différemment. Quand Talamir est mort, son Compagnon s'est absenté pendant près de deux mois. Cela n'était pas arrivé depuis bien longtemps.

Talia était si intéressée par le récit de la dame qu'elle en oublia ses appréhensions.

— Pourquoi ? demanda-t-elle simplement.

La femme réfléchit longtemps. La jeune fille méritait la meilleure réponse qu'elle pouvait donner, et la plus honnête.

— Nous pensons que c'est lié à la situation actuelle. L'Héritière est une enfant gâtée, un peu par la faute de la reine. Elle a laissé la politique et des choses qui lui semblaient importantes lui voler une trop grande partie de son temps. La nourrice de l'enfant vient d'un royaume extérieur ; elle lui a donné une conscience exagérée de sa propre importance. Il ne sera pas facile de faire de cette sale gosse le genre de femme qui mérite de s'asseoir sur le Trône. Le Compagnon de Talamir a dû aller loin pour trouver la personne capable de relever le défi.

— Il a découvert quelqu'un, n'est-ce pas ? demanda Talia.

— Ma foi oui. Il nous l'a amené aujourd'hui.

La dame observa avec attention la réaction de Talia, consciente que cela lui en apprendrait beaucoup sur son caractère.

L'adolescente n'en crut pas ses oreilles.

— *Moi* ? Mais… je ne connais rien… Je ne suis qu'une gamine de basse extraction, une fermière… Je ne sais pas parler comme il faut. Je n'ai pas les vêtements convenables… Je ne suis pas *du tout* la personne que…

— Vous savez comment traiter une enfant gâtée. Je ne vous cacherai pas que j'attendais quelqu'un de plus âgé, mais bon, les Compagnons ne se trompent jamais. Elspeth et vous êtes assez proches en âge pour que vous soyez une véritable amie pour elle, une fois que vous l'aurez matée. Et puis, elle n'a été que trop couvée par les courtisans. Un peu de bon sens paysan ne lui fera pas de mal. Et quelques bonnes fessées paysannes aussi ! Si j'avais eu quelqu'un à qui me confier et avec qui échanger des idées, je suis sûre que je n'aurais jamais épousé son père…

Elle soupira.

— Vous… son père… Vous êtes la *reine* ?

Talia se releva d'un bond, horrifiée. La femme dissimula de son mieux son amusement devant l'air totalement mortifié de la fillette.

— Je viens de tacher de boue les vêtements de la *reine* ?

Elle fit mine de se jeter à genoux, mais la reine l'en empêcha.

— Talia, ma chère, hors de la salle du Trône, la reine n'est qu'un Héraut parmi les autres. Et une mère qui a bien besoin de votre aide ! Je me suis trompée quelque part avec ma fille, et je n'arrive pas à remettre les choses en ordre. D'après ce que j'ai vu, vous y êtes arrivée, malgré votre jeunesse. Sachez cependant que nul ne peut vous obliger à accepter. Si vous ne vous sentez pas de taille à devenir le Héraut Personnel d'une femme qui a l'âge d'être votre mère, et à résister aux outrages d'un petit monstre gâté, nous trouverons un endroit pour vous, où vous serez heureuse. Si vous refusez, nous enverrons de nouveau Rolan à la recherche de quelqu'un. Mais je crois que son jugement était sûr quand il vous a élue. Talia, voulez-vous devenir le Héraut Personnel de la reine ?

Sûre que tout cela était le résultat d'un immense malentendu, l'adolescente ouvrit la bouche pour refuser.

— Oui ! s'entendit-elle dire. Oh, oui !

La reine soupira comme si un fardeau immense venait de lui être retiré.

— Merci. Croyez-moi, vous n'aurez pas à affronter tout cela seule avant longtemps. Vous avez beaucoup à apprendre ; nombreux sont ceux qui vous aideront. Le plus important, c'est que vous deveniez l'amie d'Elspeth ; ainsi, vous commencerez à la guider. Je donne parfois des tâches difficiles à mes Hérauts, mais j'essaie de ne pas exiger l'impossible !

Elle sourit, le soulagement inscrit sur son visage.

— Que puis-je vous dire d'autre ? Qu'aimeriez-vous savoir ?

— Est-ce que… (Talia hésita un instant, avala sa salive avec difficulté.) Pourrais-je voir Rolan de temps en temps ?

— De temps en temps ? Mon enfant, c'est *votre* Compagnon maintenant ! Si vous le souhaitiez, rien ne vous empêcherait de dormir avec lui dans sa stalle.

— C'est vrai ? Je peux ? Ce serait possible ?

Cela ressemblait trop aux récits qu'elle lisait. Un instant, elle pensa qu'elle allait se réveiller dans le grenier de la maison familiale, son livre sur les genoux… Mais aucun de ses rêves n'avait jamais eu cette clarté, cette réalité. Avec soulagement, avec joie, elle comprit que tout était vrai : elle allait devenir un Héraut, comme Vanyel, Danseur-d'Ombre et tous les autres.

Pas n'importe quel Héraut : celui qui occupe le plus haut rang de tout le royaume. Cela étant trop difficile à assimiler, elle préféra ne plus y penser pour le moment.

Elle leva les yeux vers la reine et laissa sa joie paraître sur son visage, qui redevint d'un coup enfantin.

— Oui, Talia, tout cela est réel, dit la reine en souriant.

L'adolescente était si réservée et contrôlait si bien ses émotions qu'il était aisé d'oublier qu'elle n'avait que treize ans. Heureusement, il existait des moments où elle laissait tomber le masque pour redevenir une enfant plongée dans le ravissement. Il ne serait pas difficile de s'attacher à elle, songea la reine.

Puis l'adulte miniature reparut, sérieuse et un peu compassée.

— Par quoi dois-je commencer ? Que dois-je faire ?

— Vous allez vous y mettre tout de suite.

La reine tira le cordon de la sonnette qui allait faire venir le doyen du Collegium, impatient de connaître le résultat de l'entretien.

— Dès que le doyen Elcarth arrivera, reprit la souveraine, il vous emmènera au Collegium et vous aidera à vous installer. Puis vous commencerez à apprendre. Et j'espère que vous apprendrez vite. J'ai… Nous avons *tous* besoin de vous. Plus que vous ne pouvez l'imaginer !

Chapitre 4

Le petit homme portant des vêtements blancs de Héraut que la reine présenta à Talia n'était pas très impressionnant. À peine plus grand que l'adolescente, le doyen Elcarth ressemblait tellement à un oiseau avec sa chevelure grise ébouriffée qui faisait penser à des plumes, qu'il fit fondre comme neige au soleil le malaise que Talia ressentait d'habitude en face des hommes.

— Voici donc notre nouvelle apprentie Héraut, dit-il en examinant Talia d'un regard vif et intelligent. Je pense que vous vous en sortirez très bien ici, mon enfant. Et je me trompe rarement !

Il eut un petit rire, auquel Talia répondit par un sourire timide.

Il se tourna vers la reine.

— Avec votre permission, Selenay…

— Je la remets entre vos mains expertes, répondit la souveraine.

— Parfait. Venez avec moi, petite. Je vais vous faire visiter les lieux ; nous trouverons peut-être quelqu'un pour vous aider à vous installer parmi nous.

Talia le suivit dans le couloir aux murs lambrissés. Elle était contente que le doyen soit presque de sa taille, car il marchait si vite qu'elle avait du mal à tenir la cadence.

Elle ne cessait pas de l'observer à la dérobée. Dans sa vie, elle avait eu trop de mauvaises surprises pour se fier à son premier jugement. Et elle ne voulait pas commettre d'impair, seule au milieu d'étrangers.

Elcarth capta ses regards craintifs. Doyen du Collegium des Hérauts depuis des dizaines d'années, il avait une longue pratique de l'évaluation des apprentis nouvellement élus. Pas une nuance du comportement de Talia ne lui avait échappé. Il avait remarqué la façon dont elle s'était ratatinée sur elle-même quand il s'était approché d'elle, et son soulagement quand elle l'avait vu de plus près.

L'obéissance aveugle dont elle venait de faire preuve lui en disait beaucoup ; sa timidité d'animal sauvage aussi. L'enfant avait été maltraitée : mentalement, affectivement et peut-être aussi physiquement. Par bonheur, il était certain que sa volonté n'avait pas été brisée ; sinon, Rolan ne l'aurait pas élue. Elcarth nota de discuter avec la reine du problème des Hold. Il était criminel d'avoir laissé cette enfant dans l'ignorance du Choix des Compagnons. Le jeune Dirk avait raison : la petite était si renfermée et si apeurée que c'en devenait à peine croyable. Les femmes ne semblaient pas éveiller chez elle une angoisse aussi marquée, mais on eût dit que la seule chose qu'elle attendait des mâles était des coups et des injures. Il faudra du temps avant qu'un homme qu'elle ne connaît pas parvienne à gagner sa confiance. Jusqu'à ce qu'elle soit habituée au Collegium, il serait préférable que ses professeurs soient surtout des femmes. Parmi les hommes, seul le Héraut Teren paraissait assez peu menaçant pour que Talia ne tremble pas en sa présence.

Elcarth interrogea Talia en prenant soin de garder un ton amical et en projetant vers elle des ondes de calme. Il fut très satisfait des réponses, car il craignait que la fillette soit illettrée. Mais elle était à un niveau comparable à celui des autres élus du même âge qu'elle. De plus, elle avait une soif incroyable de connaissances. Il ne se faisait aucun souci pour ses études : il suffirait de lui donner accès aux informations et à un bon enseignement, et elle se chargerait du reste sans qu'il soit besoin de la pousser.

Sa seule faiblesse se situait au niveau de l'autodéfense et des armes. Elle n'y connaissait rien, ce qui était plus qu'ennuyeux. Il lui faudrait apprendre et vite. Dans le Cercle des Hérauts, beaucoup pensaient que la mort de Talamir n'était pas fortuite ; Elcarth partageait cette opinion. Talia n'était qu'une enfant, seule en face de ceux qui avaient réussi à faire croire que ce Héraut expérimenté était simplement mort de vieillesse. Elle ne faisait pas le poids. Et dire que cette fragile créature portait tous leurs espoirs ! Alberich, le maître d'armes, était le seul à pouvoir l'entraîner et la former assez rapidement ; mais il risquait de l'effrayer ! Il faudrait qu'il lui parle d'urgence, dès qu'il aurait installé la gamine. Alberich n'était pas idiot : il saurait comment traiter l'adolescente.

Elcarth ne cessa pas de questionner l'adolescente, observant soigneusement chaque nuance de son comportement. Aucune de ses réactions ne lui échappait.

Talia était étonnée par les questions du doyen, qui semblaient ne suivre aucun canevas précis. Il sautait d'un sujet à l'autre si vite qu'elle n'avait ni le temps de réfléchir à ses réponses ni celui d'anticiper les prochaines questions. Pourtant, ce qu'elle disait semblait le satisfaire.

Une ou deux fois, elle eut même l'impression qu'il était *extrêmement* satisfait.

Ils traversèrent d'interminables couloirs lambrissés aux murs décorés de riches tapisseries. Certains avaient des fenêtres donnant sur l'extérieur, qui permirent à Talia d'avoir une idée de la direction qu'ils suivaient. Enfin ils passèrent par une porte aux lourds vantaux.

— Nous sommes dans le bâtiment du Collegium, dit Elcarth, celui des Hérauts ; il existe deux autres Collegia, celui des Bardes et celui des Guérisseurs. Le nôtre est le plus grand, mais c'est en partie parce que la plupart des amphithéâtres sont ici, ce qui nous permet d'économiser de l'espace. Les Guérisseurs et les Bardes ont leurs propres bâtiments. La Maison des Guérisseurs fait partie du Collegium des Guérisseurs ; vous en avez peut-être entendu parler. Le long de ce couloir se trouvent les salles de cours ; le rez-de-chaussée abrite uniquement ce type de pièces. La porte, au bout du couloir, mène à la cour des écuries et au terrain d'entraînement. Derrière nous, de chaque côté de l'huis que nous venons de passer, se trouvent les quartiers d'habitation des Hérauts du royaume.

— Ils sont *tous* ici ? demanda Talia, ébahie de savoir tant de Hérauts regroupés en un seul lieu.

— En fait, non. La plupart sont à l'extérieur, vaquant à leurs affaires. Mais ils ont tous au moins une chambre ici. Ceux qui sont en service permanent au palais ou au Collegium ont plusieurs pièces, ainsi que ceux qui se sont retirés du service, s'ils décident de rester parmi nous. Il y a un escalier derrière nous, et un autre au milieu du bâtiment ; le troisième est près de la porte, au bout du couloir. Nous allons maintenant monter dans les quartiers des étudiants.

L'escalier lambrissé n'était pas aussi étroit que ceux des maisons Hold. À mi-chemin, il était éclairé par une petite fenêtre. Il y avait une porte sur le second palier, que le doyen ouvrit.

— Voici le dortoir, dit-il.

Comme au rez-de-chaussée, le couloir était lambrissé de bois sombre et lisse, mais non poli. Les portes semblaient plus rapprochées que dans le grand hall.

— Comme vous le voyez, reprit Elcarth, le hall est plus petit que celui d'en bas, car de l'autre côté de ce mur se trouve la salle commune où sont servis les repas. À l'autre bout, il y a la section des garçons. Nous sommes dans la section des filles. Le deuxième étage est constitué d'une seule pièce ; c'est la bibliothèque et la salle d'étude. Elle est réservée aux étudiants et aux Hérauts ; vous pouvez y aller chaque fois que vous n'avez pas de cours ou d'autres tâches à accomplir. Essayez quand même de passer un peu de temps à manger et à dormir, plaisanta Elcarth en voyant les yeux de Talia briller d'excitation.

À ce moment, un petit garçon, portant le même type d'uniforme que le garde de la route, mais bleu clair au lieu d'être foncé, arriva en courant et s'arrêta auprès d'Elcarth. Un homme d'âge mûr à l'air harassé le suivait à quelque distance. Il était richement vêtu ; c'était la première personne sans uniforme que Talia voyait depuis son arrivée en ces lieux.

— Par les dieux, que se passe-t-il encore ? marmonna Elcarth comme le gamin arrivait à leur hauteur.

— Doyen Elcarth, dit le garçon, hors d'haleine, c'est le prévôt, monsieur.

— Je vois bien, Leland. Qu'est-il arrivé cette fois ? Un incendie, une inondation, des émeutes dans les rues ?

— Un peu des trois, mon seigneur Héraut, dit le prévôt, qui venait d'arriver auprès d'eux.

Talia se plaqua contre le mur comme si elle voulait se rendre invisible.

— Vous connaissez la Fontaine des Dames dans la cour du Tailleur ? Celle qui se jetait dans un caniveau sur la rue BriseAiguille ?

— Qui se jetait, dites-vous ? Vos paroles m'emplissent d'inquiétude, répliqua Elcarth en soupirant.

— Eh bien, quelqu'un a trouvé intelligent de détourner la fontaine dans la cave qui sert de salle de réunion à la taverne de Jon Hapkins, *la Vierge et les Étoiles*, qui est, comme vous le savez...

— ... le lieu de réunion secret et favori des étudiants Bardes de troisième année, oui, je sais. Cela ressemble à un coup des Non-affiliés, n'est-ce pas ? Les tuyauteries et...

— En partie, mon seigneur.

— Vous ne faites rien pour calmer mon inquiétude. Continuez, mon ami.

— Les étudiants Bardes n'ont pas apprécié d'avoir les pieds dans l'eau. Ils n'ont pas apprécié *du tout*.

— Et ils se sont lancés à la poursuite des responsables, je suppose ?

— Oui, mon seigneur. Je me suis laissé dire que les baguettes de tambour peuvent aussi servir de gourdin... Sans compter la mode récente de se promener avec des cannes sculptées...

— Voilà pour l'inondation et les émeutes. Et l'incendie ?

— Il a été allumé par les étudiants Bardes, mon seigneur. Il semble que ceux qu'ils tenaient pour responsables de leurs orteils humides se soient réfugiés à *l'Œuf du Griffon*. Ils ont refusé de sortir, alors quelqu'un a proposé de les enfumer. On a allumé un feu rudimentaire et envoyé la fumée par la porte de derrière.

— Grands dieux..., fit Elcarth en se passant une main sur les yeux.

Talia eut l'impression que le petit homme trahissait les premiers symptômes d'un mal de tête.

— Mais pourquoi me raconter tout cela ? reprit le doyen. Il vous suffirait de parler aux parents, aux clients des Non-affiliés concernés, et au doyen des Bardes.

— Ce que j'ai fait, mon seigneur Héraut. Cette partie-là est réglée.

— Parce qu'il y a encore autre chose ? Que la Dame me garde...

— Quand le tumulte a été calmé et que ces dames et ces messieurs eurent repris leurs esprits, on s'est aperçu que quelqu'un leur avait subtilisé leurs bourses. Elles ont été retrouvées, intactes, pendues aux arbres des jardins du Cloître. Les prêtresses de la Dame n'ont pas vu qui les avait mises là, mais certains des combattants se sont souvenus d'avoir aperçu, au sein de la mêlée, quelqu'un qui portait les vêtements gris d'un étudiant Héraut.

— Inutile de dire de qui il s'agissait...

— Oui, mon seigneur. Un seul de vos élèves est capable de jouer un tel tour.

— Par le seigneur des ténèbres et de la lumière, marmonna Elcarth en se frottant les tempes. Attendez un peu, prévôt. Je dois m'occuper d'une autre affaire, puis je suis à vous.

Elcarth regarda alentour et vit Talia, recroquevillée contre le mur.

— Mon enfant, j'en suis affreusement désolé, mais je vais être obligé de vous trouver un autre guide pour le moment, dit-il en la poussant gentiment par les épaules.

La porte de la salle commune s'ouvrit ; un groupe de jeunes filles vêtues de gris en sortit.

— Ah, fit Elcarth avec enthousiasme, voici justement la personne que je cherchais ! Sherrill !

Une des jeunes filles, une grande brune mince aux yeux noisette et au visage étroit, se tourna en entendant son nom. Souriante, elle s'avança vers eux.

— Monsieur ? dit-elle avec un regard curieux à Talia.

— Voici la jeune demoiselle que Rolan nous a amenée. Elle vient d'une contrée des Marches dont les habitudes diffèrent des nôtres, et elle est plutôt perdue. Il lui faudra de l'aide pour s'adapter. Malheureusement, le prévôt a besoin de moi pour une certaine affaire. Pourriez-vous…

— … me charger d'elle à votre place ? Oui, bien sûr ! Est-elle aussi perturbée que je l'étais en arrivant ?

La jeune fille sourit gentiment. Talia lui retourna un sourire timide.

— Oui. Même pire, sur certains points, répondit le doyen.

— Par le ciel, la pauvre petite !

La jeune fille sourit de nouveau à Talia.

— Bon, nous verrons ce que nous pouvons faire pour elle. Euh, monsieur… l'affaire avec le prévôt, est-ce Skif de nouveau ?

— On dirait.

— Grands dieux ! N'apprendra-t-il jamais ?

— Si, il apprend. En aucun cas il ne joue le même tour deux fois de suite, répliqua Elcarth en dissimulant un gloussement. Ce n'est pas trop grave cette fois, il n'est pas le principal coupable ; je devrais pouvoir le tirer de là sans problème.

— Je l'espère. J'apprécie ce petit démon !

— Comme nous tous ; à l'exception, peut-être, du seigneur Orthallen... Prenez bien soin de la jeune Talia. Je compte sur vous. Je vois que le prévôt s'impatiente...

— Oui, monsieur.

Elle se tourna vers Talia.

— Le doyen sait que j'avais les mêmes problèmes que toi quand je suis arrivée, dit-elle avec un sourire complice. Je suis née au sein d'un peuple de pêcheurs du Lac Evendim, et je ne connaissais rien, à part le poisson. Tu aurais dû voir l'état de mon postérieur quand je suis arrivée ! Je n'étais jamais montée à cheval auparavant... De plus, je ne savais ni lire, ni écrire.

— J'ai appris, dit Talia timidement. Et je sais compter, aussi.

— Tu vois ? Tu as l'avantage sur moi ! Doyen, dit-elle, interrompant le cours des pensées d'Elcarth, suivra-t-elle l'Orientation de base demain avec Teren ?

— Naturellement. Nous avons interrompu les cours en attendant son arrivée. Je préparerai un plan d'études pour elle et je le donnerai à Teren. Et je veux aussi que vous l'ameniez à Alberich et qu'il décide ce qu'il peut faire d'elle.

Sherrill eut l'air un peu surprise que le doyen mette si rapidement l'adolescente entre les mains d'Alberich.

Elcarth lui fit un signe discret indiquant qu'il voulait en parler plus tard. Elle répondit de même. Elcarth les quitta pour suivre le prévôt.

Sherrill regarda de plus près la plus récente – et la plus importante – des élues. La pauvre petite avait l'air épuisée, intimidée et inquiète. Elle devait être encore sous le choc. Sherrill éprouva pour elle un sentiment presque maternel.

— Eh bien, Talia, la première chose à faire est de te trouver une chambre et de te procurer tes uniformes et tes affaires, dit-elle sur un ton dégagé, en espérant mettre la fillette à l'aise.

— Quel âge as-tu, au fait ?

— Treize ans, répondit Talia si doucement que Sherrill l'entendit à peine.

— Tant que ça ? Tu ne les fais pas, dit l'étudiante, montrant le chemin à la gamine. Ce n'est pas si mal d'être petite. Il y a peu de Hérauts de ta taille ; au moins tu auras des uniformes spécialement faits pour toi, pas des vieux trucs reprisés !

— Des uniformes ?

— Oui, comme celui que je porte. Ils sont identiques aux vêtements des Hérauts, mais gris au lieu de blanc, et le tissu est un peu différent. Cela nous met tous sur un pied d'égalité, et ça permet d'identifier facilement les étudiants Hérauts. Les Collegia des Bardes et des Guérisseurs font de même ; les Bardes sont vêtus de pourpre, les étudiants de marron. Les Guérisseurs portent du vert, et leurs élèves du vert pâle. Nous sommes en gris jusqu'à ce que nous ayons gagné le droit d'arborer le blanc des Hérauts. Certains étudiants n'appartiennent à aucun des trois Collegia. Ce sont les Non-affiliés. Ils sont vêtus de bleu, c'est pourquoi nous les surnommons les Bleus. Ils apprennent toutes sortes de choses : certains ont des dons réels, d'autres ont juste des parents riches qui pensent qu'ils ne devraient pas se contenter de savoir choisir de nouveaux chevaux et de nouveaux vêtements.

Sherrill fronça les sourcils ; un moment, elle se demanda ce qu'elle devait dire à l'adolescente concernant les Bleus. Fallait-il inquiéter l'enfant, peut-être inutilement, ou la laisser dans l'ignorance des intrigues qui se déroulaient autour d'elle ? Il était difficile de juger, car la jeune fille présentait au monde une apparence inaltérable. Sherrill savait qu'elle n'avait pas le don de décrypter la personnalité de quelqu'un. Il lui était impossible de dire ce qui se passait derrière le visage calme et les yeux ronds de Talia.

Elle se décida pour un moyen terme.

— Il faudra te méfier d'eux. Les Collegia des Bardes et des Guérisseurs font très attention au choix de leurs étudiants, et les apprentis Hérauts sont toujours élus par leur Compagnon ; mais il n'y a aucun critère de sélection pour les étudiants Non-affiliés. Tout ce qu'on leur demande, c'est de réussir les examens. La moitié au moins vient de la Cour, mais ce ne sont que des rustres, malgré leur haute naissance ; quelques-uns ont *vraiment* mauvais esprit. À ta place, je resterais près des autres Gris.

Elle s'arrêta devant une porte au bout du couloir et l'ouvrit.

— Voilà. Ce sera ta chambre.

La pièce était si petite que les meubles y tenaient à peine : un lit, un bureau et sa chaise, une bibliothèque et une armoire. Mais pour Talia, c'était un palais. Chez elle, pensa Sherrill, elle avait dû partager sa chambre, peut-être même son lit, avec d'autres fillettes. La petite n'avait jamais eu un coin à elle, Sherrill en était sûre. Elle glissa un bout de carton portant le nom de Talia dans un support fixé sur la porte. La jeune femme comprenait ce que l'adolescente ressentait ; elle avait vécu de la même manière avant d'être élue par son Compagnon. L'été, tout le monde était entassé sur le bateau de pêche comme des harengs dans un baril. L'hiver, la famille se réfugiait dans une maison qui abritait également les familles de ses deux oncles. Parfois, elle s'était demandée comment deux personnes de sexe opposé parvenaient à s'isoler assez longtemps pour préparer les générations à venir…

— Cela te plaît ? demanda-t-elle, tentant de faire réagir la fillette.

Talia était émerveillée. Toute sa vie, elle avait dormi dans le même lit que deux de ses sœurs, dans le grenier inhospitalier de la maison paternelle. Cette chambre – *sa* chambre ! – lui semblait incroyablement luxueuse. Sherrill paraissait la comprendre ; elle lui laissa contempler ce miracle un long moment.

— Oh oui, dit-elle enfin. C'est merveilleux !

C'était encore davantage que cela : la réalisation de ses rêves les plus secrets, un endroit où s'isoler, une retraite où personne ne la dérangerait ou la suivrait. Talia avait remarqué tout de suite le verrou intérieur. Si elle le désirait, elle pouvait tenir le monde à l'écart !

— Bien ! Il nous faut maintenant aller trouver l'intendante, dit Sherrill, interrompant ses rêves éveillés. Elle te donnera les choses dont tu as besoin et t'inscrira sur le tableau de service.

— Qu'est-ce que c'est ?

— Enfin, une question ! Je commençais à me demander si tu avais une langue ! taquina Sherrill. (Talia rosit.) Il est traditionnel dans les trois Collegia que chacun prenne en charge une partie du travail domestique. Ici, il n'y a pas de serviteur. Les seules personnes des Collegia qui ne sont pas étudiants ou professeurs sont le cuisinier et l'intendante. Chaque jour, nous effectuons une tâche ou l'autre, cela ne prend pas très longtemps. Ça permet aussi à ceux qui sont de haute naissance de bien assimiler que nous sommes tous égaux. Bien sûr, les malades sont dispensés. Je pense qu'ils nous auraient bien laissé faire toute la cuisine, s'ils n'avaient pas peur que nous empoisonnions tout le monde !

Sherrill gloussa. Talia rit, hésitante.

— Je sais cuisiner. Enfin, un peu.

— Parfait ! N'oublie pas de le dire à l'intendante, elle t'affectera à la cuisine la plupart du temps. Certains d'entre nous sont incapables de distinguer la tête d'un poulet de son croupion !

Elle gloussa de nouveau se souvenant d'un incident amusant.

— Un camarade a gagné ses vêtements blancs de Héraut il y a un mois et quelque... Il s'appelle Kris. Venant d'une famille noble, il avait été élevé dans du coton jusqu'à son arrivée. La première fois qu'il a été désigné pour la corvée de pitance, le cuisinier lui a dit de préparer et de farcir un poulet. Il lui a montré comment ouvrir l'animal pour le nettoyer, car il ne l'avait jamais fait. Kris a ouvert le poulet, puis il a regardé à l'intérieur et il a dit : « Je n'ai pas besoin de le farcir, il est déjà plein ! » Le cuisinier en rit encore !

Elles étaient arrivées en bas de l'escalier. Sherrill frappa deux fois à la porte, puis l'ouvrit. Elles entrèrent. Derrière, il y avait une petite pièce blanchie à la chaux, éclairée par une fenêtre placée près du plafond. L'endroit ne contenait qu'un bureau où trônait une femme d'âge moyen au sourire engageant.

Voici la nouvelle, intendante, dit Sherrill avec enthousiasme.

La femme évalua Talia du regard.

— Taille 7, à peine, dirait-on. Nous avons peu d'élues aussi petites. As-tu apporté quelque chose avec toi ?

Talia secoua timidement la tête. Sherrill répondit pour elle.

— Comme moi, intendante Gaytha, elle n'a que les vêtements qu'elle porte. Il faudrait dire un mot à ce sujet à la reine Selenay. Les Compagnons ne laissent jamais le temps aux élus de faire leurs bagages !

L'intendante sourit. Puis elle quitta la pièce par la porte située derrière son bureau. Elle revint un court moment plus tard avec une pile de vêtements bien pliés et un sac plein.

— Les règles du Collegium sont de se laver les mains avant chaque repas, et de prendre un bain chaud tous les soirs, dit-elle en donnant une moitié de la pile à Talia et l'autre à Sherrill. Tu jetteras les vêtements sales dans la descente de la buanderie de la salle de bains. Sherrill te montrera où elle est. Tu changeras tes draps une fois par semaine, les sales allant aussi à la buanderie. Si tu as travaillé avec ton Compagnon ou sur le terrain d'exercice, change de vêtements avant le repas. Nous avons largement assez d'eau chaude et de savon. Il est très important de rester net : qui ferait confiance à un Héraut négligé ? Tu peux me demander des uniformes propres quand tu en as besoin. Je sais que ce n'est pas comme cela que tu étais habituée, mais…

— Ça m'a posé un problème au début, intervint Sherrill. Là où je suis née, on ne se lave pas en hiver, parce qu'il n'y a aucun moyen de faire chauffer assez d'eau, sans parler des courants d'air ! Maintenant j'évite d'aller visiter les miens en cette saison : mon odorat est désormais beaucoup plus sensible !

Talia pensa aux vérifications biquotidiennes de Keldar, et à l'étrillage à l'eau froide avec une brosse à parquet qui suivait si elle découvrait la moindre trace de saleté.

— Je crois que ce sera parfait, murmura-t-elle.

— Bien. Comme Sherrill te l'a sûrement dit, vous avez chacun une petite tâche domestique à accomplir chaque jour. Que sais-tu faire ?

— Tout, répliqua promptement Talia.

L'intendante eut l'air sceptique.

— Pardonne-moi, ma chère petite, mais cela ne me semble guère possible pour quelqu'un de ton âge.

— Elle est plus vieille qu'elle n'en a l'air, intervint Sherrill. Treize ans.

— Ils étaient sur le point de m'obliger à me marier, alors je me suis enfuie. C'est à ce moment-là que Rolan m'a trouvée. Keldar a dit que j'étais prête.

L'intendante ne chercha pas à cacher sa désapprobation.

— *Mariée* ? À treize ans ?

— Il n'est pas rare de se marier aussi jeune dans les Marches, dit Sherrill. Chez moi, ils n'attendent guère plus longtemps. Les gens des Marches traitent leurs enfants comme du bétail : ils les marient jeunes pour avoir le plus possible de rejetons. La vie est dure là-bas, intendante. S'ils essayaient de vivre suivant les règles du royaume, ils ne parviendraient pas à garder leurs terres.

— Tout de même, cela semble barbare, dit l'intendante avec une moue de dégoût.

— Ça l'est probablement, mais leur priorité est de survivre. Et puis, ce genre d'éducation a produit un Héraut qui a une chance de faire de la Furie une Héritière digne de ce nom. Vous remarquerez que Rolan n'a pas sélectionné l'un de nous !

Sherrill sourit à Talia, qui essayait de cacher son désarroi.

— Désolée de parler de toi comme si tu n'étais pas là, fit-elle. Ne fais pas attention, petite. Nous n'avons pas tous bénéficié de ce que l'intendante appelle une « éducation civilisée ». Te souviens-tu que mon peuple ne se lave pas en hiver ? Quand je suis arrivée, l'intendante a dû me maintenir de force dans un bac d'eau chaude pour me nettoyer ! J'étais vraiment une barbare !

Talia ne parvenait pas à imaginer la jeune fille immaculée et pleine d'assurance, dans le rôle d'une gamine lavée de force. Elle arrivait encore moins à concevoir qu'il ait pu être nécessaire de la traiter ainsi.

— Talia, sais-tu cuisiner et coudre ?

— Je sais cuisiner, mais les choses simples seulement. Les Épouses s'occupaient des festins, c'était trop important pour qu'on nous laisse faire. Je ne brode pas bien du tout, mais je sais réparer les vêtements et les coudre, et je peux tricoter. Et aussi filer la laine. Et puis j'ai appris à nettoyer à peu près n'importe quoi.

L'intendante réprima un gloussement en notant le ton exaspéré de Talia. Cela seul suffit à la convaincre que l'adolescente était sans doute capable de faire ce qu'elle disait.

—Il est très rare que nos étudiants aient autant l'expérience des travaux domestiques. Je crois que je t'affecterai tour à tour à la cuisine et à la salle de couture. Il ne manque pas de vêtements à réparer et à recoudre, mais il y a pénurie de mains capables de le faire! Mero sera ravi que je lui envoie quelqu'un qui sache traiter la nourriture, pour changer!

Elle donna à Talia une feuille de papier après avoir consulté un de ses livres et y avoir inscrit quelque chose.

—Voilà ton emploi du temps. Viens me voir s'il est trop difficile à caser entre tes cours, et nous le changerons.

Sherrill ramena Talia à sa chambre. La petite examina ses nouveaux vêtements avec grand intérêt. Il y avait des chemises larges, prévues pour être portées avec des tuniques mi-longues faites d'un tissu plus lourd semblable à de la toile mais plus souple, ainsi que des braies et des jupes du même matériau. Certains des vêtements, plus épais, devaient être prévus pour l'hiver. Il y avait un manteau de laine, et plusieurs collants et sous-vêtements, sans oublier des chemises de nuit.

—Il te faudra garder tes bottes pour le moment, jusqu'à ce que nous puissions en fabriquer à ta taille, dit Sherrill. Cela prendra au moins une semaine; mais des bottes pas adaptées sont pires que tout. Keren sera folle de rage si tu essaies de monter sans bottes, sauf à cru, bien sûr.

Elles venaient de finir de ranger les vêtements et de faire le lit quand une cloche résonna dans le hall.

— C'est l'appel du repas du soir, dit Sherrill. Prends un de tes uniformes, nous allons nous laver et tu pourras te changer.

La salle de bains était bondée. Sherrill lui montra où se trouvaient la descente de la buanderie, les serviettes, le savon et les fournitures hygiéniques pour les jours spéciaux du mois. Malgré l'affluence, Sherrill parvint à trouver des cuvettes et de l'eau chaude pour elles deux. Talia se sentit beaucoup mieux après s'être débarrassée de la saleté du voyage et avoir effacé les dernières traces de larmes de son visage. Sherrill la pressa d'endosser ses nouveaux vêtements et la conduisit à la salle commune.

Le repas fut animé et bruyant. Tout le monde était assis à de longues tables, étudiants et adultes confondus. Chacun se servait dans les saladiers et les plats qui arrivaient par une sorte de placard. Le meuble sembla à Talia bien trop petit pour contenir tout ce qui en sortait. Voyant son regard étonné, Sherrill lui expliqua, en dépit du bruit.

— C'est un monte-charge qui mène à la cuisine, au sous-sol, là où se trouvent aussi le bureau de l'intendante et les réserves. Et ne te sens pas trop attristée par le sort des serveurs, ils mangent mieux que nous car Mero leur garde les meilleurs morceaux !

Talia vit plusieurs silhouettes vêtues du blanc des Hérauts au milieu du gris des étudiants.

— Les Hérauts, murmura-t-elle à Sherrill, ce sont tous des professeurs ?

— Non, seulement la moitié environ. Certains rentrent de mission ; quelques-uns sont à la retraite et ont choisi de vivre ici. Il y a également d'anciens étudiants qui viennent d'obtenir leurs vêtements blancs et qui n'ont pas encore reçu leur première affectation. Puis il y a les trois Hérauts détachés en permanence au palais : pour la reine, c'est le doyen Elcarth ; pour le seigneur prévôt, c'est Hedric, mais nous ne le voyons pas beaucoup ; et enfin pour le sénéchal, il s'agit de Kyril, qui enseigne aussi de temps à autre. La plupart du temps, ils sont obligés de manger avec la Cour. Normalement, il devrait y en avoir un quatrième, le Héraut Personnel de la reine, mais…

Elle s'interrompit et regarda Talia du coin de l'œil.

— Que lui est-il arrivé ? demanda celle-ci d'une petite voix, sûre qu'elle n'allait pas apprécier la réponse.

La reine lui avait dit qu'il était dangereux d'être un Héraut, confirmant ce qu'elle avait lu dans les légendes. La façon dont les gens parlaient de l'ancien Héraut Personnel lui laissait à penser que Talamir avait succombé à l'un de ces dangers.

— Personne n'en est sûr. Il *aurait pu* s'agir d'une maladie, mais…

Sherrill hésita à continuer.

— Mais… ? Sherrill, j'ai *besoin* de savoir, dit-elle en regardant son mentor d'un air suppliant.

Son anxiété impressionna Sherrill, qui décida qu'il valait mieux que Talia soit avertie.

— Et bien, nombre d'entre nous soupçonnent qu'il a été empoisonné. Il était âgé et fragile ; il n'aurait pas fallu grand-chose pour le tuer. Si c'est vrai, cela n'a rien apporté à son assassin. Selon nous, on l'a tué parce qu'il était sur le point de convaincre Selenay d'envoyer sa fille en pension dans une famille qui ne céderait pas à tous ses caprices. Je suppose que tu ne le sais pas, mais la loi dit que l'Héritière doit également être un Héraut. Si la Furie n'est pas élue par un Compagnon, la reine sera obligée de se remarier en espérant qu'un autre enfant remplira les conditions voulues, ou de choisir un Héritier parmi les élus de sa lignée. D'une façon ou d'une autre, quantité de gens essaieront de s'immiscer dans les cercles du pouvoir. Pauvre Selenay ! N'importe lequel d'entre nous peut choisir un partenaire et avoir autant d'enfants que nécessaire sans qu'il y ait des implications politiques. Mais elle est la reine ; pour elle, c'est le mariage ou rien. Ce n'est pas une situation très confortable.

Sherrill examina d'un œil critique la gamine à l'air fragile qui se tenait à ses côtes. Elle commençait à comprendre pourquoi Elcarth voulait que Talia soit entraînée au maniement des armes avec autant de célérité.

Les révélations de sa compagne sur l'ancien Héraut de la reine n'étaient pas pour rassurer Talia.

— Et… et les gens qui ont empoisonné T… Talamir, bégaya-t-elle, crois-tu qu'ils essaieraient de me faire du mal ?

Se demandant si son aînée allait lui dire la vérité, elle attendit, les mains tremblantes.

Sherrill fut étonnée de sa compréhension immédiate des enjeux. Elle se hâta de la rassurer.

— Ils n'oseront pas essayer de nouveau le même coup, trop de gens ont eu des soupçons. Mais ils tenteront de te rendre la vie impossible, afin que tu partes de ton propre chef. C'est pour cela que je t'ai prévenue au sujet des Bleus. Ils pourraient recevoir de leurs parents l'ordre de te persécuter. Mais tu devrais être tranquille avec les étudiants des trois Collegia. (Sherrill sourit.) Talia, si quiconque t'ennuie et que tu ne te sentes pas capable de te défendre seule, parle-m'en. Mes amis et moi avons rabattu le caquet des Bleus plus d'une fois.

Talia avait très envie de lui faire confiance ; mais le pouvait-elle ? Parmi les siens, deux êtres seulement avaient un jour pris sa défense, pourquoi une étrangère le ferait-elle ? Elle continua à manger en silence, puis décida de changer de sujet.

— Combien d'étudiants y a-t-il ici ?

— Une soixantaine chez les Guérisseurs, quarante chez les Bardes, et depuis ton arrivée, exactement cinquante-trois au Collegium des Hérauts. Le nombre de Bleus varie entre vingt et cinquante. Je ne sais pas combien ils sont en ce moment. Demande à Teren, c'est l'assistant d'Elcarth, et ce sera ton premier instructeur demain.

— Combien de temps faut-il pour devenir Héraut ?

— Cinq ans, en moyenne. La plupart d'entre nous arrivent ici au même âge que toi, et endossent leur uniforme blanc à dix-huit ans. Mais cela peut varier : Elcarth, par exemple, a été élu à vingt ans, et il est devenu Héraut en trois ans. Quand tu auras gagné ton uniforme blanc, tu passeras un an environ sur le terrain, supervisée par un Héraut plus aguerri. Et ensuite, tu voleras de tes propres ailes.

Talia réfléchit un instant.

— Sherrill Comment ferai-je pour apprendre tout ce que je dois faire ?

— Ne t'inquiète pas, tu y arriveras. D'abord tu suivras les cours d'Orientation. Quatre autres élus sont arrivés ces derniers mois ; nous attendions le retour de Rolan pour commencer les cours. Tu suivras les études que le doyen pensera être le mieux adaptées à ton cas.

Talia sourit.

—Autrement dit, vous jetez le bébé à l'eau et vous regardez s'il apprend à nager !

—Nous ne sommes pas aussi primaires, dit Sherrill en riant. As-tu terminé ?

Talia fit signe que oui. Elles portèrent leurs couverts dans le monte-charge.

—Je suis de corvée de vaisselle ce soir, dit Sherrill, je vais donc t'abandonner. Tu pourras te débrouiller, ou tu préfères que je trouve quelqu'un pour te tenir compagnie ?

—Je… je me débrouillerai. J'aimerais beaucoup voir la bibliothèque si cela ne pose pas de problème.

—Aucun, la bibliothèque est là pour ça ! Mais n'attends pas trop avant de prendre ton bain, ou il n'y aura plus d'eau chaude. Je viendrai te chercher demain matin.

Sherrill dévala les escaliers vers la cuisine, et Talia remonta à l'étage sur la pointe des pieds.

Sherrill expédia la vaisselle, ravie que la corvée ne soit pas plus longue. Elle avait dit à Mero que le doyen voulait lui parler, et le cuisinier la laissa filer plus tôt. Sherrill se souvint du petit signe qu'Elcarth lui avait fait ; il y avait des choses qu'il préférait ne pas évoquer devant Talia.

Elle alla le trouver, dans la petite pièce encombrée qui lui servait de bureau. Il refusait de changer de local, prétendant que l'accumulation d'objets n'attendait que cette occasion pour se reproduire et envahir le nouvel espace.

— Des problèmes pour vous éclipser ? demanda-t-il en retirant une pile de livres d'une des chaises, une antiquité rembourrée et confortable.

— J'étais de corvée de vaisselle, c'était une excuse acceptable. En ce moment, Talia doit avoir le nez plongé dans les trésors de la bibliothèque.

— Parfait. Je suppose qu'être son mentor ne vous ennuie pas ? Vous êtes l'étudiante dont les origines sont les plus proches des siennes.

— Pauvre petite… Non, doyen, cela ne me dérange pas. Mais je ne crois pas que nous provenions de sociétés comparables. Les clans Evendim sont bruyants, excessifs, et presque incestueux à force d'affection. Là d'où vient Talia, j'ai l'impression que personne ne s'est soucié de lui donner un peu d'amour, et que la pauvre gosse a peur d'être punie pour le simple fait de respirer. Elle garde tout à l'intérieur. De plus, je ne sais pas grand-chose des gens des Hold.

— C'est le problème. Personne ne sait rien sur les Hold. Ce sont des gens renfermés qui se méfient des étrangers. Nous ignorions même qu'ils ne parlent pas à leurs enfants de la façon dont les Compagnons choisissent leurs élus.

— Ce n'est pas possible ! fit Sherrill, choquée.

— Pourtant c'est vrai. Elle n'avait pas la moindre idée de ce qui lui arrivait quand Rolan l'a élue. Je ne pense pas qu'elle sache vraiment ce qu'est Rolan. C'est de tout ça que je voulais vous parler. Cette petite a reçu une éducation très spéciale. Elle a peur des hommes, ce qui signifie qu'elle s'attend à recevoir des punitions de leur part. Cela correspond au peu que nous savons des Hold. Leur société est patriarcale et autocratique. La gamine réprime ses émotions, ce qui correspond aussi à ce que je sais de son peuple.

— Oui, fit Sherrill. Comme si elle voulait aller vers les autres mais n'osait pas ? Elle semble constamment sur la défensive. Je crois qu'elle ne fait confiance à personne, excepté Rolan, peut-être.

— Précisément. Ce sera toujours à vous de prendre les devants. Je pense qu'elle continuera à se montrer très réservée. Il vous appartiendra de découvrir si quelque chose la tracasse, car elle ne vous en parlera pas spontanément.

— C'est tout l'opposé de mon peuple ! dit Sherrill. Je ne sais pas si je serais capable de reconnaître les symptômes de ses problèmes en supposant qu'il y ait quelque chose à reconnaître !

— Faites de votre mieux, je ne peux pas demander plus, soupira Elcarth.

— J'admets qu'elle doit apprendre à se défendre, reprit Sherrill, mais pourquoi la mettre tout de suite entre les mains d'Alberich ? J'aurais cru que ce serait le dernier à qui vous la confieriez ! Pourquoi ne pas avoir demandé à Jeri, par exemple ? Elle serait beaucoup moins effrayante…

— Talia ne connaît absolument rien à l'autodéfense. Jeri est compétente, mais Alberich est le meilleur. Il est le seul qui puisse la former assez vite. Au cas où quelqu'un déciderait qu'un poignard dans le dos serait la meilleure façon de régler le problème du Héraut Personnel de la reine…

— J'espère qu'il sera gentil avec elle, dit Sherrill, sinon il la fera mourir de peur. Ce qui arrangerait bien ses assassins potentiels…

Malgré son ton humoristique, Sherrill était sérieuse.

—Je lui ai parlé ; il n'est pas la brute que vous supposez. Il saura la traiter avec douceur.

—Alberich, doux ? Vous devriez voir les bleus que je récolte à chaque entraînement…

—Mieux vaut un bleu à l'entraînement qu'une blessure mortelle, Sherrill. Quoi qu'il en soit, vous êtes ce que j'ai trouvé de mieux pour Talia. Voilà tout ce que j'avais à vous dire. Ce n'est peut-être pas beaucoup…

—Mais c'est un début, doyen Elcarth. Ne vous inquiétez pas, les Compagnons ne choisissent jamais à mauvais escient. Elle s'en tirera. Et moi aussi. Les Hérauts s'en tirent toujours.

En haut de l'escalier, Talia ouvrit la porte qui menait à la bibliothèque, une immense pièce emplie d'étagères. Contre les murs, il y avait des cloisons entourant des bureaux et des chaises. Sur les étagères trônaient des centaines de livres. La bibliothèque de son père en contenait vingt ; Talia n'avait pas été loin de penser que ces ouvrages renfermaient toute la sagesse du monde.

La bibliothèque du Collegium était plus qu'un rêve fait réalité ; c'était un avant-goût du paradis.

Le soir était tombé. Talia vit qu'il y avait des chandelles sur les bureaux.

Un bruit de pas la fit se retourner.

—Bonjour ! lança une voix pleine d'entrain. Vous êtes nouvelle, n'est-ce pas ? Je m'appelle Kris.

Le jeune homme vêtu de blanc était aussi beau que le Héraut que Talia avait rencontré à l'entrée de la cité était ordinaire. Son visage était si parfait qu'il ne semblait pas réel. Ses cheveux d'ébène et ses yeux bleu clair auraient rendu jalouse n'importe quelle courtisane. Talia se sentit aussi maladroite qu'un poulain, et aussi effrayée. Elle savait que la beauté pouvait dissimuler une nature mauvaise; son frère aîné, Justus, lui avait appris cela douloureusement. Mais ce garçon était un Héraut, et nul n'avait entendu parler d'un Héraut méchant. Ce fait seul l'empêcha de s'enfuir sur le champ.

—Oui, dit-elle doucement. Je me nomme Talia.

—C'est la première fois que vous venez à la bibliothèque?

Elle acquiesça.

—Ah. Les règles sont très simples. Vous pouvez lire tout ce que vous voulez, mais vous n'avez pas le droit de sortir le livre, et vous devez le reposer à l'endroit exact où vous l'avez pris.

Son ton supérieur irrita Talia. Comme il n'avait pas l'air méchant, elle décida de risquer le tout pour le tout.

—Oui, dit-elle doucement. C'est très simple. Aussi simple que de farcir un poulet.

—Oh! fit-il en se frappant mélodramatiquement le front. Y a-t-il une personne au monde qui ne soit pas au courant de cette histoire? (Il sourit.) Je l'ai mérité. Je n'aurais pas dû vous parler sur ce ton. Bon, amusez-vous bien. J'espère que vous vous plairez ici.

Il sourit et sortit par la porte que Talia venait d'utiliser.

Elle se perdit dans l'admiration des innombrables volumes qui ornaient les étagères. Au bout d'un moment, elle remarqua que les livres étaient rangés par catégorie, et par titre à l'intérieur de chaque catégorie. Elle chercha à repérer des volumes intéressants. Quand elle eut à peu près compris le système de classement, elle était épuisée et assaillie de bâillements.

Elle retourna à sa chambre, prit une de ses nouvelles chemises de nuit et alla à la salle de bains. Depuis peu, la maison des Hold possédait des latrines intérieures. Mais l'eau chaude était transportée dans des seaux, depuis la cuisine. Ici, elle provenait de réservoirs en cuivre chauffés au charbon, munis de tuyaux qui l'envoyaient dans les baignoires. Chez elle, elle avait rarement bénéficié d'un bain chaud, du moins depuis qu'elle n'était plus un bébé. Les tout-petits étaient baignés en premier, les adultes attendant que les brocs d'eau chaude aient été remplis et chauffés de nouveau. Les adolescents comme elle, trop jeunes pour rester éveillés à attendre le « deuxième service » et trop vieux pour être baignés avec les bébés, se débrouillaient avec ce qui restait du bain des petits. Ce n'était pas grand-chose, et souvent froid.

Toutes les baignoires étaient utilisées quand Talia arriva.

— Tu dois être la petite nouvelle, fit quelqu'un.

Elle répondit timidement, donnant son nom.

— Je suis contente que tu sois une fille, dit une étudiante à peu près de son âge. Les garçons sont déjà beaucoup trop nombreux !

— Eh bien, ma sœur est chez les Guérisseurs, et c'est l'inverse ! fit une autre voix.

— C'est la qualité qui compte, pas la quantité, dit la seconde voix. Il est évident que les femmes sont la race supérieure.

Les autres filles gloussèrent ; Talia eut un sourire timide.

— Sherrill m'a dit que nous sommes cinquante-trois ici. Combien de filles et de garçons ?

— Trente-cinq poulains et dix-huit pouliches. Et je ne parle pas des Compagnons. Ce n'était pas aussi grave avant que ces quatre nouveaux garçons arrivent

— Jeri, on voit que tu es bien naïve, fit une jeune femme qui sortait d'une des baignoires. Dans la partie du royaume d'où je viens, il y a plus de femmes que d'hommes, mais l'autre version est préférable ! J'aime mieux être courtisée que faire la cour, c'est sûr ! Si quelqu'un attend son tour, j'ai terminé.

— Est-ce ainsi là d'où tu viens, Talia ? demanda Jeri, annexant la baignoire vide.

— Je… je crois que oui, dit-elle, tentant de se souvenir de la répartition des sexes dans les Hold. Je viens d'une famille des Hold.

— C'est où ?

— À l'Est, dans les Marches. C'est un pays dangereux dès qu'on quitte les Hold proprement dits. Plus d'hommes que de femmes meurent chaque année. Je pense qu'il y a deux fois plus de femmes que d'hommes, en tout cas dans les Hold les plus lointains.

— Grands dieux ! Il doit y avoir des tonnes de vieilles filles !

— Non. Si on ne décide pas de se consacrer à la Déesse, on est obligée de se marier. Mon père avait onze épouses, dont neuf sont encore en vie.

— Tu peux avoir ma baignoire, Talia, dit Nerrissa en émergeant de la vapeur. Pourquoi les femmes sont-elles obligées de se marier ?

— Parce que… parce qu'elles ne sont pas capables de

s'occuper d'une famille, de parler au Conseil, ou… ou de faire quoi que ce soit d'important. Ce ne serait pas convenable, dit Talia, éberluée.

—Oh ! c'est pour ça qu'on n'envoie jamais de Héraut femme dans les Marches de l'Est. On ne les écouterait même pas. Talia, c'est très différent ici. Il te faudra du temps pour t'habituer. Pour nous, l'importance d'une personne est liée à ce qu'elle est, pas à son sexe ; « convenable » ou pas, ce qui compte est de faire le travail qu'on nous assigne.

Talia fit un signe de tête, l'air pensif.

—Il est difficile de penser ainsi. Mais je crois que je vais aimer ça. La plupart des épouses de mon père détesteraient, je pense. Keldar, pour sûr, et Isrel. Elle serait malheureuse sans personne pour lui donner des ordres.

—Nessa, cette petite n'a pas besoin de leçon de sociologie à cette heure de la nuit ! fit la voix de la première femme. Franchement, on devrait te nommer professeur quand tu recevras tes vêtements blancs. Jamais je n'ai entendu quelqu'un faire autant de discours !

—D'accord, d'accord, fit Nerrissa. Fais de beaux rêves, petite !

Son bain terminé, Talia retourna à sa chambre, si épuisée qu'elle en était presque abrutie. Se coucher dans un lit où il n'y avait personne finit de la perturber. Son esprit tournait en rond, car cette aventure lui semblait à peine réelle. En moins de deux semaines, elle était passée du statut de brebis galeuse d'une famille des Hold à celui d'apprentie Héraut. Son esprit retourna au moment où elle avait compris la signification de ce qui lui était arrivé. Berçant le souvenir comme elle l'eût fait d'un chaton nouveau-né, elle laissa le sommeil s'emparer d'elle.

Sa dernière pensée avant de s'enfoncer dans les brumes du repos fut pour les « leçons » de Nerrissa ; elle décida qu'elle allait *vraiment* se plaire en ces lieux.

Elle espérait seulement que tout était aussi merveilleux qu'il semblait, et qu'on la laisserait s'adapter à ce nouveau monde sans trop la bousculer.

Chapitre 5

Talia s'éveilla quand on cogna à sa porte. Elle revêtit en hâte son nouvel uniforme et alla ouvrir.

— Ce n'est pas trop tôt, petite marmotte ! dit Sherrill avec un grand sourire. Dépêche-toi, la cloche du déjeuner a sonné depuis une éternité. Tu n'as pas entendu ? Allons-y, ou il ne nous restera que de la bouillie froide.

Quand elles entrèrent dans la salle commune, l'adolescente vit qu'elles ne risquaient pas de mourir de faim : il y avait une variété extraordinaire de nourriture.

Talia n'avait pas été habituée à cela.

Le petit déjeuner fut plus calme que le dîner de la veille. Nombre d'étudiants bâillaient. Quand elles eurent fini, Sherrill l'emmena à l'extérieur par la porte du fond. Le doyen avait dit, se souvint Talia, qu'elle menait aux écuries. Elles traversèrent la cour pavée qui séparait les deux bâtiments. Talia traîna un peu espérant apercevoir Rolan.

— Dépêche-toi ! appela Sherrill. Ou n'as-tu pas envie de voir ton Compagnon ?

Surprise, la gamine courut pour rattraper sa compagne.

— Je croyais que les Compagnons étaient dans les écuries ?

— Grands dieux ! Avec les chevaux ordinaires ? Ils en feraient une maladie. Les Compagnons ont leur propre bâtiment, dont ils peuvent entrer et sortir, à volonté, et leur Champ. Par un beau matin comme celui-ci, ils y sont probablement tous.

Sherrill grimpa sur la barrière de bois qui entourait un parc où poussaient de nombreux arbres – l'espace vert que Talia avait aperçu du haut de la colline en arrivant à la capitale –, mit ses doigts dans sa bouche et poussa un sifflement aigu. Talia vit deux formes blanches se détacher dans la distance et galoper vers elles.

— Je ne parviens pas à lancer un appel mental, sauf si je suis morte de peur, dit Sherrill, un peu honteuse. Ylsa prétend que j'ai un blocage. Donc je suis obligée de siffler pour appeler Silkswift. Elle ne semble pas s'en offusquer.

Talia distingua immédiatement lequel des deux Compagnons était Rolan. Sa joie de le revoir fut telle qu'elle ne se posa pas de questions sur ce que Sherrill avait voulu dire. Poussant un cri de plaisir, elle sauta par-dessus la barrière. Elle atterrit devant Rolan ; pendant plusieurs minutes, elle le caressa et lui chuchota des petits riens. Il avait l'air encore plus magique que dans son souvenir. Quelqu'un s'était occupé de lui et sa robe immaculée étincelait. Sa crinière était plus douce que de la soie.

Rolan était la plus belle créature que Talia ait jamais vue. Il plaqua ses naseaux contre son épaule ; la petite lut de l'amour dans ses yeux. Elle retrouva le sentiment de bien-être et de confiance qu'elle avait eu sur la route. Avec lui, elle n'éprouvait plus ni crainte ni doute...

— Je suis désolée de devoir t'arracher à lui, mais nous avons rendez-vous avec maître Alberich, dit Sherrill au bout de quelques minutes. Passer du temps avec ton Compagnon fait partie de ton entraînement. Tu le reverras cet après-midi. À partir de maintenant, ce sera à toi de le panser et de t'occuper de lui. Ils sont formidables, mais ils n'ont pas de mains. Alors ils ont autant besoin de nous que nous avons besoin d'eux. Mais pour le moment, nous devons obéir.

Rolan la poussa vers la barrière, puis il secoua la tête comme pour la sermonner.

— D'accord, fit-elle. Je vais être sage et y aller. Mais je reviendrai, cours ou pas cours !

Sherrill l'amena dans un bâtiment bas tout en longueur situé au-delà des écuries. L'intérieur en était presque nu, il n'y avait que quelques bancs et des placards muraux, entre lesquels se trouvaient des miroirs en pied. L'endroit était éclairé par de hautes fenêtres. Alberich, le maître d'armes, les accueillit. Il était le seul des instructeurs à ne pas porter le blanc des Hérauts, mais une sorte d'armure souple gris foncé en cuir et tissu.

— Je croyais que tous les professeurs étaient des Hérauts, murmura Talia.

— Tous sauf un. Alberich *est* un Héraut, mais il réserve son uniforme blanc pour les occasions officielles.

Le maître d'armes terrorisa presque Talia. Il était grand, mince et brun, avec un visage couvert de cicatrices et des cheveux noirs semés de mèches blanches. Il avait des yeux gris perçants.

— Bien, fit-il après l'avoir observée un moment en silence. Quel âge as-tu ? Treize ans ? As-tu déjà suivi un entraînement ? Déjà manié des armes ? T'y connais-tu en tactique ?

Talia ne savait pas quoi répondre, n'ayant pas vraiment compris les questions. Pouvait-elle compter comme une arme la fronde qu'elle utilisait pour éloigner les loups des moutons ?

Il finit par lui donner un poignard en bois.

— Allez, allez, attaque-moi. Saute-moi dessus…

Elle ne comprit pas davantage ce qu'il attendait, et resta figée, le poignard dans la main, se sentant gauche et ridicule.

— Que se passe-t-il ? Je t'ai dit de m'attaquer ! Est-ce que les femmes ne se battent pas dans ton peuple ? N'as-tu appris le maniement d'aucune arme ?

— Je sais un peu tirer à l'arc, dit-elle d'une petite voix. Un de mes frères m'a montré comment faire. Et je sais me servir d'une fronde.

Rien de ce qu'elle avait appris chez elle ne semblait convenir ici, à part les travaux ménagers. Et aucune des légendes qu'elle avait lues n'exaltait la capacité d'un Héraut à peler les pommes de terre !

Elle attendit de se faire rabrouer, mais il n'en fut rien.

— Parfait. Au moins, tu as le bon sens de ne pas prétendre connaître ce que tu ignores. Je crois qu'il est trop tard pour t'enseigner à manier l'épée, et tu ne devrais pas en avoir besoin. L'arc, le poignard et le combat au corps à corps devraient suffire à tes besoins. Reviens à une heure cet après-midi.

Talia se sentit plutôt découragée par cette rencontre. Sherrill s'en aperçut, même, si l'adolescente essaya de le dissimuler.

— Ne t'inquiète pas, dit-elle, tu t'en es bien tirée. Quand il m'a vue pour la première fois, il a levé les bras au ciel en marmonnant : « Elle n'aura qu'à jeter des poissons morts sur ses ennemis pour se défendre… » Il te juge assez intéressante pour qu'il t'entraîne, personnellement. Moi, il m'a confiée à un de ses assistants pendant les premiers mois.

— Mais p… pourquoi a-t-il dit cela ?

Son bégaiement l'exaspéra. Quoi qu'elle fasse pour cacher son désarroi, il la trahissait.

— Parce que je ne savais ni courir ni bouger librement. J'avais passé ma vie sur un bateau, ou dans une maison bondée. On n'apprend pas à se mouvoir dans ces conditions. Mais toi, tu as déjà appris.

— Il ne m'a pas donné l'impression de penser grand bien de moi…

— Mais il ne t'a pas crié dessus – c'est ce qu'il fait d'habitude. Je crois que tu l'as conquis en étant honnête. Beaucoup de nouveaux essaient de prétendre qu'ils sont experts en art militaire. Il déteste cela, et adore les ridiculiser devant tout le monde pour les punir.

Elles étaient revenues au bâtiment du Collegium. Sherrill ouvrit la porte de la première salle de cours, à droite.

— C'est ici que se trouvent les autres nouveaux. Je te retrouverai pour le repas.

Elle s'éclipsa et laissa Talia seule face à sa prochaine confrontation.

L'adolescente essaya de se glisser discrètement dans la pièce, mais tous les yeux se tournèrent vers elle. Il y avait une demi-douzaine de personnes et pas d'autres filles. Les garçons étaient environ du même âge qu'elle. Mais l'individu debout devant la classe était un être redoutable entre tous : un homme adulte. Malgré sa méfiance instinctive, elle tenta de garder à l'esprit qu'il était un Héraut, et qu'un Héraut ne faisait jamais de mal à personne, à part aux ennemis de la reine et du royaume.

— Soyez la bienvenue, petite, dit le maître en s'asseyant sur le bord de son bureau. Les garçons, voici votre cinquième compagne d'étude. Elle s'appelle Talia. Talia, le gaillard à la chevelure rousse est Davan. La grande bringue, là, s'appelle Griffon ; les jumeaux sont Drake et Edric, et du diable si je sais lequel est lequel !

Il cligna de l'œil vers les deux garçons, qui lui sourirent.

Talia s'assit sur un siège inoccupé et regarda son professeur de plus près. Il était mince, comme Alberich, mais ses cheveux bruns portaient fort peu de traces de gris. L'air moins effrayant que le maître d'armes, il avait des yeux marron, aussi amicaux que ceux d'un chien, qui la faisaient penser à Andrean. Elle avait envie de lui faire confiance, ce qui l'étonna.

— Maintenant que vous êtes là, nous pouvons commencer. D'abord, laissez-moi vous expliquer à quoi sert cette classe. Je suis ici pour vous aider à comprendre ce qu'est un Héraut. Pas à travers les récits héroïques, ni les histoires de débauche et d'ivrognerie, mais en vous révélant ce qu'est *vraiment* notre métier. Davan en sait probablement un peu plus que vous, car ses parents sont tous deux des élus. Davan, que font les Hérauts ?

Les sourcils du garçon se froncèrent.

— Ils appliquent la justice de la reine.

— Bonne réponse ! Mais comment s'y prennent-ils ?

— Eh bien, ils font des rondes dans le secteur qui leur a été affecté. Ils communiquent les nouvelles lois à la population ; ils vérifient que les gens ont compris. Ils servent aussi de juges et parfois de législateurs quand il se passe quelque chose qui n'est pas prévu dans les lois du royaume ou par les coutumes locales.

— Par les dieux ! Vous voulez dire que ces pauvres gens attendent un an ou plus avant que les conflits soient réglés ? demanda Teren.

— Non, non ! Il y a aussi des juges sur place…

— Pourquoi ne pas leur faire confiance, dans ce cas ?

Davan ne trouva pas de réponse adéquate, mais un des jumeaux agita la main.

— Héraut Teren ?

— Oui, mon garçon. Allez-y, qui que vous soyez.

— Drake. Notre village était trop petit pour avoir un juge.

— C'est une bonne raison. Mais il y en a d'autres. Parfois, les gens du village, y compris le juge, sont trop impliqués dans une affaire pour avoir un avis impartial. Davan, pouvez-vous penser à une autre raison ?

— Les Hérauts peuvent pratiquer l'Enchantement de Vérité. Les juges ordinaires n'ont aucun moyen de savoir qui ment et qui dit vrai.

— Bien ! Mais cela fonctionne seulement si quelqu'un sait ce qui s'est passé, souvenez-vous de cela. Bien, les Hérauts font donc office de juges et de législateurs. Quoi d'autre, Drake ?

— Ils rapportent à la reine et au Conseil ce qu'ils apprennent au cours de leur périple.

— Pourquoi donc ?

— Pour que la reine soit informée de l'état de son royaume. Parfois, les bourgmestres ne disent pas toute la vérité. Les Hérauts vérifient que tout correspond aux rapports qui ont été faits.

— Très juste. Edric, à vous.

— Ils servent d'ambassadeurs auprès des autres royaumes. Ils s'assurent que rien d'anormal ne s'y passe, comme lever une armée très importante dans un pays supposé en paix. Les Hérauts ne peuvent pas être achetés ; la reine est sûre de leur parole.

— C'est exact, dit Teren. De plus, l'entraînement qu'ils reçoivent ici leur permet de remarquer des petites choses que d'autres ne verraient pas forcément. Griffon ?

— Les Hérauts sont les courriers de la reine. Le moyen le plus sûr et le plus rapide de faire passer un message est de le leur confier. C'est pour cela qu'on les appelle les Flèches de la Reine. Et aussi parce qu'ils servent de chefs de guerre en cas d'urgence, jusqu'à ce que l'armée arrive.

— Parfait. Talia, à vous.

La nouvelle avait réfléchi pendant que les autres répondaient.

— Ils assurent la sécurité du royaume, faisant ce qui est nécessaire pour que la reine puisse nous protéger tous et ils risquent tout pour que notre peuple soit en sûreté.

— C'est pourquoi la moitié d'entre nous n'atteignent jamais l'âge de la retraite, reprit Teren. Être un Héraut est une tâche importante, et parfois passionnante. La plupart des gens nous honorent et nous respectent. Mais cela peut être très dangereux ; mortel même. Les légendes ne servent pas à grand-chose, mes petits, quand on est seul et qu'on regarde la mort en face. Un Héraut est toujours seul. Nous ne sommes pas très nombreux, et on nous envoie aux quatre coins du royaume. Nous nous retrouvons souvent en première ligne dans des situations très risquées.

Les yeux du maître se voilèrent un instant.

—Le danger est proportionnel à l'importance de la mission, et à votre capacité de la mener à bien. Plus vous serez compétents, plus la reine vous assignera des tâches périlleuses. Quand vous serez Hérauts, il vous deviendra impossible de négliger vos devoirs ou de faire moins que le maximum dans une situation donnée. Et quand vous vous retrouverez en première ligne, sachez que votre uniforme blanc fera de vous des cibles de prédilection. Je dis tout cela maintenant, car c'est votre dernière chance de quitter le Collegium. Personne ne vous en voudra. Eh bien ? Un de vous préfère-t-il renoncer ?

Talia se racla la gorge.

—Oui ?

—Je n'ai jamais pu finir l'histoire du Héraut Vanyel, monsieur. Elle dit qu'il a failli renoncer parce qu'il avait peur. Puis il a décidé d'assumer ses responsabilités. Là où je me suis arrêtée, il était pourchassé par les Serviteurs de l'Obscurité, comme dans la vision qu'il avait eue des années auparavant. Que lui est-il arrivé ?

—Il est mort. Les Serviteurs de l'Obscurité l'ont taillé en pièces. Mais il les a retenus assez longtemps pour que son roi lève une armée et repousse l'invasion. Il est tout de même mort tout seul, face à l'ennemi. Rien ne peut changer ce fait. Je voudrais que vous y réfléchissiez, tous… Cela vous fait-il peur ? Sachez que la reine pleurera si elle doit vous envoyer remplir une telle mission, mais qu'elle le fera, pour le royaume. Voulez-vous quitter le Collegium ?

— Non, monsieur, dit Talia d'une toute petite voix.

— Cette idée ne vous effraie pas ?

— Si, monsieur. Il faudrait être stupide pour ne pas avoir peur, mais…

Elle s'interrompit, ne trouvant plus ses mots.

Griffon parla à sa place.

— Nous avons tous entendu les récits, monsieur. Je suis arrivé ici juste après la mort de Talamir ; nous avons eu vent des rumeurs d'empoisonnement. Mon propre frère m'a dit que j'étais fou de vouloir devenir un Héraut. Pourtant, comme Vanyel, c'est quelque chose que nous *devons* faire. Peut-être ne devient-on pas Héraut, peut-être *naît-on* Héraut ? Dans ce cas, votre enseignement ne sert qu'à nous aider à réaliser des choses que nous devons accomplir de toute façon.

Il se rassit d'un bloc. Jusque-là il ne s'était pas aperçu qu'il s'était levé pour son petit discours.

L'expression du Héraut Teren se fit moins tendue.

— Je déduis de votre silence que vous êtes tous d'accord avec Griffon ?

Ils firent signe que oui.

— Dans ce cas, je peux affirmer, une fois de plus, que les Compagnons ont choisi leurs élus avec sagacité. Griffon, vous avez des dons d'orateur. Vous devriez suivre les cours de Logique et d'Expression. Je vous vois devenir un diplomate très compétent.

Griffon rougit et baissa les yeux.

— Bien. Pour passer à un autre sujet que nous avons déjà effleuré, vous savez tous que ce sont les Compagnons qui choisissent leur Héraut. Mais savez-vous comment cela se passe ?

Ils se regardèrent, intrigués.

Teren gloussa.

—Moi non plus, je n'en sais rien ! Personne n'en sait rien. Certains ont eu le sentiment d'être « évalués » lors de leur première rencontre avec le Compagnon. Mais nul ne sait ce que le Compagnon évalue. Tout ce que nous savons, c'est qu'après qu'il a choisi, il se crée une sorte de lien mental entre lui et son élu. Vous en apprendrez davantage sur ce lien plus tard. Sachez simplement qu'il existe. Si vous sentez quelque chose entre vous et votre Compagnon, ne vous inquiétez pas, ne craignez pas de perdre l'esprit. En prenant de l'âge, vous développerez peut-être un des Dons, ce que les légendes appellent la Magie des Hérauts. Si vous pensez que votre Compagnon vous a parlé mentalement quand il vous a élu, vous avez raison. Il ne le fera peut-être plus jamais, mais ce n'est pas le fruit de votre imagination. Si vous avez le Don adéquat, peut-être pourrez-vous un jour lui répondre.

Talia poussa un soupir de soulagement, partagé par tous les autres sauf Davan.

—Autre chose : ne doutez jamais que les Compagnons sont bien plus que de simples animaux. Même les récits que vous avez lus étaient au-dessous de la réalité. Bien. Est-ce que l'un de vous sait d'où viennent les Compagnons ?

—Mes parents me l'ont expliqué, fit Davan.

—Dites-le aux autres, je vous prie.

—Cela remonte à bien avant l'existence de notre royaume. Dans un pays gouverné par un mauvais roi vivait un homme de bien. Il s'appelait le baron Valdemar. Il habitait dans les Marches occidentales de son pays. Le roi était homme à prendre ce dont il avait besoin sans se soucier du bien-être de son peuple ; les nobles avaient le même esprit. Valdemar était un magicien et son épouse une enchanteresse ; pendant un certain temps il parvint à protéger du roi les gens de sa baronnie. Mais un jour vint où, hormis la rébellion, il sut que rien n'arrêterait le monarque. Pourtant, la rébellion n'était pas la solution. Trop de voisins de Valdemar attendaient l'occasion d'aider à sa destruction pour avoir une partie de ses terres en partage. Alors il fit la seule chose possible : il s'enfuit vers l'Ouest, emmenant avec lui tous ceux qui acceptèrent de le suivre. Ils s'arrêtèrent quand ils furent sûrs que personne ne les suivait. Ici même, à l'endroit où nous nous trouvons, il fonda un nouveau royaume. Son peuple fit de lui le roi de la contrée. Les légendes parlent beaucoup des difficultés qu'ils ont rencontrées en chemin, mais j'ai oublié les détails.

— C'est très bien, Davan. Vous les apprendrez plus tard, lors de vos cours d'histoire. Dites ce dont vous vous souvenez.

— Eh bien, ils bâtirent cette cité. Et quand Valdemar fut un vieil homme, ils vivaient très bien. Alors le roi se rendit compte qu'il vieillissait, et il se mit à penser à l'avenir. Il avait eu tant à faire qu'il n'y avait pas réfléchi avant. Qu'il était un bon roi ne faisait pas de doute ; il savait que son fils le serait aussi. Mais après ? Comment être sûr que les successeurs seraient capables d'assurer le bien-être de son peuple ?

— Bonne question. Qu'a-t-il fait ?

— Il a attendu le jour de fête du Solstice d'Été. Il est allé dans le bosquet que nous appelons maintenant le Champ des Compagnons, et il a demandé aux dieux de l'aider. L'histoire dit qu'il a lancé un enchantement spécial, car c'était un puissant magicien, souvenez-vous. Il n'avait pas seulement un Don comme les Hérauts d'aujourd'hui. Ma mère prétend qu'il y avait beaucoup de vrais magiciens à cette époque, et que Vanyel a été le dernier Héraut-Mage.

— Oui, c'est ce qu'affirme la tradition. Continuez.

— Il a commencé ses prières à l'aube, et il a reçu une réponse au soir. Tout à coup, une grande lumière est apparue, comme quand la neige brille sous le soleil. Il a entendu un bruit de sabots. Quand la lumière s'est estompée, devant lui piaffaient trois chevaux à la robe d'un blanc immaculé et aux yeux qui ressemblaient à des saphirs. Le vieux roi Valdemar n'avait jamais rien vu de tel de sa vie. Quand il s'est approché, l'un deux l'a regardé dans les yeux. Ardatha lui a dit en esprit comment elle s'appelait et…

— C'est ainsi que le premier Compagnon a choisi son élu.

— Puis le chef des Hérauts est arrivé ; car il était parti à la recherche du souverain. À cette époque, les Hérauts n'étaient que de simples porte-parole du roi ; ils n'avaient pas un dixième des responsabilités qu'ils assument maintenant. Le second Compagnon choisit le chef. L'Héritier, le fils du roi, l'avait accompagné, et Steladar le prit pour élu. Le roi décida que le titre de Héraut serait désormais beaucoup plus important.

» Le roi Valdemar, le prince Restil et le Héraut Beltran travaillèrent à faire de nous ce que nous sommes de nos jours. Ils décidèrent que l'Héritier devrait obligatoirement être un Héraut. Tout a commencé avec ces trois-là. À la mort de Valdemar, il y avait vingt-trois Hérauts, y compris lui, son Héritier et le second fils de son Héritier.

— Vous avez une bonne mémoire, Davan, merci, conclut Teren.

— D'où venaient ces Compagnons ? demanda Edric.

— Au début, tous apparurent dans le bosquet du Champ. Puis les juments eurent des poulains ; maintenant, tous les Compagnons, sauf un, naissent au Collegium. L'exception est le Compagnon du Héraut Personnel du monarque. Celui-là apparaît toujours dans le bosquet, comme ceux du début. C'est chaque fois un étalon ; il semble ne jamais vieillir. Il indique toujours son nom au Héraut, alors que les autres le laissent parfois choisir. S'il est tué, comme cela arrive souvent, un autre apparaît dans le bosquet pour prendre sa place. Si le Héraut du monarque est toujours vivant, il l'élit. Sinon, il part à la recherche de celui qu'il va choisir. Généralement, il sélectionne quelqu'un qui est déjà Héraut, ou sur le point de recevoir son uniforme blanc. Mais ce n'est pas toujours le cas.

— Talamir était le Héraut de la reine, n'est-ce pas, monsieur ?

— Oui. Et son Compagnon se nommait Rolan.

— Talia est donc le Héraut de la reine ?

— Oui. C'est un poste très important. Un de vous est-il jaloux d'elle ?

Drake secoua la tête.

— Pas le moins du monde ! Nous savons comment est la Fu… la princesse héritière. Je n'envie pas le travail de Talia.

Les autres murmurèrent leur accord.

Teren eut un demi-sourire.

— Surveillez votre langue, jeunes gens. Nous pouvons appeler Elspeth la Furie entre nous – la reine elle-même la surnomme ainsi –, mais prenez garde qu'aucun courtisan ne vous entende. Certains seraient trop heureux de s'en servir pour provoquer des problèmes. Mais vous avez raison : Talia a devant elle une tâche difficile. Elle aura besoin de notre aide, car nombreux sont ceux qui aimeraient la voir échouer. Elle seule peut se charger de ce travail, mais nous pouvons éviter qu'il soit rendu plus difficile que nécessaire. C'est bien compris, messieurs ?

Les garçons firent signe que oui. Doutant de la bonne volonté de parfaits inconnus, Talia se jura de se débrouiller seule.

Une cloche sonna deux fois dans le couloir.

— Lequel est de corvée de cuisine aujourd'hui ?

Talia leva la main.

— Pour votre information, les deux tintements de cloche sont le signal. Ceux qui servent les repas partent quand la cloche tinte trois fois ; le repas est servi quand elle sonne *quatre* fois. Allez-y, jeunes gens. Messieurs, si vos chambres sont en désordre, hâtez-vous d'y remédier, il y aura une inspection après le repas. Je vous verrai demain matin, ici même.

Teren indiqua à Talia d'emprunter l'escalier qui se trouvait à côté de la porte menant à la cour. Elle arriva dans une immense cuisine. Le chef était un homme chauve à la face de lune. Bien qu'étant un mâle il semblait si doux et d'un abord si facile que Talia en perdit son appréhension.

Il lui demanda ce qu'elle pouvait faire ; à mesure qu'elle parlait, son sourire s'agrandissait.

— Ce n'est pas trop tôt ! Enfin quelqu'un qui sait quoi faire de la nourriture, à part la manger !

Il lui demanda de s'occuper des légumes.

Tout en les pelant et les coupant, elle regarda autour d'elle d'un œil curieux. À première vue, la cuisine n'avait pas l'air très différente de celle de sa maison natale. Puis elle remarqua des détails intéressants : les pompes qui amenaient l'eau aux éviers, une bouilloire de cuivre, les conduits d'évacuation. L'endroit était scrupuleusement propre et ordonné ; Keldar aurait approuvé. Elle fut étonnée de constater que tous les fours étaient allumés, et qu'il ne faisait pourtant pas très chaud. Ils devaient être mieux isolés que ceux des Hold. Puis elle remarqua qu'ils semblaient s'étendre vers l'extérieur, hors des murs. Cela avait-il quelque chose à voir ?

Le cuisinier orchestrait tout, avec maestria. Chaque aide avait une tâche précise, qu'il accomplissait sans relâche. Quand les plats sortirent des fours et des marmites, les marmitons remplirent les récipients qui arrivaient du monte-charge et les renvoyèrent vers la salle commune. Quand le dernier plat eut disparu, ils se tournèrent pour trouver leur table mise et la nourriture installée sur la table.

Talia s'assit dans un coin. Sa voisine était Jeri.

— J'adore ce travail, fit-elle. Mero nous garde toujours les meilleurs morceaux.

Le cuisinier fit un large sourire.

— C'est le meilleur moyen pour que vous accomplissiez votre tâche avec enthousiasme ! dit-il en leur passant du pain et du beurre. De plus, le Livre de l'Unique ne dit-il pas : « N'empêchez pas le bœuf qui foule votre grain de se remplir le ventre en travaillant. »

— Le Livre de l'Unique ? s'étonna Talia.

— Mero vient de Trois-Rivières. Son peuple pense qu'il n'existe qu'un seul dieu. Je sais que cela a l'air bizarre, mais ce sont sûrement des gens bien. Mero est très gentil.

La notion de monothéisme était plus qu'étrange pour Talia ; pourtant, l'homme était indéniablement très doux et très chaleureux. Il la poussa à se servir quand il vit qu'elle était trop timide pour piocher dans les plats comme les autres. Ce que Nerrissa avait dit le soir précédent commença à prendre davantage de sens pour l'adolescente.

Elle n'eut pas le temps de réfléchir plus avant : le cuisinier apporta une tarte aux framboises chaude, et toute autre pensée déserta l'esprit de Talia, comme il se devait pour une enfant de treize ans !

Quand Mero les renvoya dans leur chambre, Talia se hâta de mettre un peu d'ordre avant le début de l'inspection. Puis elle enfila le vêtement le plus usé de ceux qu'on lui avait remis pour aller rejoindre le maître d'armes.

Le soleil était haut ; les arbres qui bordaient le site d'entraînement faisaient une ombre très agréable. Le terrain proprement dit était un simple carré d'herbes jaunies avec quelques bancs sur deux des côtés. Au-delà des arbres se trouvait une zone dégagée où se dressaient des cibles pour le tir à l'arc. À l'autre bout, il y avait des étagères emplies d'arcs et de flèches. Pendant que Talia regardait, deux étudiants essayèrent plusieurs arcs jusqu'à ce qu'ils en trouvent un à leur convenance. Apparemment, personne ne disposait de sa propre arme. Elle approcha timidement. Le maître semblait partager son attention entre ceux qui s'entraînaient au tir et ceux qui pratiquaient le corps à corps.

Talia réalisa qu'avoir servi de bête noire à son frère aîné, Justus, lui avait été utile. Grâce à lui, Alberich lui semblait moins effrayant. Il eut l'air assez satisfait quand elle démontra qu'elle savait tomber sans se faire mal, et qu'elle pouvait utiliser un arc sans s'abîmer les doigts et sans démolir les empennages des flèches. Elle s'aperçut qu'elle était à peu près aussi compétente au tir à l'arc que les autres jeunes, ce qui lui donna un peu plus confiance en elle. Il y avait là des étudiants provenant des trois Collegia. Il lui sembla un peu étrange, toutefois, d'être la seule de son âge à manipuler de vraies armes. Les autres s'entraînaient avec des bâtons.

Jeri était là. Contente de voir un visage familier, Talia s'assit à côté d'elle quand elle eut terminé son exercice de tir.

— Pourquoi n'y a-t-il aucun Bleu ? demanda Talia avec curiosité.

— Eux ? (Jeri ricana grossièrement.) La plupart ont un maître d'armes privé, sauf ceux qui deviendront des savants. Les futurs courtisans refusent de se mêler aux gens du commun… Et puis, ils savent qu'Alberich ne les dorloterait pas. Peu lui importe que vous soyez fils de roi ou de mendiant, si vous ne parez pas bien, il vous donnera un bon coup du plat de la lame ! Oh, gémit-elle en voyant Alberich se tourner vers elle et lui faire signe, on dirait que c'est à moi d'aller me faire taper dessus !

Elle bondit et alla prendre place devant Alberich, sa

lame à la main. Talia la regarda avec envie. Elle aurait aimé avoir la même aisance que Jeri.

— Ne crois pas tout ce que dit Jeri, petite, fit un garçon d'environ seize ans. Son sang est aussi bleu que celui de la reine. Si elle n'avait pas été élue, elle serait comtesse à l'heure qu'il est. Elle a profité des leçons d'un des tuteurs privés qu'elle dénigrait à l'instant ! C'est pour cela qu'elle est si bonne malgré sa jeunesse.

— C'est aussi pourquoi Alberich la traite plus rudement que nous tous, fit un autre garçon, petit et mince, à peu près de l'âge de Talia.

Il venait de terminer une séance d'escrime avec un autre étudiant. Il s'assit à côté de Talia en essuyant son visage dégoulinant.

Talia vit Alberich corriger une mauvaise position de pieds de Jeri en lui donnant sur la jambe un coup du plat de sa lame.

— Il n'apprécie pas les tuteurs privés ? demanda Talia. Notre instructeur n'aime pas les nobles ?

— Oh, ce n'est pas ça du tout ! s'exclama le second garçon. Il attend plus d'elle, donc il la mène plus durement. J'ai l'impression qu'il aimerait qu'elle prenne sa succession quand il partira à là retraite... si elle survit à son entraînement et à sa première affectation.

— Douée comme elle est à l'épée, quand Jeri recevra son uniforme blanc, il faudra une armée pour l'éliminer ! répondit le premier garçon.

— Ma foi, Coroc, si quelqu'un le sait, c'est bien toi ! admit le second.

Il se tourna vers Talia comme Coroc prenait la place de Jeri devant le maître d'armes.

— Son père est le seigneur prévôt. C'est dire s'il a eu l'occasion d'observer les meilleurs escrimeurs du royaume depuis qu'il est né.

Les yeux de Talia s'écarquillèrent.

— Le fils du seigneur prévôt ?

Le garçon sourit.

— Tout cela est nouveau pour toi, n'est-ce pas ? À ta droite, le fils du seigneur prévôt ; à ta gauche, une comtesse ; à côté de toi, un ancien voleur et mendiant. (Il fit une révérence ironique.) Moi-même, à ton service. Et toi… qu'es-tu au juste ?

— Je viens des Hold.

— Une fermière, donc. C'est dur à croire, n'est-ce pas ? On dirait une des folles histoires qu'on nous racontait. Tu t'appelles Talia, hein ? Moi, c'est Skif. Tu as dû entendre parler de moi, si tu étais avec le doyen quand le seigneur prévôt est arrivé… Oui, ce n'est pas juste, tout le monde te connaît parce que tu es la nouvelle. Mais toi, tu dois mémoriser cinquante-deux noms et autant de visages. De plus, tout ce que tu as vu est certainement en contradiction avec ce que tu as appris chez toi. Ça doit te paraître bien confus, non ?

Il tendit la main d'un geste si vif qu'elle n'eut pas le temps de reculer, et il lui ébouriffa gentiment les cheveux.

— Comme on me l'a dit l'année de mon arrivée, « cela finira par passer ». Nous sommes heureux de ta présence parmi nous, et nous te souhaitons bonne chance avec la Furie Royale. Ah, je vois que c'est mon tour de me faire brutaliser par le maître.

Malgré son manqué d'expérience des armes, Talia s'aperçut qu'Alberich entraînait le garçon dans un style très différent de celui qu'il avait employé avec Coroc et Jeri. L'arme de Skif était une épée courte et lourde, alors que celle de Jeri était légère et celle de Coroc plus lourde et longue. Skif semblait plus doué pour esquiver que pour attaquer. Il sautillait autour du maître d'armes avec l'agilité d'un écureuil. Pourtant, Alberich finit par le « tuer ».

Skif s'écroula et « mourut » mélodramatiquement. Un tonnerre d'applaudissements salua ses singeries. Il se releva, sourit, puis rendit à Alberich ses gants, qu'il avait ôtés de la ceinture du maître d'armes pendant le combat. Alberich les accepta avec un soupir mi-amusé mi-exaspéré. Puis il fit signe à Talia de prendre place.

— Tu as observé Skif ? demanda Alberich. Bien. Voilà le style de combat que je veux que tu apprennes. Ce n'est pas très gracieux, peut-être, mais je pense qu'il te sera plus utile de savoir comment éviter l'épée d'un assassin que de connaître les règles du duel d'honneur. Très bien. Commençons.

Alberich montra beaucoup plus de patience qu'elle n'en attendait, après l'avoir vu tancer certains des autres étudiants. Il ne lui adressa aucun commentaire sarcastique, et il ne lui donna pas de coup du plat de sa lame. Peut-être qu'elle l'imaginait, mais il lui semblait percevoir une sorte de sympathie pour elle chez le maître d'armes, qui faisait très attention à ne pas l'épuiser. Quand Talia eut l'impression que ses jambes allaient se dérober, il lui sourit et dit :

— C'est assez. Tu t'en tires mieux que je n'espérais. Repose-toi un peu, puis va travailler avec ton Compagnon quand tu auras moins chaud.

Dès quelle se sentit rafraîchie, elle courut vers le Champ des Compagnons avec autant d'enthousiasme qu'elle avait eu de réticence à venir à l'entraînement.

Rolan l'attendait. Elle escalada les planches et sauta directement sur son dos, sans prendre la peine de le seller. Ils partirent à toute vitesse. Elle avait souvent lancé les chevaux de la ferme au galop, bien que ce soit interdit, mais cela n'avait rien à voir avec la vitesse de Rolan et la souplesse de sa course.

Le Champ était une sorte de parc semé d'arbres et de vallons et parcouru de ruisseaux. Ils arrivèrent bientôt à l'autre extrémité. Le Champ était si vaste que les gens debout près des barrières, du côté du Collegium, ne semblaient pas plus grands que des insectes. Ils firent demi-tour et repartirent à toute allure dans l'autre sens. Talia se pencha sur le cou de Rolan. Elle ne faisait qu'un avec lui. Elle agrippa la crinière qui fouettait son visage et murmura :

— Ne t'arrête pas, mon petit amour ! Nous pouvons le faire ! Saute !

Elle sentit les muscles du Compagnon se durcir. La barrière approchait. Talia se déplaça instinctivement pour aider Rolan.

Le Compagnon sauta. Il retomba au sol avec une grâce aérienne, ses sabots tintant sur la cour pavée, de l'autre côté de la barrière.

Elle se repeignait tant bien que mal avec les doigts quand un rire franc la fit sursauter.

— Et moi qui croyais que je devrais vous pousser sur une échelle pour vous faire monter en selle ! dit une voix derrière elle. Mais on dirait que vous êtes capable de m'apprendre une astuce ou deux, petite centauresse !

Rolan se retourna pour que Talia se trouve face à la propriétaire de la voix, une femme grande et mince d'âge indéterminé, avec des cheveux courts grisonnants et des yeux gris intelligents.

Elle était entièrement vêtue de cuir blanc.

La femme fit le tour du Compagnon, observant Talia. Vous avez une excellente assise, petite Talia. Vous êtes douée. Bien, j'ai vu ce que vous pouvez faire en montant à cru, j'aimerais voir comment vous vous en tirez avec une selle.

Le Héraut Keren était la sœur jumelle de Teren ; elle ne fit pas mystère de son plaisir d'avoir une élève aussi douée que Talia. Au bout de une heure, elle lui dit qu'elle avait l'intention de lui apprendre tout ce qu'elle savait, et que cela ne prendrait pas très longtemps. Pourtant, ce que Keren pouvait faire à cheval était incroyable.

— Avant de recevoir votre uniforme blanc, ma chère, lui dit-elle au moment où elle partait, vous saurez exécuter avec votre Compagnon tout ce que vous pouvez faire à pied. Vous nous ferez honneur, je le sens. Quand j'en aurai terminé, la seule façon de vous faire quitter le dos de Rolan contre votre gré sera de vous tuer.

Presque malgré elle, Talia appréciait autant Keren que son jumeau. C'était effrayant ; son instinct lui disait de faire confiance à ces gens, mais tout ce qu'elle avait appris lui soufflait de garder ses distances jusqu'à ce qu'elle soit sûre d'eux. Sa propre famille l'avait heurtée et trahie plus d'une fois. Comment espérer mieux de la part d'étrangers ? Pourtant, quelque chose lui disait que ses craintes étaient sans fondement. Elle ne savait plus à quel instinct se fier.

Keren arrêta l'entraînement quand le soleil commença à descendre dans le ciel. Rolan et Talia étaient fatigués, ou auraient dû l'être, déclara-t-elle.

—Allez dans le Champ. Restez avec lui, marchez si vous préférez, mais surtout, passez du temps ensemble. Le lien qui existe entre vous a connu un bon début, mais il doit être entretenu, nourri. N'essayez pas quelque chose en particulier, restez simplement ensemble.

Talia obéit avec joie. Elle escalada la barrière et marcha aux côtés de Rolan, perdue dans un rêve éveillé, et ne ressentant plus une once de la tension et de la nervosité qui avaient toujours fait partie de sa vie. Pour la première fois, elle avait l'impression de se trouver là où elle devait. Être avec le Compagnon la débarrassait de ses doutes et de ses craintes et lui donnait confiance.

Elle releva la tête quand la double cloche qui appelait les aides-cuisiniers retentit.

Elle sauta sur le dos de Rolan ; ils retournèrent au trot vers l'immense hangar situé au milieu du Champ. Keren lui montra où se trouvaient les affaires du Compagnon. Elle l'étrilla rapidement mais avec soin, puis courut à sa chambre ; elle n'eut que le temps de faire une toilette sommaire et de se changer avant d'aller annexer une place libre à la table commune.

Elle se serait crue trop excitée pour dormir, pourtant elle commença à somnoler sur son assiette. Il lui restait à peine assez d'énergie pour prendre le bain obligatoire. Heureusement, si tôt dans la soirée, la salle de bains était presque vide. Si elle avait dû attendre longtemps, elle se serait sûrement assoupie dans la chaleur humide.

Elle s'endormit au moment où sa tête touchait l'oreiller.

Chapitre 6

La semaine suivante, Talia se plia au même emploi du temps ; elle s'éveillait au lever du soleil avec la cloche, celle qu'elle n'avait pas entendue le premier matin, puis elle sautait dans son uniforme et se précipitait pour aider au petit déjeuner. Ses jours de « congés », elle passait une heure tranquille à se préparer et à ranger sa chambre avant de descendre. Le cours d'Orientation avait lieu après le petit déjeuner. À mesure qu'il prenait moins de temps, d'autres venaient s'ajouter. Ses après-midi étaient consacrés à l'autodéfense avec maître Alberich, à l'équitation avec le Héraut Keren, et bien sûr à consolider son lien avec Rolan. Les jours où elle n'était pas marmiton, elle passait de longues heures dans la salle de couture à repriser une grande quantité d'uniformes gris.

À la fin de la semaine, le Héraut Teren libéra ses étudiants pour la dernière fois. Il demanda à Talia de rester alors que les autres partaient. Se mordillant nerveusement les doigts, elle attendit qu'il lui dise pourquoi il voulait lui parler.

Elle le regarda à la dérobée. Il avait l'air inquiet et un peu contrarié. Son expérience lui souffla qu'une telle expression, sur le visage d'un adulte, présageait des ennuis pour elle.

Teren n'était pas à l'aise. Cette pauvre enfant était déjà si désorientée ! Elle avait assez de difficultés à s'adapter au Collegium et à son nouveau rôle ; voilà qu'elle allait avoir à affronter des soucis créés par sa propre famille. *In petto*, il maudit la cruauté de ces gens. Leur message semblait froidement calculé pour détruire le peu de stabilité que l'enfant avait réussi à trouver.

— Talia…, commença-t-il, hésitant un peu en la voyant sursauter. Jeune fille, il n'y a rien ici qui doive vous effrayer… mais il s'agit de choses peu agréables. Je pensais que vous préféreriez les affronter en privé. Ce sont des nouvelles de votre famille.

— Ma famille ? répéta-t-elle, surprise et perplexe.

— Nous avons envoyé un messager pour lui dire ce qui s'était passé, comme nous le faisons avec tous les enfants qui arrivent chez nous. Habituellement, l'honneur de voir leur rejeton élu apaise la colère des parents, quelle qu'ait été la faute. Nous pensions que ce serait le cas pour vous.

Elle le regarda enfin en face plutôt qu'à travers ses cils baissés. Embarrassé par ce regard soutenu, il eut du mal à trouver ses mots.

— Talia, j'aurais préféré que tout se déroule comme nous l'avions prévu. Je ne sais pas comment vous dire à quel point je suis désolé Voilà leur réponse.

Il fouilla dans la poche de sa tunique et en tira un morceau de papier qui avait déjà été plie et déplié plusieurs fois ; il le lui tendit.

Elle le prit et l'ouvrit, lissant mécaniquement les pliures. Teren attendait sa réaction avec inquiétude.

Cette famille n'a jamais eu de fille du nom de Talia.

Le message gribouillé portait le sceau de son père.

Une larme unique s'écrasa sur le papier, brouillant l'encre. Talia reprit aussitôt le contrôle d'elle-même et ravala son chagrin. Elle n'avait pas réalisé combien elle espérait que sa famille l'accepte grâce à son nouveau statut. De fait, elle n'avait pas prévu que les Hérauts leur annonceraient la nouvelle. Elle prévoyait de le faire elle-même, peut-être en arrivant un beau jour dans la propriété familiale, montée sur son Compagnon et vêtue de la tenue blanche de parade des Hérauts. Elle s'était dit qu'être un Héraut lui vaudrait le pardon, voire l'approbation de sa famille. Les gens des Hold ne condamnaient pas tout ce que faisaient les Hérauts ou tout ce qu'ils représentaient. Même les plus critiques admettaient qu'ils avaient un rôle important à jouer. Ils étaient même bien contents de leur existence quand des pillards traversaient la frontière ou qu'une querelle devait être réglée. Elle avait espéré que les siens réaliseraient que son « étrangeté » était due à son statut de Héraut en puissance. Elle avait cru qu'ils comprendraient et l'accueilleraient à bras ouverts, une fois informés.

Quand elle s'était enfuie, la certitude d'être rejetée ne lui avait pas paru un prix trop élevé. Elle n'aurait pas dû rêver que ses proches la comprendraient un jour.

Tant pis. Une fois de plus, elle ne pouvait compter que sur elle-même. Et le Héraut Teren n'apprécierait sûrement pas de la voir pleurnicher sur son sort.

— Tout va bien, dit-elle en rendant la lettre au Héraut. J'aurais dû m'y attendre.

Elle était fière d'elle. Sa voix tremblant à peine, elle avait regardé Teren droit dans les yeux, sans ciller.

Le Héraut fut surpris et un peu inquiet de cette réaction. Ce n'était pas très sain. À son âge, elle aurait dû se laisser aller aux larmes. Au contraire, elle s'était repliée plus encore sur elle-même. Il craignit qu'un tel contrôle de ses émotions soit le signe avant-coureur de désordres profonds et violents : une brique de plus dans le mur que l'adolescente avait élevé entre elle et le reste du monde.

— J'aurais voulu pouvoir vous aider.

Teren était troublé ; il essaya de montrer à Talia qu'il était autant perturbé par la situation proprement dite que par son refus de montrer du chagrin.

— Je ne parviens pas à comprendre pourquoi ils ont répondu ainsi, ajouta-t-il.

S'il pouvait lui faire admettre que cela la rendait malheureuse, ça pourrait lui servir plus tard pour gagner sa confiance.

— Peut-être pourrions-nous envoyer un autre messager dans quelque temps ? proposa-t-il.

Talia baissa les yeux. Pour elle, il n'y aurait pas le retour triomphal de l'enfant prodige. Même pour ses parents les plus proches, elle ne serait qu'une étrangère. *Cette famille n'a jamais eu de fille du nom de Talia.* Elle avait violé la loi sacrée voulant que les femmes soient totalement soumises ; cela faisait d'elle une réprouvée. Jamais ils ne changeraient d'avis.

— Je vais être en retard...

Talia se déroba à la main tendue et s'enfuit. Elle aurait préféré que Teren ne se montre pas aussi compréhensif, car il avait failli provoquer la crise de larmes qu'elle eut tant de mal à refouler. Elle aurait pourtant été si soulagée de pleurer sur son épaule ! Mais elle n'avait pas osé. Si sa famille pouvait la renier, de quoi seraient capables des étrangers ? Pas question de leur dévoiler ses faiblesses ! Les Hérauts étaient indépendants et autonomes. Elle ne se montrerait pas sentimentale et méprisable !

Par bonheur, les cours d'histoire la fascinaient. Pour elle, c'était la suite des récits qui avaient rompu la monotonie de son existence dans la maison paternelle. Elle s'y immergea complètement, parvenant ainsi à oublier son chagrin. Ce cours était tenu par une femme d'un certain âge, le Héraut Werda. Comme beaucoup d'autres, il était conçu en boucle afin qu'un étudiant puisse le commencer à n'importe quel moment et finir lorsque les sujets déjà étudiés revenaient.

La géographie était presque aussi captivante. Tous les Hérauts du Collegium, à tour de rôle, enseignaient celle de leur lieu d'origine. Ce jour-là, c'était à Teren de présenter la région du lac Evendim, sa contrée natale. Il fallait apprendre les cartes, mais aussi la topographie, la végétation, le climat, et leurs effets sur la vie des habitants.

Teren lui fit signe à la fin du cours. Talia fit semblant de ne pas s'en apercevoir et se hâta de gagner la salle suivante.

On y donnait le cours de mathématiques. Elle n'avait jamais aimé les chiffres, mais le Héraut Sylvan avait une telle passion pour la précision et la complexité de son sujet que cet enthousiasme était inévitablement contagieux.

Juste avant le déjeuner, Talia aborda une nouvelle matière qui s'appelait « Manières de la Cour ». L'idée la mettait mal à l'aise. À la Cour, elle était certaine de se sentir totalement déplacée. Elle avait presque peur de rencontrer l'enseignant, qu'elle imaginait sous les traits d'un noble guindé devant qui elle se ridiculiserait.

Elle entra sur la pointe des pieds et se dissimula derrière des étudiants plus grands. Espérant qu'elle ne serait pas remarquée, elle se recroquevilla sur sa chaise.

— Talia n'est pas là ? demanda une voix familière. Je croyais qu'elle se joindrait à nous aujourd'hui…

L'adolescente sursauta et leva la tête.

— Par les dieux, mon enfant, dit l'intendante Gaytha en souriant, nous devrions mettre des échasses à vos bottes… Vous êtes si petite que nous risquons de vous marcher dessus !

— Vous n'êtes pas…, bafouilla Talia en rougissant.

— Je ne suis pas une dame de la Cour, ni un Héraut ! Avant de travailler ici, j'étais gouvernante dans la Maison de Ravenscroft, c'est pourquoi j'enseigne cette matière. Une gouvernante a une perspective unique sur la Cour : elle en fait partie, mais elle est invisible. Ainsi, je peux vous transmettre les bonnes manières qui ouvrent les portes et vous apprendre à voir les crocs qui se cachent derrière les langues fleuries. Ne vous y trompez pas, mon enfant. Si vous ne prenez pas garde de réfléchir avant de parler, vous sentirez leur morsure !

Son sourire adoucit la remontrance.

Peut-être les « Manières de la Cour » ne seraient-elles pas une épreuve aussi terrible que Talia l'avait craint…

En fait, ces assauts complexes de civilités et de politesses étaient fascinants même si Talia doutait de jamais les maîtriser.

Une heure de lecture à la bibliothèque suivit ce cours et le déjeuner. Mille démons ne l'auraient pas tenue éloignée de cet endroit. Se souvenant du récit de Davan sur les débuts du royaume, elle prit un des premiers livres de la section Histoire.

Aujourd'hui, elle n'était pas de corvée de cuisine, mais affectée à la salle de couture, où elle passa une heure. Bien éclairée, la salle abritait des tables couvertes de paniers pleins d'uniformes plus ou moins endommagés. Là, les mains occupées mais l'esprit disponible, il lui fut impossible d'échapper à son sentiment de solitude, d'autant que les autres étudiants riaient et bavardaient, évoquant des personnes et des sujets qui lui étaient inconnus. Elle s'installa avec son ouvrage dans un coin un peu sombre, protégé par une montagne de vêtements. À un moment ou à un autre, son chagrin devait trouver un exutoire. C'était le bon moment et le bon endroit. Personne ne la remarquerait. Pendant son heure de service, les collants déchirés qu'elle réparait furent abondamment arrosés de larmes.

Au moins, cette fois elle n'était pas obligée de faire face à Alberich. Il lui avait délégué Skif, l'ancien voleur, comme instructeur. Peu à peu, Talia sentait naître en elle un timide attachement pour ce garçon. Skif semblait avoir de la compréhension pour sa maladresse. Il lui témoignait une patience sans fin. Sans lui faire de reproches, il l'aida à placer correctement ses membres peu coopératifs. Puis il ralentit ses propres mouvements pour lui montrer ce qu'elle était supposée faire. Quand elle fit mine de se décourager, il lui raconta d'invraisemblables histoires sur les exploits qu'il prétendait avoir accomplis du temps où il était gamin des rues, mendiant et pickpocket. Elle répondit timidement à sa bienveillance. Il semblait savoir quand l'approcher, et quand montrer de la retenue.

Après, elle s'entraîna au tir à l'arc. Puis elle alla rejoindre Rolan.

Dès qu'elle retrouva son Compagnon, sa douleur et sa solitude s'évanouirent. Ils travaillèrent le saut d'obstacle jusqu'à ce qu'ils soient tous les deux fatigués. Alors, ils se retirèrent dans une partie éloignée du Champ pour se reposer et être seuls. De nouveau, la présence de Rolan exerçait une sorte de magie sur son esprit. Se rappelant combien elle s'était sentie seule dans sa famille, même en compagnie des deux membres les plus gentils, et voyant combien elle se trouvait heureuse avec Rolan, elle ne considéra plus que le prix à payer avait été trop élevé.

Une fois Rolan brossé et étrillé, Talia avait presque retrouvé sa joie de vivre. Elle savait, sans l'ombre d'un doute, qu'elle était aimée et qu'avec lui elle ne connaîtrait plus jamais la solitude.

Ce jour-là, elle s'aperçut qu'elle s'habituait au rythme du Collegium, ou qu'elle gagnait en endurance. Plus assez fatiguée pour rester à l'intérieur après le dîner, elle décida d'explorer les jardins qui entouraient le complexe.

Elle comprit alors pourquoi Sherrill l'avait avertie de ne pas affronter seule les étudiants non-affiliés.

Ses pas foulaient le gravier des sentiers qui serpentaient entre des parterres fleuris géométriques. Le soleil se couchait ; le crépuscule jetait une ombre bleue sur les fleurs aux vives couleurs. Elle était plongée dans ses rêveries quand elle entendit quelqu'un parler.

— Mais ça sent le purin ici ! dit une voix masculine.

Elle entendit derrière elle un reniflement affecté.

— Mais oui, je ne rêve pas !

— Peut-être les jardiniers ont-ils fertilisé les parterres ?

Cette fois c'était une voix de fille au ton cruel.

— Non, reprit la première. C'est une odeur qui ressemblerait plutôt à celle d'une paysanne arrivant de sa ferme.

Talia se retourna, surprise. Quatre ou cinq adolescents en uniforme bleu se tenaient dans l'ombre d'une haie.

— Oh, mais qui voilà ? dit le premier, feignant la surprise. Je crois que j'ai localisé la source de l'odeur !

— Pas de doute, dit la fille à ses côtés, l'odeur vient de cette bécasse venue tout droit des Marches. Quel dommage ! On accepte *n'importe quoi* au Collegium, de nos jours. Quand même, ils auraient pu laver cette créature avant de la lâcher dans le monde civilisé !

Ils la regardèrent avec malveillance, attendant sa réaction. Talia pensa d'abord répliquer sur le même ton ; puis elle se ravisa, car ils étaient cinq. À en croire Sherrill, ils ne s'arrêteraient pas aux insultes. Et ils ne se battraient pas loyalement non plus, c'était à craindre.

— Ma dame, ces êtres sont embourbés dans la saleté. Une centaine de bains ne suffiraient pas à enlever cette odeur, continua le garçon. Ce qui n'est pas surprenant, puisqu'ils sont aussi embourbés dans l'ignorance. J'ai cru comprendre que ce spécimen-ci a essayé de rendre son Compagnon au Collegium. La créature n'avait pas la moindre idée de ce que signifiait être élu !

Talia brûlait de honte et de rage.

— Est-elle aussi stupide qu'elle est malodorante ?

— Visiblement, c'est le cas, puisqu'elle ne comprend même pas que nous parlons d'elle !

Talia ravala ses larmes. Jamais elle ne leur montrerait combien leurs insultes lui faisaient mal, car elle sentait que cela encouragerait leur méchanceté. Elle serra les poings et voulut s'éloigner. Ils l'encerclèrent si vite qu'elle s'en aperçut trop tard. Puis ils la poussèrent dans un parterre fraîchement arrosé. Elle tomba tête la première et se retrouva le nez dans la boue.

Pendant qu'elle se relevait, elle entendit les rires mourir au loin. Le parterre était composé de rosiers grimpants aux épines longues comme son petit doigt. Quand elle réussit à s'en extirper, son uniforme en lambeaux, elle était égratignée, ensanglantée et couverte de boue de la tête aux pieds.

Des larmes de colère coulèrent sur ses joues. Elle les essuya avec le dos de sa main couverte de terre et courut se réfugier dans le Collegium.

À cette heure, il n'y avait encore personne dans la salle de bains. Hâtivement, elle fourra son uniforme dans la descente à linge sale. Un long bain apaisa quelque peu les égratignures. Le bruit de l'eau qui coulait couvrit celui de ses sanglots.

Talia n'avait pas l'intention de demander l'aide de Sherrill. Elle ne pouvait passer tout son temps en compagnie de la jeune femme. Dès qu'elle serait seule, elle redeviendrait aussitôt la cible des étudiants Bleus. De plus, malgré les protestations de Sherrill, Talia doutait qu'elle soit prête à tolérer la présence incessante d'une gamine mal dégrossie.

Talia avait une grande expérience des persécutions. Elle savait à quoi s'attendre. Maintenant qu'ils avaient commencé, ils n'arrêteraient pas avant que le jeu vienne à les lasser.

Il y avait un autre élément à prendre en considération. Elle rejeta sur le côté ses cheveux mouillés et examina la cicatrice de la taille d'une pièce de monnaie qui marquait sa paume gauche. Quel âge avait-elle quand Justus l'avait ainsi marquée avec un fer chauffé au rouge ? Neuf ou dix ans ? Peu importait. Ce qui comptait, c'est que les adultes l'avaient cru quand il avait affirmé qu'elle s'était brûlée elle-même.

Pourquoi les gens du Collegium la croiraient-ils ? Elle n'était qu'une gamine des Marches, une petite fermière, et les Bleus les enfants de courtisans de haut rang. Mieux valait ne rien dire qu'être considérée comme une menteuse. Ils s'étaient bien amusés. Si elle ne réagissait pas, peut-être se lasseraient-ils rapidement.

Elle avait espéré en vain.

Le jour suivant elle découvrit que quelqu'un avait volé ses cahiers d'histoire. Celui d'après on la poussa par-derrière et elle tomba dans le couloir se faisant des bleus aux genoux et aux coudes. Quand elle rassembla ses livres et ses esprits, elle ne vit personne, mais entendit des rires étouffés.

Deux jours plus tard, une pluie de pierres s'abattit sur elle alors qu'elle courait pour aller à la séance d'entraînement. Le lendemain, elle découvrit qu'on avait renversé un flacon d'encre sur ses livres. Personne n'avait été aperçu près de ses affaires. Qu'on puisse la penser aussi négligente avec les objets sacrés qu'étaient les livres fut pour Talia une humiliation presque insupportable.

Elle eut vite une réputation de maladresse, car on la poussait ou on la faisait trébucher au moins une fois par semaine ; plus souvent quand elle quittait le terrain du Collegium.

Puis ses persécuteurs passèrent à l'attaque psychologique.

Elle reçut des billets anonymes qui apparaissaient mystérieusement dans ses poches ou dans ses livres, minant sa confiance en elle, déjà hésitante. Au point où elle en était arrivée, la vue de ces écrits la conduisait au bord des larmes. Et elle ne pouvait les montrer à personne, car l'écriture s'effaçait très rapidement dès que le papier était déplié.

L'adolescente n'osait se confier à personne. Elle n'était pas sûre que les Bleus fussent ses seuls tourmenteurs. Ceux qui s'entraînaient avec elle semblaient innocents, mais son frère Justus avait caché son sadisme derrière une attitude angélique et un visage souriant. Il ne fallait pas se fier aux apparences. Non, mieux valait ne rien faire. Et puis, elle avait toujours Rolan.

Keren avait vu que quelque chose allait de travers. Son jumeau l'ayant informée de la lettre que Talia avait reçue de sa famille, une séance avec Elcarth l'avait convaincue qu'elle était la seule personne susceptible de faire sortir l'enfant de sa coquille.

Keren ne relevait aucune maladresse chez Talia quand elle travaillait avec elle. Les comptes-rendus d'accidents contredisaient le témoignage de ses yeux. Quelque chose clochait, et gravement !

Enfant, Keren s'était entraînée à développer une patience incroyable. Elle restait assise des heures durant avec des miettes de pain dans la main, sans bouger d'un pouce, jusqu'à ce que les oiseaux viennent picorer dans sa paume. Maintenant, elle traquait Talia avec la même patience. Un mot ici, une parole d'encouragement là ; si quelqu'un la persécutait, tôt ou tard, elle le saurait.

Certains jours, elle maudissait les règles que devaient respecter ceux qui avaient le Don de percevoir les pensées. Sans ces contraintes, elle aurait pu lire dans l'esprit de l'adolescente comme dans un livre ouvert et savoir tout de suite ce qui la troublait. Mais les lois étaient faites pour *protéger*; en dépit de ses bonnes intentions, elle n'avait pas le droit de les enfreindre. Si l'enfant avait laissé échapper une information, cela aurait été différent. Hélas, les barrières de Talia étaient trop solides. Sa réticence était interprétée comme un désir de solitude, et ce désir serait respecté. Ceux qui pouvaient entendre les pensées devenaient presque fanatiques quand il s'agissait de la protection de l'intimité, la leur et celle des autres. La plupart du temps, c'était une bonne chose; dans ce cas, cela empêchait Keren de venir en aide à Talia.

Bien que l'adolescente n'ait pas consciemment remarqué la sollicitude de Keren, ses effets se faisaient peu à peu sentir. Talia était sur le point de se confier au maître d'équitation, du moins au sujet des billets, quand elle en reçut un nouveau.

« Si tu parles à quiconque, paysanne, il sera distrayant de te voir essayer d'expliquer pourquoi tu n'as que des morceaux de papier vierge à montrer. Tout le monde croira que tu es folle; peut-être à raison. »

Ces mots lui firent peur. Le spectre de la folie la hantait depuis l'arrivée de la première lettre. Après tout, comment de l'encre pouvait-elle disparaître d'une missive quand celle-ci avait été lue? De plus, il suffisait qu'on la *croit* folle pour qu'on la chasse du Collegium. Où irait-elle alors? Le risque était trop grand. Elle ne se confia à personne et continua de pleurer en cachette.

Au moment où ses nerfs allaient craquer, les réjouissances du Solstice d'Hiver commencèrent à la Cour et les persécutions cessèrent d'un coup.

Plusieurs jours passèrent sans une note. Talia commença à espérer. Après une semaine, elle relâcha un peu sa vigilance. À la fin du mois, elle décida qu'ils étaient fatigués de ne pas la voir réagir et qu'ils avaient trouvé un autre jeu.

Elle plongea dans la vie du Collegium avec un bel enthousiasme. Comme le début du festival du Solstice approchait, elle commença à se sentir chez elle ; le rejet de sa famille ne la faisait plus autant souffrir.

Le Collegium suspendait les cours pendant les deux semaines du festival. Les étudiants qui ne retournaient pas chez eux passaient les vacances avec des amis ou des parents, près de la capitale. Talia était la seule à ne pas savoir où aller. Mais dans le feu des préparatifs, personne ne s'en aperçut.

Le premier jour des vacances, elle se retrouva en train d'arpenter les couloirs déserts, se sentant si insignifiante et esseulée qu'elle se demanda si la bibliothèque, pourtant son lieu de prédilection, suffirait à combler les heures vides.

Alors qu'elle écoutait l'écho de ses pas, elle entendit le son ténu d'une harpe dont quelqu'un jouait derrière les portes séparant les quartiers privés des Hérauts du reste du Collegium.

La curiosité et la solitude la poussèrent à remonter le son jusqu'à sa source. Elle ouvrit une des doubles portes, qui émit un léger craquement, et laissa le son de la harpe la conduire le long des couloirs jusqu'au bout de l'aile des

Hérauts. De là, on apercevait le temple. L'endroit était calme, presque aussi désert que l'aile du Collegium. Les Hérauts qui habitaient les chambres étaient presque tous en mission sur le terrain. Talia s'approcha de la porte entrouverte au rez-de-chaussée d'où la mélodie, belle et un peu nostalgique, s'élevait dans le silence. Elle perdit toute notion du temps, envoûtée par la musique.

Quand le morceau prit fin, elle soupira.

— Entre, qui que tu sois, dit une voix douce, rendue un peu rauque par l'âge. Inutile de rester dans ce couloir lugubre ! J'ai bien besoin d'un peu de compagnie.

L'invitation semblait sincère. Talia maîtrisa son appréhension et, timidement, ouvrit un peu plus la porte.

Le soleil inondait la petite pièce, se reflétant sur les lambris couleur de miel et sur les rares meubles de teinte claire. Dans le foyer brûlait un bon feu de bois. Il régnait dans la chambre une atmosphère de lumière et de chaleur. Assis près du feu, un très vieil homme souriait ; Talia n'avait jamais rencontré quelqu'un d'aussi âgé. Ses cheveux étaient d'un blanc immaculé, le même que celui de sa tunique. Sur son visage encore beau et dans ses yeux gris, Talia ne lisait que de l'indulgence. Les rides, autour de sa bouche et de ses yeux, étaient le fruit du sourire, non de l'hostilité. Il avait le front large, la bouche ferme et un menton orné d'une fossette qui le rajeunissait. Toute son attitude était bienveillante. Sa harpe reposait contre sa jambe droite. Les yeux de Talia s'écarquillèrent quand elle vit que, tout comme celle du garde du village, la gauche manquait en dessous du genou.

Il suivit son regard et sourit.

— J'ai eu plus de chance que beaucoup d'autres, dit-il, les mercenaires de Tedrel et le service dans l'armée du roi ne m'ont coûté qu'une jambe, pas la vie. Pourquoi une jeunette comme toi est-elle encore dans ces couloirs sinistres, à l'époque du festival ?

Peut-être était-ce sa ressemblance superficielle avec la Mère de son Père, ou sa bienveillance chaleureuse, ou parce qu'elle se sentait si désespérément seule, mais Talia lui ouvrit son cœur. Elle lui parla avec la franchise qu'elle aurait eue avec Rolan.

— Je n'ai nulle part où aller, monsieur, dit-elle, presque en murmurant.

— Tu n'as aucun ami prêt à partager son foyer et ses vacances avec toi ? (Il fronça les sourcils.) Voilà un comportement indigne des Hérauts !

— Je… je n'ai dit à personne que je restais ici. Ma famille ne veut plus entendre parler de moi, et… et…

— Et tu préférais que cela ne se sache pas, pour ne pas être invitée par pitié ? devina-t-il.

Elle hocha la tête, qu'elle gardait baissée.

— Tu sembles avoir dans les treize ans. C'est ton premier Solstice ici, sinon tout le Collegium saurait que tu n'as nulle part où le passer. Tu dois être Talia, la nouvelle élue ? Je ne me trompe pas ?

Elle hocha encore la tête.

— Eh bien, toute infortune n'a pas que des mauvais côtés, dit-il. Moi non plus je n'ai nulle part où aller. Je pourrais passer le festival à la Cour, mais je n'aime pas la foule. Mes parents ont disparu dans la nuit des temps. Mes amis sont partis ou sont occupés ailleurs. Veux-tu passer les fêtes avec moi ? Je m'appelle Jadus.

— Oh, oui, j'aimerais beaucoup ça, monsieur.

Elle releva la tête et lui sourit.

— Merveilleux ! Alors, viens, mets-toi à l'aise. Il y a de la place près du feu. Choisi une chaise, ou un coussin, comme tu préfères.

Sa sensibilité l'avertit de la timidité de Talia. Il fit semblant d'être très occupé à accorder sa harpe pendant qu'elle choisissait, tout hésitante, un gros coussin recouvert de velours ambré, qu'elle posa près du foyer avant de s'asseoir dessus comme un chaton. Le Don de Jadus était la perception des pensées. Bien sûr, il n'aurait pas imaginé un instant espionner celles de Talia. Cependant, certaines nuances de son comportement le prévinrent qu'il devait être très délicat avec elle. Par nature, il était doux, mais il comprit qu'il devrait l'être encore plus. Toute parole hostile risquait de l'effrayer de manière disproportionnée.

— Je suis heureux que ma musique t'ait conduite à moi, Talia.

— C'était très beau, dit-elle mélancoliquement. Je n'avais jamais entendu une musique aussi magnifique auparavant.

Il rit.

— Je te remercie, jeune fille, mais la vérité, c'est qu'à côté de n'importe quel maître Barde je suis un véritable amateur. L'honnêteté me force à reconnaître que je devais bien avoir un peu de talent pour qu'ils m'acceptent au Collegium des Bardes.

— Au Collegium des *Bardes* ? demanda Talia, perplexe.

— Oui, je sais. Maintenant je suis un Héraut, avec un Compagnon et tout ce qu'il faut ! D'ailleurs, ma jument est en train de chauffer ses vieux os au soleil en regardant les poulains gambader dans la neige. Mais quand je suis arrivé, c'était pour entrer au Collegium des Bardes. J'avais déjà fait trois ans d'études ; il m'en restait deux. Assis dans le jardin, j'essayais de composer un morceau sur un thème imposé, quand quelque chose m'attira vers le Champ des Compagnons. Alors elle vint vers moi, et toute ma vie en a été chamboulée. Je lui en ai voulu à l'époque ; maintenant, je n'échangerais pas une minute de mon existence contre la couronne du Lauréat.

— Mais vous n'avez pas abandonné la musique ?

— Non, bien sûr que non, nul ne peut quitter cette douce maîtresse après avoir goûté à ses charmes. Il se peut même que Fortunea m'ait rendu service. Jamais je n'ai eu besoin d'affronter une foule ingrate ou un maître difficile. Je n'ai eu à chanter et à jouer que pour mon plaisir et celui de mes amis. La musique m'a aussi permis de me déguiser, puisque les Bardes sont les bienvenus partout, tant à l'intérieur du royaume qu'à l'extérieur. Et maintenant que j'ai perdu ma voix en plus de ma jambe, je joue pour me tenir compagnie. Ou pour attirer à moi de la compagnie.

Il eut une idée en la regardant.

— Talia, sais-tu chanter ?

— Je l'ignore, monsieur. Je viens d'une famille Hold. Là-bas, on ne pense pas grand bien de la musique. Des hymnes, oui, mais chantés uniquement par les prêtres et les servantes de la Déesse.

— Les Hold…, murmura-t-il, essayant de se souvenir de quelque chose. Ah oui. Tu connais sûrement cette petite chanson qui sert à calmer les moutons, tu sais, celle qui commence par « Gentil mouton ferme les yeux » ?

Il joua quelques accords simples.

— Oui, monsieur. Mais ce n'est pas de la musique, n'est-ce pas ?

— Tout peut être musique, petite. Veux-tu la chanter pour moi, s'il te plaît ?

Elle chanta, doucement au début, puis se laissa emporter par la mélodie de la harpe.

— C'est bien ce que j'ai déduit quand je t'ai entendue parler, dit Jadus lorsqu'elle s'arrêta. Tu as un certain talent. Oh, pas assez pour entrer en compétition avec les Bardes, mais tu as – tu auras, avec un peu d'entraînement – une bonne voix. Accepterais-tu de faire plaisir à un vieil homme en le laissant te donner des leçons ?

— Des leçons de musique ? fit-elle, sidérée. À moi ? Mais...

— Il serait dommage de ne pas cultiver ton talent. Tu l'as, petite. J'aimerais t'aider à le développer.

Cela la décida.

— Si vous pensez que je vaux la peine de perdre votre temps...

Il lui releva le menton d'un doigt et la regarda dans les yeux.

— Le temps passé avec toi ne sera jamais perdu. Tu peux me croire !

Elle s'empourpra ; il lâcha son menton.

— Veux-tu commencer tout de suite ? continua-t-il. Nous avons l'après-midi devant nous. Nous pourrions d'abord travailler la petite chanson que tu viens d'interpréter.

— Si cela ne vous dérange pas. Je n'avais rien d'autre à faire…

— Me déranger ? Ah, petite, si tu savais combien je trouve parfois le temps long, tu ne poserais pas cette question…

Jadus sentit un lien se forger entre eux. Il savait que Talia était à l'aise en sa compagnie à cause de son âge et de son air sans défense. Depuis des années, il dérivait dans une sorte de rêve éveillé, ne se souciant pas de ce qui se passait dans le vaste monde, de l'autre côté de sa porte…

Jusqu'à présent. Maintenant, un autre cœur, aussi solitaire que le sien, venait de lui rappeler que le monde existait. Il regarda l'enfant assise à ses pieds, et se jura, pour le bien de ce jeune être, de ne plus retomber dans son isolement d'ermite.

Talia apprenait vite, comme ses professeurs s'en étaient déjà aperçus. Elle ne connaissait rien à la musique, ce qui n'était pas plus mal, car elle n'avait ainsi rien à désapprendre.

Quand l'heure du dîner arriva, un serviteur entra dans la pièce et demanda à Jadus s'il prendrait son repas dans sa chambre. Talia voulut partir, mais le vieil homme insista pour qu'elle partage son ordinaire. Puis il demanda au serviteur d'aller chercher des livres de chant qu'il avait mis de côté. Il les offrit à Talia, malgré ses protestations.

— Je n'en ai pas eu besoin pendant tout ce temps. Je garde ici la musique et les souvenirs, dit-il se touchant le front. C'est un cadeau de Solstice, pour que tu puisses faire plaisir à ton vieux tyran de professeur !

Talia partit quand elle commença à bâiller entre les chansons. Elle avait l'impression d'avoir toujours connu le vieux Héraut, comme s'ils avaient été amis depuis des années. Comme elle avait hâte de le retrouver le lendemain !

Elle se leva avec le soleil mais n'osa pas aller trouver le vieillard trop tôt, pour ne pas le déranger. Alors elle avala un frugal petit déjeuner et partit voir Rolan.

Ils jouèrent comme des enfants ; elle lui envoyait des boules de neige et il les évitait adroitement, ou les attrapait entre ses dents. Puis le Compagnon courba l'échine, l'invitant à monter sur son dos. Ils galopèrent jusqu'à ce que le soleil soit assez haut dans le ciel. L'exercice dénoua ses nerfs. Elle évacua une partie de son trop-plein d'énergie sans perdre son enthousiasme. Au milieu de la matinée, elle alla frapper à la porte de Jadus, les yeux brillants et les joues rougies par l'exercice.

Dès la fin du second jour, les serviteurs, ayant entendu parler des leçons, s'approchèrent furtivement de la chambre du vieux Héraut. La voix de Talia, même sans exercice, était belle et bien timbrée. Pour les serviteurs, c'était une aubaine inespérée. Pendant les festivités du Solstice d'Hiver, ils avaient rarement l'occasion d'approcher les halls bondés de la Cour, alors ils profitaient des chansons et de la musique qui sortaient de la petite pièce. Talia ne fit pas attention à eux. Mais Jadus les avait remarqués, et il était content de leur présence. Les savoir là l'incitait à donner le meilleur de lui-même, une grande chance pour son élève.

La veille du festival arriva sans que Talia ait vu le temps passer.

Jadus était en train de lui raconter des histoires du temps où il était un jeune Héraut, quand un coup léger à la porte l'interrompit. C'était le serviteur du vieil homme.

— Pardonnez-moi, Héraut, dit-il timidement, mes camarades et moi nous vous avons écoutés, vous et la jeune Talia, pendant toute la semaine, et nous nous demandions... Enfin, je veux dire, si vous aviez voulu passer le festival à la Cour, vous y seriez déjà. Accepteriez-vous de partager notre fête ? Et, si vous et Talia étiez d'accord pour chanter et jouer un peu de musique, nous vous en serions très reconnaissants. Ce n'est pas une grande célébration, mais nous nous amusons bien quand même.

Jadus fit un grand sourire au jeune garçon.

— Medren, c'est la proposition la plus gentille que j'aie eue depuis que j'ai été élu ! Talia, qu'en penses-tu ?

L'enfant fit oui de la tête, stupéfaite que quelqu'un puisse avoir envie de sa compagnie.

— Nous acceptons avec grand plaisir, dit Jadus. Nous ferons de notre mieux pour vous distraire.

Medren sourit.

— Mille mercis, seigneur Jadus. Nous vous aurions bien demandé plus tôt, mais il semblait que vous préfériez la solitude. Maintenant, nous savons que ça n'était pas le cas...

Jadus posa les mains sur la tête de Talia.

— J'ai beaucoup vécu dans mes souvenirs, trop je crois. Il était temps qu'on me ramène au présent. Medren, envoie quelqu'un nous chercher le moment venu, veux-tu ?

— Deux heures après le coucher du soleil, Héraut. Je viendrai personnellement. Voulez-vous votre chaise à porteur ?

— Inutile, je me débrouille bien avec ma canne et mes amis, répondit-il en jetant un regard affectueux à Talia.

Des cris d'enthousiasme les accueillirent quand ils arrivèrent dans la salle des serviteurs. La pièce était trois bonnes fois plus grande que la salle commune du Collegium. Il y avait une cheminée à chaque bout et des lampes à huile le long des murs. Une porte menait à la cuisine, l'autre dans le hall d'entrée. De nombreuses tables à tréteaux accueillaient les serviteurs. Jadus entra lentement par la porte du hall. Il avait confié sa harpe à Talia, qui la tenait avec grand soin.

L'adolescente avait passé dans sa ceinture la flûte de berger qu'il lui avait donné quelques jours auparavant. Les yeux de Jadus s'écarquillèrent, il se redressa un peu. Talia, sans le savoir, avait depuis longtemps gagné le respect et la sympathie des serviteurs par son refus de s'apitoyer sur elle-même. Ils appréciaient aussi Jadus parce qu'il ne demandait jamais de faveurs, même s'il en avait depuis longtemps gagné le droit et parce qu'il traitait pareillement tous ceux qu'il rencontrait, serviteurs comme nobles.

Il y eut d'abord un festin, servi en même temps que celui de la salle d'apparat du palais. Puis vinrent les divertissements. Comme l'avait dit Medren, ce n'était pas une « affaire officielle », mais la gaieté et l'amusement étaient sincères. Des musiciens amateurs jouèrent des danses paysannes et les serviteurs tournoyèrent au son de rythmes simples. Quelques-uns s'essayèrent à la jonglerie et aux tours de magie ; chacun s'esclaffa devant les résultats, plutôt maladroits.

Quand la nourriture et la danse eurent fatigué l'assemblée, qui souhaitait un divertissement plus calme, ce fut le tour de Jadus et Talia.

D'abord Jadus joua seul. Attentifs, les serviteurs écoutèrent dans un silence respectueux. Quand il eut terminé, il fit signe à sa jeune protégée de le rejoindre. Talia exécuta sur sa flûte les mélodies qu'elle avait apprises en gardant les moutons. Le son de la harpe de Jadus l'accompagnant donnait de l'ampleur aux harmonies basiques. Il y eut un silence éloquent quand ils terminèrent, suivi par un tonnerre d'applaudissements.

Le cœur de Talia s'emplit de joie à la vue du visage ravi de Jadus.

Ensuite, le vieux Héraut joua tandis que Talia chantait une chanson tirée d'un livre ancien, une ballade à la chute humoristique. Les rires chaleureux qui accueillirent son interprétation la firent rougir de plaisir. Elle comprit alors combien les acclamations d'un auditoire pouvaient être grisantes.

Ils jouèrent et chantèrent jusqu'à ce qu'il soit si tard que les yeux de Talia se fermaient tout seuls. Jadus avoua que ses doigts commençaient à se fatiguer. Talia l'aida à regagner ses appartements, puis se traîna jusqu'à son lit. Elle pensa en s'endormant que c'était le meilleur festival du Solstice d'Hiver auquel elle ait jamais pris part.

Chapitre 7

La soirée du festival cimenta l'amitié de Talia et du vieux Héraut. Même quand les cours eurent repris, elle s'arrangea pour le voir chaque soir pour des leçons de chant et de musique. Il semblait prendre autant de plaisir à sa compagnie qu'elle à la sienne. Que ses ennemis inconnus aient recommencé leurs mauvaises plaisanteries dès la fin des vacances ne parvint pas à ternir la joie de Talia. Elle savait que sans Rolan et Jadus, elle aurait été tentée plus d'une fois d'abandonner la partie et de s'enfuir. Privée de ces deux amis fidèles, sa misère aurait été plus profonde qu'aux pires moments vécus dans la maison familiale.

La preuve qu'ils ne l'avaient pas laissée tranquille vint sous forme de billets anonymes, comme auparavant. Le premier se matérialisa au milieu de ses livres juste avant une leçon de musique. Elle eut du mal se remettre de la crise de larmes que cela provoqua.

Il lui fut impossible de cacher son trouble à Jadus, car ses yeux rougis la trahirent. Gentiment mais fermement, il insista pour qu'elle lui confie ce qui n'allait pas.

— Tu sais que je ne ferais rien contre ta volonté, petite, fit-il doucement, mais tu n'es pas heureuse ! J'aimerais que tu me dises quel est le problème, et qui l'a causé. Tu sais que tu peux me faire confiance, n'est-ce pas ?

Les mains croisées dans son giron, elle fit signe que oui.

— Dis-moi tout, dans ce cas. Peut-être même pourrai-je t'aider.

Malgré sa réticence, Talia ne put résister à la compassion dont son regard était empreint.

— Oui, fit-elle en bafouillant, m… mais promettez-moi que vous n'en parlerez à personne d'autre.

Il promit plutôt que de perdre la confiance durement gagnée de l'adolescente.

— Si c'est la condition pour que tu me dises ce qui ne va pas…

— Ce qui ne va pas…, commença-t-elle.

Elle lui raconta les mauvais tours, les gens qui la poussaient, mais sans oser lui parler des billets. Elle craignait que l'histoire des insultes qui disparaissaient ne soit trop extravagante, même pour Jadus.

Il comprit qu'il devait y avoir autre chose que ce qu'elle voulait bien raconter, et cela l'inquiéta.

Comme il avait promis le secret, il ne pouvait pas faire grand-chose à part la réconforter et lui donner quelques conseils. Il espéra que cela suffirait.

— Ne va pas te promener seule. Marche avec des gens que tu connais, Sherrill, Skif ou Jeri. Et tâche de rester toujours à portée de vue d'un de tes professeurs. Je doute que tes ennemis tentent quoi que ce soit en présence d'un Héraut. (Il lui toucha gentiment la joue.) Et n'oublie pas, petite, je suis toujours disponible. Si tu as besoin de pleurer un bon coup… Ma foi, je possède quantité de mouchoirs !

Elle eut un petit rire. Jadus en fut tout ragaillardi.

— Fais-toi des amis, lui dit-il à la fin de la leçon. Les autres étudiants Hérauts ne te voudront pas de mal ; plus tu auras d'amis, mieux tu seras protégée. Je sais que ta vie dans les Hold n'a pas toujours été facile, mais les choses sont différentes au Collegium. Tu as appris à me faire confiance ; fais confiance aussi à tes camarades. Quand tu appartiendras à un groupe, tu seras une cible moins facile pour les méchants.

Jadus avait raison. Les mauvaises blagues diminuèrent à mesure que Talia s'intégrait.

La remise en ordre des choses fut d'autant plus rapide que certains des professeurs et des étudiants les plus âgés, dont Keren, Teren et Sherrill, ayant remarqué qu'il se passait des choses déplaisantes, avaient commencé à garder un œil sur Talia. Keren, en particulier, avait pris très tôt cette décision, se montrant souvent aux côtés de l'adolescente – avec aussi peu de discrétion que possible. Bientôt les responsables des misères de Talia trouvèrent de plus en plus difficile de la persécuter sans être vus. Les billets s'espacèrent. Au bout d'un mois, il sembla que les Bleus avaient abandonné la partie. La bonne humeur de Talia lui était revenue et Jadus poussa un soupir mental de soulagement.

Personne n'aurait pu se douter qu'il se passait des choses bien plus graves qu'un simple bizutage de la petite fermière.

Le Collegium et la Cour avaient supposé, à tort, que les soupçons entourant la mort de Talamir décourageraient la faction ennemie de toute tentative d'élimination du nouveau Héraut Personnel de la reine.

Il en allait autrement. Les persécutions avaient été lancées à l'instigation des parents de certains des nobles non-affiliés : des courtisans qui avaient beaucoup à perdre si Elspeth pouvait être remise dans le droit chemin pour devenir l'Héritière confirmée.

Ces conspirateurs avaient décidé dès le départ du sort de Talia : s'il était impossible de la tourmenter au point de lui faire quitter le Collegium, on se débarrasserait d'elle par n'importe quel moyen.

La gamine s'était révélée impossible à décourager. Parfait, on passerait à des solutions plus radicales !

L'occasion se présenta le jour où Talia commit l'erreur de se retrouver seule. C'était le vendredi le plus froid de l'hiver. Le ciel était plombé et gris. La neige couvrait le sol. Le froid mordant grimpait le long des jambes de l'adolescente, malgré ses bottes en peau de mouton et ses trois paires de chaussettes de laine. Le vent était si vif qu'elle avait décidé de prendre le chemin le plus long pour se rendre à la salle d'entraînement, car il permettait de s'abriter un peu de la tornade.

Tournant le coin des écuries, perdue dans ses pensées, elle se retrouva encerclée par plusieurs Bleus, dont les visages étaient rien moins qu'amicaux.

Ils se jetèrent sur elle et tentèrent de l'immobiliser.

Un instant sidérée, elle ne tarda pas à se débattre, mettant en œuvre les connaissances emmagasinées lors de ses leçons avec Alberich. Il lui avait appris un style de combat où tous les coups étaient permis. Elle donna des coups de pied, mordit et attrapa à pleines mains des cheveux et des oreilles. Les cris de douleur de ses adversaires témoignaient de ses progrès. Mais on aurait dit que ses agresseurs n'avaient pas l'intention de lui faire du mal, simplement de l'immobiliser.

Elle se servit de cette apparente faiblesse pour se dégager dès qu'elle en eut la possibilité, abandonnant son manteau dans l'affaire.

L'adolescente parvint presque à s'échapper, mais quelqu'un la plaqua au sol par-derrière et la balança tête la première dans la fosse à purin de l'étable. Celle-ci venait d'être remplie ; le contenu en était encore frais, mou, et totalement malodorant. Talia en fut couverte de la tête aux pieds et se débattit en vain, prise de haut-le-cœur qui lui ôtèrent ses forces.

— Oh, pauvre petite paysanne ! s'écria une des filles d'une voix mielleuse. Elle est tombée dans la fosse ! Comme c'est triste !

— Elle a peut-être cru rentrer à la maison, dit un garçon. Nous devrions l'aider à se nettoyer, elle ne sait sûrement pas comment s'y prendre !

Avant qu'elle ait pu se dégager, ils l'attrapèrent, la jetèrent à terre et lui fourrèrent un morceau de chiffon dans la bouche. Puis ils se relayèrent pour lui écraser des poignées de boue sur le visage et dans les cheveux, comme s'ils se vengeaient des coups qu'elle était parvenue à leur assener un peu plus tôt. Alors, ils la tirèrent hors de l'étable et le vent eut tôt fait de geler la boue qui la couvrait. Elle ne pouvait même plus ouvrir les yeux. Paniquée, elle s'aperçut que ses narines étaient obstruées et qu'elle n'arrivait plus à respirer. Faire entrer de l'air dans ses poumons lui sembla soudain la chose la plus importante au monde…

Elle sentit qu'on la traînait sur les pavés ; des contusions et des égratignures s'ajoutèrent à la liste de ses malheurs, mais une seule idée l'obsédait : respirer ; essayer, en tout cas. Toute autre pensée avait déserté son esprit. Ils la traînèrent ainsi pendant un temps interminable, comme s'ils avaient l'intention de la ramener dans les Marches !

Puis elle sentit la route monter ; une vague idée de ce qu'ils avaient prévu lui vint à l'esprit et elle se mit à gesticuler, paniquée.

— C'est l'heure du bain, espèce de chèvre puante ! cria la voix masculine, pleine de haine.

Elle tenta de se dégager, donnant un coup de pied aussi violent que possible, mais en vain. Ils étaient plus grands et plus forts qu'elle – et bien plus nombreux ! Elle parvint pourtant à leur faire un peu lâcher prise, juste assez pour que sa nuque heurte violemment les pavés, ce qui l'étourdit un instant. Elle sentit qu'on la projetait dans les airs. Tombant comme une pierre dans les eaux glacées de la rivière, elle en perdit le peu de souffle qui lui restait.

L'eau se referma sur sa tête ; elle lutta pour remonter à la surface, puis arracha le bâillon de sa bouche. Essayant de respirer avant d'avoir émergé, elle avala une grande gorgée d'eau.

Quand elle refit surface, haletante, à demi étouffée, elle entendit dans le lointain la voix moqueuse :

— Adieu, paysanne. Donne bien le bonjour à Talamir de notre part !

Une semaine plus tôt, un casse-cou était mort à cet endroit même, en essayant de traverser la rivière gelée plutôt que d'emprunter le pont. Talia gesticula frénétiquement. Elle se rappelait que le malheureux n'avait pas survécu longtemps dans les eaux glaciales. Il n'y avait rien à quoi se raccrocher : la glace se brisait sous ses doigts, ou échappait à sa prise ; elle n'avait aucun moyen de se hisser hors de l'eau. Ses vêtements alourdis la tiraient vers le fond et le courant l'entraînait inexorablement loin de la rive. Très vite elle sentit ses membres s'engourdir et refuser de répondre aux ordres de son cerveau.

Elle ne resterait pas longtemps à la surface, elle le savait. Il lui était même impossible de rassembler assez de souffle pour crier. Son esprit, submergé par une panique incohérente, poussa un cri d'angoisse absolu.

À ce moment, comme si les dieux eux-mêmes étaient intervenus, un hennissement déchira l'air. Une masse énorme plongea à côté d'elle, faisant jaillir une colonne d'eau glaciale. Des dents robustes la saisirent au col et la tirèrent vers un large dos blanc qui apparut à côté d'elle comme une île magique surgie des profondeurs.

— Rolan ! haleta-t-elle.

Elle tenta de bouger ses doigts gelés, de les forcer à attraper la crinière du Compagnon tandis que celui-ci manœuvrait pour se glisser sous elle et la soutenir du mieux qu'il pouvait.

Un instant, elle eut l'impression qu'elle allait y parvenir.

Puis ses doigts engourdis s'ouvrirent. Elle retomba dans la rivière. Son esprit devint aussi froid que l'eau qui l'enveloppait. Sa main perdit la prise incertaine qu'elle avait sur la crinière du Compagnon. Ses poumons se remplirent d'eau ; elle commença à perdre conscience.

Quelque chose lui donna une violente secousse. Sa tête remonta à la surface. Son amour obstiné de la vie la força à tousser et à respirer de nouveau l'air glacial. Elle sentit qu'on la tirait sur la glace. Des mains la hissèrent sur la rive. Quelqu'un lui tapa sur la poitrine sans ménagement jusqu'à ce qu'elle ait craché toute l'eau qu'elle avait avalée.

Un brouhaha de voix excitées emplit ses oreilles tandis qu'on l'enveloppait dans quelque chose d'épais. On lui fit boire un liquide fort et brûlant qui lui fit monter les larmes aux yeux. Sa vue s'éclaircit un peu ; elle reconnut les visages anxieux de ses professeurs et de certains de ses camarades.

Sauvée.

Elle s'évanouit sans autre forme de procès.

Talia revint à demi à elle quand quelqu'un la souleva dans ses bras, monta avec elle sur un cheval et galopa jusqu'aux portes du Collegium. Le cavalier descendit de sa monture avec aisance. La portant toujours, il courut jusqu'à l'escalier des dortoirs.

Elle sentit qu'on lui faisait passer la porte d'une pièce pleine de vapeur. D'autres mains se saisirent d'elle, la débarrassèrent rapidement de ses vêtements trempés et glacés. Bientôt, elle se trouva de nouveau immergée jusqu'au cou, mais cette fois, c'était de l'eau délicieusement chaude.

Cela la réveilla complètement. Trois personnes étaient en train de la brosser en la savonnant.

— Que..., toussa-t-elle, la gorge à vif. Que m'est-il arrivé ?

— Nous aimerions bien le savoir, fit Jeri en lui nettoyant les cheveux. Quelle horreur, tes mèches sont pleines de cette saleté ! Rolan a entendu ton appel à l'aide mental ; il a prévenu les autres Compagnons, qui ont appelé leurs Hérauts. Puis nous sommes partis à ta recherche. Par les dieux ! Le Collegium ressemblait à un essaim d'abeilles ! Nous sommes arrivés à la rivière juste à temps pour te voir glisser du dos de Rolan. Keren étant la plus près du bord, elle a plongé directement de sa selle derrière toi. Sherrill l'a suivie et, à elles deux, elles sont parvenues à te tirer de l'eau. Dès que j'ai su que tu étais en vie, je suis revenue ici, pour prévenir l'intendante et préparer ce qu'il faudrait pour te réchauffer. Teren t'a portée. Ce bain est dégoûtant, nous allons en changer. Non, fit-elle en voyant Talia essayer de bouger. Ne fais pas un geste ; nous nous occuperons de tout. Avec cette vilaine bosse sur la tête, tu pourrais avoir le vertige et te faire mal en tombant.

Elles la portèrent dans une autre baignoire, emplie d'eau propre et chaude ; malgré tout, Talia se sentait toujours gelée jusqu'à la moelle des os.

— Est-ce que… elles vont bien ? parvint-elle à dire.

— Keren et Sherrill ? Parfaitement ! N'oublie pas qu'elles viennent de la région du Lac Evendim. Ce n'est pas la première fois qu'elles tirent quelqu'un d'une rivière gelée. Elles sont toutes deux en train de prendre un bain chaud, comme toi.

— Ah bon ?

Talia regarda autour d'elle. La tête lui tourna. C'était étrange, on aurait dit que la salle de bains était une image inversée comme dans un miroir.

— Qu'est-il arrivé à la salle de b… bains ? marmonna-t-elle.

— Nous sommes dans celle des garçons, petite, gloussa Jeri. C'était plus près. Regarde-la bien, ce sera sans doute ta seule occasion de le faire !

— Taisez-vous, dit Gaytha gentiment. Talia, je crois que vous êtes à peu près propre. Comment vous sentez-vous ?

— J'ai… j'ai toujours froid, chuchota-t-elle.

Il lui semblait qu'elle était glacée au plus profond d'elle-même, en un endroit que la chaleur du bain n'atteignait pas. Elles rajoutèrent de l'eau encore plus chaude dans sa baignoire. L'enfant finit par cesser de frissonner et commença à se détendre. Puis une pensée la fit sursauter.

— Rolan !

— Il va très bien.

Jeri et l'intendante la poussèrent de nouveau dans son bain.

— Ce n'est pas un peu d'eau froide qui pourrait l'arrêter, ajouta Jeri.

— Le plus dur a été de le hisser sur la berge. Il ne donnait pas l'impression de sentir le froid, et il avait l'air extrêmement content de lui, intervint la troisième personne, qui n'avait pas encore parlé. À juste titre, je suppose, puisque votre lien n'est pas encore censé être assez fort pour que vous puissiez vous appeler mentalement, même en cas de danger. Vous avez beaucoup de chance que les choses se soient passées différemment.

Sa vision commençait à se brouiller, pourtant Talia vit que celle qui venait de parler était une femme blonde à la mâchoire carrée vêtue des vêtements de voyage des Hérauts. La flèche d'argent qui ornait une de ses manches indiquait qu'elle était un Messager Spécial.

— Désolée que nous n'ayons pas été présentées officiellement, Talia, dit la femme. Je suis le Héraut Ylsa. Keren t'a peut-être parlé de moi ?

Talia hocha la tête, ce qu'elle regretta aussitôt. Ses tempes se mirent à battre et sa vision se brouilla davantage.

— Keren m'a dit qu'elle vous attendait, fit-elle péniblement.

Ylsa vit le regard vitreux de Talia, ses pupilles dilatées, et s'enquit aussitôt :

— Des problèmes, petite ?

— Je… je n'y vois pas très bien. Et j'ai mal à la tête.

— Pouvez-vous déterminer ce qui ne va pas ? demanda Gaytha à Ylsa.

— Je ne suis pas une Guérisseuse Mais je connais la technique. Ne bouge pas, dit-elle à Talia. Cela ne va pas te faire mal, mais ça te donnera peut-être une sensation un peu bizarre.

Elle regarda Talia dans les yeux. Celle-ci eut l'impression qu'on touchait quelque chose dans sa tête.

C'était une sensation très étrange.

Ylsa mit une main sur le front de l'adolescente et commença son exploration mentale. Elle continua de parler d'un ton détendu, pour détourner l'attention de Talia de l'examen psychique.

— Je venais juste de passer les portes quand l'alarme a été donnée. Keren et son étalon partagent le lien le plus étroit que j'aie jamais connu. Tous deux étaient déjà en route vers la rivière avant que Felara ait eu le temps de me dire un mot. Nous sommes partis juste derrière eux, mais nous n'avons pas pu les rattraper. Son lien mental avec son frère est très fort, parce qu'il nous a rejoints avec des couvertures et des cordes un instant après qu'elle a plongé dans le courant. Je savais qu'elle et Dantris étaient exceptionnels, mais jamais je n'aurais cru qu'on pouvait faire un tel saut de l'ange à partir de la selle d'un Compagnon lancé au galop !

Tout en parlant, elle « lisait » l'état de la fillette comme les Guérisseurs avec qui elle avait travaillé le faisaient. Elle mit un peu plus longtemps qu'ils ne l'auraient fait, et entra davantage en contact qu'elle n'en avait l'intention.

La sensation d'être touchée intérieurement augmenta. Talia commença à voir les choses les plus étranges. On eût dit qu'elle observait ces événements à travers d'autres yeux que les siens. Ce n'étaient que des bribes, de brefs éclairs. Ce qu'elle percevait concernait surtout Keren et cette femme.

Le tout baignait dans une atmosphère chargée d'émotions complexes.

Talia devint rouge vif. Ylsa et Keren, amantes de longue date ? Elle ne connaissait pas la « Guérisseuse », comment pouvait-elle imaginer de telles choses à son sujet ? Elle leva les yeux vers Ylsa, gênée et désorientée.

Ylsa rompit hâtivement le contact quand elle comprit ce que la fillette captait. Puis elle la regarda avec un respect non dissimulé. D'abord, il y avait eu l'appel mental à son Compagnon, et maintenant cela ! Ylsa savait qu'elle avait un des boucliers mentaux les plus solides du Cercle Héraldique. Pourtant, une gamine sans entraînement avait intercepté quelque chose qu'un maître aurait eu du mal à isoler. Certes, ses boucliers étaient sans doute affaiblis par l'examen de l'enfant, mais aucune personne non formée n'aurait pu prendre avantage de ce fait. La petite était sans doute bien autre chose que son apparence le laissait supposer.

— Traumatisme, dit-elle. Et elle est en train d'attraper un rhume monstrueux. Je pense qu'il vaudrait mieux la mettre au lit et demander à un Guérisseur de s'occuper d'elle.

Et je ferais mieux d'avertir Keren dès que possible, pensa-elle. Si cette petite a de la fièvre, qui sait ce qu'elle risque de percevoir… Ceux qui s'occuperont d'elle devront avoir des boucliers à toute épreuve. Dans son *intérêt !*

Les trois femmes aidèrent Talia à quitter le bain, la séchèrent et lui passèrent sa robe la plus chaude. Elles ne la laissèrent pas marcher ; Teren la porta dans sa chambre et la mit au lit. Les draps avaient été chauffés, ce dont elle fut heureuse. L'air ambiant étant très froid, elle s'était mise à frissonner dès la sortie de la salle de bains surchauffée.

Elle avait du mal à garder contact avec la réalité. Il lui sembla qu'elle venait juste de se coucher quand un étranger apparut à côté de son lit, comme surgi de nulle part. C'était un homme imberbe au visage rond de chérubin qui le faisait paraître ridiculement jeune. Il portait l'uniforme vert des Guérisseurs. Sa main se trouvait à quelques centimètres du front de l'adolescente ; il l'observait d'un air concentré.

Talia commençait à avoir réellement mal à la tête. On eût dit que quelqu'un lui enfonçait des aiguilles dans les orbites. Tout son corps lui faisait mal, sa poitrine brûlait quand elle respirait. Elle se retint à grand-peine de tousser, effrayée par la douleur que cela provoquerait dans sa tête.

Le jeune Guérisseur s'adressa à quelqu'un qui se trouvait à la porte.

— Traumatisme, c'est sûr, mais le crâne ne semble pas fracturé. Vous avez sûrement remarqué qu'elle a beaucoup de fièvre. C'est probablement une pneumonie.

Un murmure lui répondit. Le Guérisseur se pencha vers Talia et lui parla doucement.

— Vous allez vous sentir très mal pendant quelques jours, jeune fille. Avec du temps et de la patience, nous vous guérirons, mais ce ne sera pas très agréable. Puis-je compter sur votre coopération ?

Elle grimaça, et murmura :

— Je dois boire des potions, c'est ça ? Des trucs amers ? De la tisane d'écorce de saule ?

Le Guérisseur gloussa.

— Entre autres ! Mais je crains que ce ne soit pas la seule chose amère que nous vous demandions d'avaler. Croyez-vous pouvoir prendre la première dose tout de suite ?

— Elle fit un petit signe de tête, attentive à ne pas aggraver les pulsations de ses tempes. Le Guérisseur prépara quelque chose dans le foyer, puis revint auprès d'elle.

Avec son aide, elle avala le liquide vert et nauséabond aussi vite que possible pour ne pas sentir le goût. La douleur commença à s'estomper presque aussitôt.

Le sommeil s'empara d'elle tout aussi rapidement.

Elle s'éveilla à la lumière des chandelles. Quelqu'un était assis au pied de son lit. Le son d'une harpe lui apprit de qui il s'agissait.

— Héraut Jadus ? chuchota-t-elle, la gorge encore trop enflée et douloureuse pour produire un véritable son.

— Quel formalisme, ma petite ! dit doucement Jadus en posant sa harpe et en mettant une main sur son front.

» Comment te sens-tu ?

— Fatiguée. Glacée. Mal à la tête. Mal partout !

— Tu as faim ?

— Soif, chuchota-t-elle d'une voix rauque. Pourquoi êtes-vous là ?

— Je peux faire quelque chose pour ta soif, si tu veux bien boire un peu d'une des décoctions de Devan. Pour répondre à ta question sur ma présence, c'est facile. Il fallait quelqu'un pour s'occuper de toi et j'ai tout le temps nécessaire pour mon amie Talia.

Il lui tendit un gobelet de la potion verte qu'elle avait déjà bue. Elle l'avala aussi vite qu'elle le put. Il lui donna ensuite une tasse de bouillon.

— Nous nous relayons pour garder l'œil sur toi, ne t'inquiète donc pas pour moi. Et ne t'étonne pas si tu vois Ylsa ou Keren à ton chevet. Ah, Devan, ajouta-t-il comme le Guérisseur entrait, comme vous l'aviez dit, elle est réveillée.

Le Guérisseur vint se camper devant le lit de Talia.

— Vous êtes une dure à cuire, n'est-ce pas ? Parfois, il est utile d'être un gamin des Marches comme *nous* !

Talia plissa les yeux pour le regarder par-dessus son gobelet.

— Combien de temps malade ? grinça-t-elle.

— Quelques semaines au moins, peut-être plus. Et vous allez vous sentir plus mal, avant de commencer à aller mieux. Je suis réconfortant, n'est-ce pas ?

Elle sourit faiblement.

— Préfère la vérité.

— C'est ce que je pensais. Vous verrez peut-être des choses bizarres quand la fièvre montera. Il y aura toujours quelqu'un auprès de vous, ne vous inquiétez pas. Vous commencez à vous sentir somnolente ?

— Moui…, fit-elle.

— Parfait. Finissez ce gobelet, et dormez. C'est le meilleur remède. Je vous laisse entre les mains capables de Jadus.

Il quitta la pièce silencieusement.

— Puis-je faire autre chose pour toi, petite ? demanda Jadus, du soulagement dans la voix.

Talia songea que la confiance du Guérisseur avait visiblement apaisé le vieil homme. Celui-ci prit le gobelet vide des mains de Talia.

— Jouez pour moi, murmura-t-elle.

— Il te suffit de demander, répondit-il, surpris et ravi de sa requête.

Elle s'endormit, bercée par les accords de la harpe.

Des cauchemars l'éveillèrent à demi. Quelqu'un – Ylsa, peut-être – la calma et lui fit boire du bouillon et encore de la potion.

Elle s'éveilla ainsi un nombre incalculable de fois. Et but ce qu'on lui donnait avec obéissance. L'adolescente s'aperçut vaguement qu'on l'amenait à la salle de bains et aux toilettes ; à part cela, elle n'avait pas conscience de son environnement. Tour à tour, elle brûlait ou gelait. Ses rêves étaient hantés par les gens de sa famille et ceux du Collegium qui se rencontraient et faisaient les choses les plus absurdes.

Quand ils tournaient franchement au cauchemar, des mains réconfortantes ou le son de la harpe l'apaisaient.

Elle s'éveilla complètement dans la lumière du soleil. Sa tête lui faisait encore très mal. Elle porta une main à sa nuque et sursauta quand elle sentit une bosse douloureuse.

— Ça fait mal ? dit une voix rauque pleine de sympathie.

Keren était assise là où elle avait vu Jadus la dernière fois.

Elle occupait la chaise de Talia, les pieds sur le bureau.

Son épée reposait sur ses genoux.

— Vous allez bien ! murmura Talia, soulagée.

— N'oublie pas que j'ai plongé de ma propre volonté, petite centauresse ! Rien à voir avec la façon dont tu es tombée ! Tu as de la chance d'être là, sais-tu ? Tu as glissé sous la glace quand tu as lâché la crinière de Rolan. J'ai failli ne pas parvenir à te rattraper. Nous ne t'aurions pas retrouvée avant le dégel...

Talia eut de nouveau l'impression de voir des choses à travers d'autres yeux que les siens. Elle perçut une peur terrible, pas la sienne, et se regarda disparaître sous l'épaisse couche de glace qui couvrait la rivière. Elle vit aussi ce qui s'était passé après.

— Vous m'avez suivie *sous* la glace, s'écria-t-elle, vous auriez pu mourir !

Keren faillit s'étrangler.

— Par les dieux, Ylsa avait raison ! Je ferais mieux de surveiller mes pensées, petite ! Nous pourrions partager plus que nous n'aimerions, toi ou moi ! Pour parler d'autre chose, oui, tu es passée près de la mort ! Heureusement que Sherrill était juste derrière moi. C'est elle qui nous à tirées toutes deux dès que j'ai réussi à t'agripper. Par bonheur, elle avait déjà participé à des sauvetages dans des rivières gelées !

— Elle va bien ?

— Ce n'est pas un vieux cheval comme moi. Elle a attrapé un rhume. Mais ne la plains pas trop ! Comme nous te gardons hors d'atteinte, les autres se sont occupés d'elle comme d'une princesse. Elle est l'héroïne des étudiants !

— Pourquoi dites-vous qu'on m'a mise hors d'atteinte ? Et pourquoi avez-vous sorti votre épée ? Que se passe-t-il ?

— Tu as l'air si innocente, mais même malade, rien ne t'échappe ! Nous te protégeons. Ceux qui t'ont jetée dans la rivière ont été pris. Tu as des amis parmi les serviteurs, qui les ont vus revenir, les vêtements pleins de boue. Ils ont prétendu que c'était une simple blague. Tout ce que la reine a pu faire était de les expulser du Collège et de les bannir de la Cour. Il n'y avait aucun témoin oculaire, n'est-ce pas. Comme tu as survécu, elle ne pouvait pas demander contre eux l'Enchantement de Vérité.

— L'un m'a crié de donner ses salutations à Talamir. Juste avant l'arrivée de Rolan, dit doucement Talia.

Keren siffla de colère.

— Diantre ! J'aurais aimé que le Conseil entende ça quand ces salauds ont été accusés ! Comme nous nous méfions toujours d'eux, Ylsa, Jadus et moi avons assuré ta sécurité à tour de rôle. Mero prépare tous tes repas et Teren les apporte directement ici.

— Jadus ? dit Talia d'un ton incrédule.

— Ne crois pas qu'il soit sans défense parce qu'il lui manque une jambe, petite ! Il avait une arbalète à portée de main quand il montait la garde, sans parler de sa canne-épée. Si quelqu'un s'était attaqué à lui, il aurait eu une sacrée surprise !

— Tout cela est-il nécessaire ? demanda Talia, effrayée.

— Le danger est réel ; mieux vaut prendre nos précautions. Et puis, petite, la prochaine fois que quelque chose ne va pas, *dis-le !* Nous aurions peut-être pu éviter tout cela ! Les Hérauts sont solidaires. Pensais-tu que nous ne te croirions pas ?

— Oui, avoua Talia en un souffle.

Sans pouvoir se retenir, elle se mit à pleurer.

Keren fut aussitôt auprès d'elle et la serra contre son épaule.

— Ma petite colombe, je ne voulais pas te perturber ! Nous avons besoin de toi, nous ne voulons pas te perdre ! Fais-nous confiance. Nous sommes ta famille. Que dis-je, plus que cela ! Nous ne te trahirons jamais, quoi qu'il arrive !

— Je suis désolée, sanglota Talia.

Puis elle essaya de reprendre son contrôle et de se détacher de Keren.

— Ne bouge pas ! Il est temps que tu évacues le chagrin qui est en toi. Pleure tout ton saoul. Il est temps !

Talia se laissa aller. Les digues qui avaient commencé à faiblir avec l'amitié de Jadus craquèrent totalement. Keren la tint contre elle comme si elle était sa fille, et la laissa pleurer jusqu'à ce que les larmes refusent de couler.

— Tu te sens, mieux ? demanda-t-elle alors.

Talia sourit.

— En quelque sorte, oui !

— Mais tu as mal à la tête, le nez bouché et les yeux gonflés. Ne laisse pas les choses s'envenimer autant la prochaine fois. C'est à ça que servent les amis : à t'aider à surmonter tes problèmes. Mais parlons d'autre chose : au sujet de ta capacité à percevoir les pensées…

— C'est réel ? Je ressens vraiment ce que vous éprouvez ? Et vous et Ylsa…

Elle s'interrompit, gênée.

— Comment se fait-il que je puisse lire les pensées ? Je n'y parvenais pas avant !

— Tu perçois toujours les miennes ? Diable !

— Keren fronça les sourcils. Soudain, Talia ne fut plus en contact avec ses émotions.

— C'est mieux comme ça ? Parfait. Ta capacité de perception est très réelle, et très précise. Seul le Cercle Héraldique est au courant pour Ylsa et moi. Nous n'aurions pas pu le cacher, même si nous l'avions souhaité. Ceux qui ont un Don s'en seraient aperçus de toute façon. Nous sommes unies pour la vie. Je suppose que tu ne sais pas ce que c'est ?

— Comme Vanyel et Stefen ? demanda Talia.

Un instant Keren eut l'air étonné. Mais connaissant le penchant de Talia pour les légendes héraldiques, il n'était pas étonnant qu'elle ait lu quelque chose sur l'union pour la vie. Rare parmi les Hérauts, encore plus dans la population générale, une telle union était un lien très spécial qui allait bien au-delà du domaine physique.

— Oui, comme eux, dit-elle. En ce qui concerne ton Don, je suppose que le coup sur la tête l'a éveillé – ou la peur intense que tu as éprouvée. Veux-tu recevoir un entraînement ? Normalement, nous ne le proposerions pas avant plusieurs années.

— Oh non, dit Talia, pas d'autres cours à suivre…

— Très bien, petite colombe, nous attendrons ! Peut-être que ce Don disparaîtra quand ta tête sera guérie. Mais si cela commence à te tracasser, parles-en à l'un de nous.

Elle fit une pause, regarda Talia d'un air interrogateur.

— Cela ne te pose pas de problème, pour Ylsa et moi ?

— Non, répondit Talia, intriguée. Pourquoi, cela devrait ? Je veux, dire, dans les Hold, il y a souvent des… amitiés particulières…

Elle rougit.

— Vraiment ? fit Keren en levant un sourcil. Je n'aurais jamais cru, ils sont tellement rigides… Pourtant, ce n'est pas absurde. Toutes ces Épouses Secondaires, dont bien peu se sont mariées par amour… Je suis contente que tu raisonnes ainsi, petite colombe. Tu es bien plus mûre que ton âge ! Je commence à penser à toi autant comme à une amie que comme à une étudiante. Je ne voudrais pas que quelque chose gâche notre amitié.

— Moi ? Votre amie ? dit Talia, incrédule.

— Cela t'étonne ? Jadus aussi te considère ainsi ; il y a pourtant des années qu'il n'a eu de liens avec personne. Il y a quelque chose à ton sujet… Je ne sais pas, peut-être est-ce parce que tu es le Héraut Personnel de la reine… Mais tu me donnes l'impression de te connaître depuis toujours. Je ne suis pas la seule ! Il y a Jadus, et Sherrill, et Skif, et sans doute beaucoup d'autres.

Talia écouta, sidérée.

— Bon, cela suffit. Comment va ta tête ?

— Horriblement mal.

Keren se leva et examina la bosse.

— Tu as vraiment eu de la chance, petite colombe. Quelques centimètres plus bas, et tu aurais été inconsciente en touchant l'eau. Nous n'aurions jamais su ce qu'il était advenu de toi. Penses-tu pouvoir boire encore un peu de cet infâme truc vert ? Cela calmerait ton mal de tête…

Keren lui apporta le gobelet puis se rassit.

— Ai-je manqué beaucoup de cours ?

— Rien que tu ne puisses rattraper aisément. De plus, tu es dispensée de corvées ménagères et d'entraînement avec Alberich jusqu'à ce que tu sois remise. Tout le monde te passera ses notes. Cela te convient ?

Talia allait répondre quand une cloche à la sonorité profonde et sinistre retentit.

Keren se raidit.

— Malédiction, dit-elle doucement.

— Que se passe-t-il ? demanda Talia, alarmée par l'amertume qu'elle lut sur le visage de sa compagne.

— C'est le glas, dit Keren, des larmes silencieuses coulant sur ses joues. Il sonne quand un Héraut meurt. Les salauds ont encore eu l'un d'entre nous. Grands dieux, pourquoi fallait-il que ce soit ce pauvre Beltren ?

Chapitre 8

Quelques minutes plus tard, quelqu'un frappa à la porte de la chambre de Talia.

Avant que Keren ait eu le temps de répondre, la tête de Skif apparut dans l'entrebâillement.

— Keren dit-il avec hésitation, votre frère m'envoie. Il a pensé que vous aimeriez être avec les autres. Je peux assurer la sécurité de Talia.

— Crois-tu ? Je sais que tu es fier de tes capacités, jeune homme, mais…

Talia ne vit pas la main du garçon bouger. Tout à coup, le manche d'une dague se trouva planté dans le mur à quelques centimètres du nez de Keren.

— Ah, fit Keren simplement.

— S'il y avait eu une mouche sur votre nez, j'aurais pu la tuer sans vous blesser, dit Skif. Je sais que j'ai encore beaucoup à apprendre dans certains domaines, mais je peux en remontrer à Alberich dans celui-ci.

Il tendit la main droite, où reposait une dague semblable à celle qu'il avait lancée.

— Si quelqu'un essaie de forcer cette porte, il se retrouvera avec quinze centimètres d'acier dans la gorge.

Keren se leva et rengaina son épée.

— Je te crois sur parole. Mais tu risques de le regretter, car je vais sans doute te demander de partager avec nous la tâche de protéger Talia.

— Je m'étais porté volontaire, mais Ylsa ne m'a pas pris au sérieux.

— À partir de maintenant, elle le fera ! Merci, Skif. Tu es un homme de cœur, dit-elle avant de partir.

— Que passe-t-il ? murmura Talia. Qu'est-ce que le glas ?

— Commençons par le commencement, dit Skif. Il y avait autrefois un petit temple bâti par le roi Valdemar dans le bosquet du Champ des Compagnons. Le temple avait un clocher mais pas de cloche. Elle fut installée la veille de sa mort, mais la corde n'était pas encore suspendue, et il n'y avait pas de battant. Tu peux imaginer la surprise de chacun quand une cloche inconnue se mit à sonner le matin suivant. Tous allèrent au Champ et virent ce que tu verrais aujourd'hui si tu pouvais sortir : les Compagnons rassemblés autour du clocher, le regardant fixement. Arrivés au palais, ils apprirent ce que les Hérauts savaient déjà : Valdemar était mort. Le temple a disparu, mais le clocher est toujours là. Chaque fois qu'un Héraut meurt, le glas retentit.

— Et Keren ?

— Quand un Héraut meurt, les autres le savent. Ils savent aussi si c'est une mort naturelle ou pas. Normalement on commence à le sentir dès la troisième année d'études, plus tôt si le Don est puissant. Ce n'est pas encore le cas pour moi. Ils m'ont dit que c'est douloureux, comme si une partie de soi-même était morte. Quand tu es un Héraut confirmé, tu sais aussi *qui* est mort, dès que la cloche retentit. La plupart des Hérauts préfèrent se retrouver entre eux à ces moments-là, surtout s'ils connaissaient bien le défunt. C'est pour cela que Teren m'a envoyé; Beltren était de la même promotion que Keren.

Il n'y avait rien à répondre; Talia et Skif regardèrent tristement par la fenêtre pendant de longs moments, écoutant la cloche funèbre comme s'il s'était agi d'une âme solitaire qui sanglotait dans la nuit.

Ils surent plusieurs jours plus tard ce qui était arrivé à Beltren. Lui et son Compagnon étaient tombés dans une embuscade. On les avait précipités du haut d'une falaise. Il n'y avait aucune trace des meurtriers.

L'atmosphère se fit de plus en plus sinistre et oppressante. Talia en était consciente, à travers ses perceptions nouvellement éveillées. Être convalescente ne lui facilita pas les choses.

Skif, qui partageait désormais les tours de garde avec les trois adultes, fit de son mieux pour la réconforter. Il lui raconta les commérages du Collegium, et les histoires absurdes dont il avait le secret. Mais cela ne suffit pas à compenser la tristesse ambiante.

Puis la reine donna des ordres, et les Hérauts, à juste titre nommés les Flèches de la Reine, filèrent comme le vent vers leur cible; ils trouvèrent le meurtrier. Même la nouvelle qu'il avait été condamné par le Conseil n'allégea pas la douleur de ses amis. Beltren avait été tenu en haute estime par les membres du Cercle Héraldique.

Plusieurs semaines plus tard, le Collegium entier et les membres du Cercle qui résidaient à la Cour se rassemblèrent pour la célébration funèbre. Le corps n'ayant pas été retrouvé, le service eut lieu devant le pilier qui portait les noms des Hérauts morts pour leur monarque et leur royaume.

Talia venait juste d'être autorisée à quitter son lit. Quelque chose la poussa à demander à Devan l'autorisation d'assister à la cérémonie. Impressionné par l'intensité de la demande, il accepta.

Elle n'avait confié à personne à quel point la tristesse générale l'affectait. Elle espérait que Keren avait raison, et que sa sensibilité disparaîtrait. Elle avait souvent été accusée d'avoir une imagination hyperactive ; elle se demandait par moments si ce qu'elle ressentait n'en était pas le produit.

Pour Talia, la cérémonie se déroula dans un brouillard. Elle était noyée dans un tel flot de tristesse et de chagrin qu'elle eut enfin l'assurance que ce n'était pas elle qui inventait ces sensations.

Quand l'assemblée commença à se disperser, elle capta une onde de douleur si vive et si brûlante qu'elle sursauta.

Elle provenait de la reine.

Talia n'avait plus été en sa présence depuis le premier jour de son arrivée au Collegium. Elle n'aurait normalement pas osé la déranger, mais son malaise l'attira comme un aimant. Elle approcha à pas feutrés.

— Votre Majesté ? murmura-t-elle. C'est Talia.

— Je l'ai envoyé à la mort, dit Selenay, comme si elle suivait le fil d'un monologue intérieur. Je savais ce que je faisais, mais je lui ai tout de même confié cette mission. C'est comme si je l'avais poussé de mes propres mains !

La douleur et le sentiment de culpabilité de la reine réveillèrent quelque chose en Talia. Elle s'entendit répondre :

— Pourquoi essayer de vous persuader qu'il ne savait pas quel danger il courait ? fit-elle, sachant qu'elle disait la vérité, mais sans comprendre d'où elle la tenait.

— Il était parfaitement informé des risques, et il est parti quand même. Peut-être ne s'attendait-il pas à mourir, mais il savait que cela pouvait arriver à tout moment. Vous n'aviez pas le choix : n'était-il pas impératif d'envoyer quelqu'un ?

— Oui, dit la reine, presque contre son gré.

— Et n'était-il pas le Héraut le plus apte à remplir cette mission ?

— Il était le seul capable de convaincre les gens de cette région de lui livrer les informations dont j'avais besoin. Depuis trois ans qu'il travaillait là, le peuple le connaissait et lui faisait confiance.

— Et n'a-t-il pas réussi à vous faire parvenir ces informations ?

— Ce qu'il m'a appris évitera une guerre. Avec ce que je sais, je pourrai faire chanter Relnethar, et je m'abaisserais à n'importe quoi pour le tenir loin de nos frontières... J'avais tout essayé pour obtenir ces renseignements d'une autre façon...

— Donc vous n'aviez pas le choix. Vous avez agi pour le bien du royaume. C'est une décision que vous seule pouviez prendre. Majesté, en classe d'Orientation, on nous a dit en termes clairs que nous n'aurions sans doute pas besoin de nous soucier de la retraite. Nous risquons de périr bien avant, peut-être de manière horrible. Cela n'a jamais empêché personne de devenir un Héraut. Quelque chose nous pousse à le faire. C'est notre destin, comme le vôtre est de prendre les décisions les plus difficiles. Je *sais* que si Beltren était là en ce moment, il vous dirait lui aussi que vous n'aviez pas d'autre choix.

La reine regarda Talia, des larmes dans les yeux. L'adolescente sentit que la douleur de la souveraine s'atténuait.

— Mon enfant, dit Selenay, vous avez failli périr aussi à cause de ce que j'ai fait ou omis de faire. Pouvez-vous me dire en face que vous auriez été contente de mourir ?

— Non, fit Talia franchement. J'étais terriblement effrayée et je n'avais pas envie de mourir. Mais si cela arrive, tant pis. J'ai choisi de devenir un Héraut, et je ne changerais pas d'avis même si je savais que je dois disparaître demain.

— Oh, Talia mon enfant ! dit la reine en s'asseyant sur le côté du monument.

Talia s'approcha et lui passa un bras autour des épaules ; elle se sentit maladroite, mais quelque chose l'avait poussée à agir ainsi. Apparemment, c'était une bonne décision. Selenay se détendit et versa quelques larmes. Elle s'autorisa le rare luxe de s'appuyer sur une énergie et une force qui n'étaient pas les siennes.

— Comment avez-vous acquis autant de sagesse, si jeune ? demanda-t-elle enfin en reprenant ses esprits. Vous n'avez même pas passé un an au Collegium, et vous êtes déjà le Héraut Personnel de la reine. Talamir serait fier de vous, je crois...

Elle se releva gracieusement. Son visage était de nouveau empreint de sérénité. Talia sentit que le chagrin était toujours présent, mais que le poids de la culpabilité avait quitté ses épaules.

— Vous n'êtes pas encore guérie, petite, dit la reine, et je vois vos gardiens vous chercher. Je dois affronter l'ambassadeur de Karse et lui faire comprendre que je suis informée de la traîtrise de son maître. Merci, Héraut de la reine.

Elle retourna vers le palais ; Keren et Teren s'approchèrent de Talia.

— Nous nous sommes inquiétés pour vous quand vous n'êtes pas revenue avec les autres, dit Teren. Le Guérisseur Devan vous ordonne de retourner au lit !

— On dirait que tu as été passée au laminoir, petite colombe, souffla Keren. Que se passe-t-il ?

— La reine... Elle se sentait si coupable... Je l'ai capté, et je *devais* absolument faire quelque chose pour la soulager.

— Tu es allée lui parler, dit Keren, et les mots qu'il fallait ont semblé couler d'eux-mêmes de ta bouche, n'est-ce pas ?

— Comment avez-vous deviné ?

— C'est ce qui fait de toi le Héraut de la reine, et de nous de simples Hérauts. Grand-père disait qu'il ne savait jamais à l'avance ce qu'il dirait au monarque. Mais c'étaient toujours les paroles qu'il fallait.

— Grand-père ? répéta Talia éberluée.

— Talamir était notre grand-père, expliqua Teren. Je crois qu'il espérait secrètement qu'un de nous lui succéderait.

— Eh bien, pas moi, dit Keren fermement. Après avoir vu ce qu'il a traversé... Je ne voudrais pas de cette tâche. Je ne t'envie pas du tout, Talia.

— Je suis d'accord, renchérit Teren. Talia, vous avez l'air épuisée, ça va aller ?

— Oui… je crois.

Elle commençait à se sentir mieux maintenant que le chagrin des autres Hérauts s'apaisait.

— Bien, retournons à ta chambre, dit Keren. Puis j'irai trouver le doyen Elcarth. Si ton Don est toujours là, c'est qu'il ne disparaîtra pas. Il te faut apprendre à dresser des boucliers mentaux afin de ne pas tout percevoir en permanence.

Keren lui tint compagnie jusqu'à l'arrivée d'Elcarth, puis les laissa seuls.

Assise sur sa chaise, Talia se concentra sur ce qu'Elcarth lui disait. Elle ne voulait pas rater quelque chose d'important. S'il existait un moyen d'oblitérer les émotions et les pensées des autres, elle tenait absolument à l'apprendre.

Par bonheur, le bouclier mental était relativement aisé à maîtriser.

— Pensez à un mur, dit Elcarth. Un mur entre vous et le reste du monde… Visualisez-le, et persuadez-vous que rien ne peut le traverser sans votre assentiment.

Talia se concentra. Pour la première fois depuis des jours, elle sentit diminuer la pression des esprits qui l'assaillaient. Ce premier résultat augmenta sa confiance dans le bouclier, qui en retour devint plus puissant.

Quand Elcarth fut satisfait du résultat, ils arrêtèrent l'entraînèrent.

— N'hésitez pas à baisser votre bouclier si nécessaire, lui dit le doyen. Surtout si vous sentez du danger. Votre Don peut être la meilleure parade contre une attaque.

Talia fit signe qu'elle comprenait. Si elle avait détecté les intentions de ses ennemis, elle aurait pu demander de l'aide avant que les choses aillent aussi loin.

Quelqucs jours plus tard, le Guérisseur la déclara complètement remise ; elle retourna à ses cours.

Extérieurement semblable, sa vie avait en réalité subi de profonds changements.

Le premier était son lien avec Rolan. Il était beaucoup plus fort qu'avant l'affaire de la rivière. Elle s'en aperçut un jour où, attendant le début d'un nouveau cours, ses pensées allèrent presque malgré elle vers lui.

Soudain, elle vit une partie du Champ des Compagnons, mais de manière bizarrement distordue. Elle eut le sentiment qu'elle associait à la perception des pensées et des souvenirs d'autres personnes.

Elle capta un sursaut de surprise, suivi d'un flot d'amour et de contentement. Elle comprit qu'elle partageait les pensées de Rolan, et voyait par ses yeux.

Dès cet instant, il lui suffit de baisser les paupières et de penser à lui pour savoir ce qu'il faisait, pensait et voyait. Ils échangeaient des pensées et des images, mais pas de mots. Talia commença à comprendre ce que signifiait le mot « amour », et pourquoi Hérauts et Compagnons survivaient rarement à la mort de leur alter ego.

Peu après, sa relation avec la reine subit un changement tout aussi abrupt.

Selenay s'était réfugiée dans les jardins, un lieu où il était peu probable qu'elle soit dérangée en cette époque de froidure. Talia s'était sentie attirée vers ces mêmes jardins.

Elle comprit pourquoi en voyant la reine.

— Majesté ? appela-t-elle à voix basse.

— Talia ? Je pensais être la seule personne à trouver les jardins attirants en hiver. Ils sont comme morts…

— Ils ne sont pas morts, juste endormis, fit remarquer Talia. Il suffit de se souvenir de ce qu'ils seront au printemps, et de s'imaginer les potentialités…

— Voir les potentialités… Penser à long terme au lieu de s'embourber dans le présent…

Selenay eut l'air pensif, puis son visage s'éclaira d'un coup.

— Oui ! Bien sûr ! C'est exactement cela ! Petite, vous avez de nouveau réussi. Il faut que je retourne dans la salle du Conseil. Merci !

Elle partit à vive allure. Talia, bouche bée, la regarda en se demandant ce qu'elle avait fait.

Avec le temps, ces phénomènes devinrent de plus en plus fréquents. Au printemps, la reine en était venue à rechercher activement la compagnie de Talia. Elles discutaient, parfois pendant des heures, parfois quelques minutes. Talia trouvait toujours les mots que Selenay avait besoin d'entendre. Alors la reine la quittait, réconfortée et rassérénée.

Talia pensait souvent qu'il y avait deux personnes en elle : une gamine pas plus avisée que n'importe quel autre adolescent de son âge, et un être doté des connaissances et de la sagesse d'un ancien, qui ne se manifestait qu'en présence de Selenay.

Un autre devoir se rappela à elle. Rolan l'avait élue parce qu'il la pensait capable de civiliser la Furie. Pourtant elle n'avait vu Elspeth qu'une seule fois, le jour de son arrivée. Certes, les événements s'étaient précipités et lui avaient laissé peu de temps pour s'occuper de l'enfant. Mais quelque chose lui dit qu'il était temps de se préoccuper de l'Héritière présomptive.

— Par le ciel ! Pourquoi as-tu l'air si sombre ? s'exclama Skif en se laissant tomber dans une chaise à côté de Talia, dans la bibliothèque.

Un ou deux lecteurs perturbés par le bruit lui jetèrent un regard noir.

— Que se passe-t-il ? Ou ferais-je mieux de ne rien demander ?

— C'est la Furie. Je suis censée m'occuper d'elle, mais je ne parviens pas à l'approcher ! répondit Talia, découragée.

— Ah bon ? Qu'est-ce qui t'en empêche ?

— Une de ses nourrices, je crois. L'étrangère, Hulda. Je n'ai pas rencontré la nourrice principale. Pour le moment, je n'ai pas de preuves, mais chaque fois que j'essaie de m'approcher de la gamine, elle est là et Elspeth doit *absolument* faire quelque chose à ce moment précis. Tout à l'air très logique, très correct ; Hulda est l'image même du respect et de la coopération. Mais cela s'est produit trop souvent pour être une simple coïncidence…

Skif se leva d'un bond.

— Laisse ce bon vieux Skif s'occuper de trouver la preuve ! Et tu devrais en parler à Jadus, aussi. Il saura peut-être de quoi il retourne. Il est au Collegium depuis la fin des guerres de Tedrel. Ce vieux renard est au courant de tout. Si quelqu'un peut remettre en ordre les pièces du puzzle, c'est lui !

— Je n'y avais pas pensé, dit Talia. Skif, cela ne risque pas de te causer des ennuis ?

— Seulement si je me fais attraper. Dans ce cas, je leur débiterai une fable quelconque.

— Mais…

— Pas de mais ! De plus, les choses ont été trop calmes, ces temps-ci. Cela me donnera de quoi m'occuper. Et puis, je n'entends pas faire cela gratuitement, jeune fille. Tu auras une dette envers moi.

— Skif, lança-t-elle sans réfléchir, si tu m'aides à prouver ce que je soupçonne, tu pourras me demander ce que tu veux !

— Il haussa les sourcils et fit une grimace supposée être lascive, mais qui parvint seulement à lui donner l'air d'un clown.

— Merci, c'est ce que je ferai !

Talia parvint à retenir son rire jusqu'à ce qu'il ait quitté la pièce.

— La nourrice d'Elspeth ? dit Jadus, surpris par ce que Talia venait de lui confier. Pourquoi diable la vieille Melidy voudrait-elle te tenir éloignée d'Elspeth ?

— Pas Melidy, l'autre nourrice, Hulda. Melidy ne semble pas s'occuper de grand-chose. Elle reste assise toute la journée à tricoter. C'est Hulda qui donne les ordres.

— Cela éclaire les choses d'un jour nouveau, dit Jadus. Petite, que sais-tu de la situation actuelle d'Elspeth ?

— Pratiquement rien. Selenay m'a dit que son mariage avec le père d'Elspeth n'avait pas été satisfaisant ; elle pense que le comportement de sa fille est dû en partie à sa propre négligence. Comme personne ne parle de son époux, j'ai supposé qu'il était mort, disparu ou banni. C'est tout ce que je sais.

— Je vois. Dans ce cas, je ferais mieux de tout t'expliquer, à partir des guerres de Tedrel, quand le père de Selenay a été tué.

— Il y a au moins quinze ans de cela, n'est-ce pas ?

— À peu près. Karse avait l'intention de nous dominer sans déclarer ouvertement la guerre. Il loua les services de Tedrel, la nation mercenaire. Le roi a été tué au moment où la dernière bataille était gagnée. Si j'avais été un peu plus rapide, il serait encore de ce monde... (Il soupira, le regret et la culpabilité brièvement visibles sur son visage.) Selenay venait de terminer sa première mission. Dès qu'elle fut dûment couronnée, elle s'occupa de régler les derniers différends avec les gens de Tedrel et commença à régner. Comme de bien entendu, la Cour fut bientôt envahie de jeunes nobles à marier. L'un d'eux était le prince Karathanelan.

— Avec un nom pareil, il était sûrement de Rethwellan, dit Talia.

— Exactement. Ils aiment les noms à rallonge, n'est-ce pas ? Il était très beau, très cultivé et intelligent. Selenay tomba aussitôt amoureuse de lui. Rien ne la fit changer d'avis ; ils se marièrent moins d'un mois après l'arrivée du jeune prince. Les problèmes ont commencé peu après.

— Pourquoi ?

— Parce qu'il voulait quelque chose que Selenay ne pouvait pas lui accorder : le Trône. S'il avait été élu, ils auraient régné ensemble. Mais aucun Compagnon ne voulut de lui. Caryo, celui de Selenay, lui donna même un jour un coup de sabot. Il avait amené avec lui nombre d'amis titrés, mais sans terre ; Selenay leur avait donné des domaines. Il ne comprenait pas pourquoi elle ne pouvait pas lui accorder le rang qu'il réclamait.

— Pourtant, il aurait *dû* comprendre ! Ignorait-il que la loi est la loi pour tout le monde ?

— Dans les autres royaumes, la parole du monarque fait la pluie et le beau temps. Il refusa de comprendre qu'il n'en allait pas de même ici. Quand il s'aperçut qu'il n'obtiendrait pas ce qu'il voulait par la douceur, il complota pour l'arracher par la force. Lui et ses amis, et quelques-uns des autres nobles, ourdirent un complot pour enlever le trône à Selenay et y placer son époux. Pour brouiller les pistes, il se réconcilia avec Selenay et fit venir une nourrice de son pays pour qu'elle s'occupe d'Elspeth avec Melidy. Je ne crois pas qu'il avait l'intention de tuer Selenay, mais seulement de la forcer à abdiquer en sa faveur. Ses amis étaient beaucoup plus radicaux. Ils avaient prévu d'assassiner Selenay quand elle se trouverait seule à l'entraînement avec Caryo. Ils auraient pu réussir, sans le Don d'Alberich...

— Alberich a un Don ? Je ne l'aurais jamais cru...

— Il est difficile d'imaginer qu'il est un Héraut, n'est-ce pas ?

— Oui, avoua Talia. Il ne porte jamais l'uniforme blanc, et j'ai à peine vu Kantor, son Compagnon, avec ou sans lui. Et il est si bizarre, avec un accent si étrange... D'où vient-il, d'ailleurs ? On ne me l'a jamais, dit.

— De Karse, répondit Jadus, à la surprise de Talia. Il était capitaine dans leur armée, le plus jeune à avoir reçu ce rang, paraît-il. Malheureusement pour lui, son Don est très puissant. Son peuple – ses camarades, en fait

– le pourchassèrent pour sorcellerie. Ils l'avaient coincé dans une grange et y avaient mis le feu. Kantor a sauté à travers les flammes pour le sauver. Mais cela est une autre histoire. Ce qui compte, c'est qu'Alberich a la capacité de prédire le futur. Sans dire à Selenay pourquoi, il insista pour l'accompagner avec une douzaine de ses meilleurs étudiants. Tous les conspirateurs furent tués, y compris l'époux de la reine. Officiellement, il a trouvé la mort lors d'un accident de chasse.

— Il y a du vrai, dit Talia. Ils étaient bien en train de chasser Selenay.

— Tu as un humour plutôt macabre, petite, souffla Jadus en grimaçant.

— Son peuple n'a pas réagi ?

— Non, pour une bonne raison : le roi était mort, et le nouveau souverain était le frère du prince. Sachant de quoi celui-ci était capable, il fut ravi que le scandale ait été étouffé et les choses en restèrent là. Ensuite Selenay s'est occupée de démasquer les conspirateurs qui ne participaient pas à l'embuscade. Pour dire la vérité, je ne pense pas qu'ils aient tous été arrêtés. Je vais te confier ce que je soupçonne depuis quelque temps. Talamir a été assassiné parce qu'il était sur le point de proposer au Conseil d'envoyer Elspeth dans une famille d'accueil, des cousins à lui, de petite noblesse, qui ne seraient pas disposés à faire les quatre volontés d'une gamine gâtée. Ils étaient assez isolés pour qu'Elspeth ne risque pas de s'enfuir. Mais ils sont têtus : Talamir seul aurait pu les persuader de prendre l'enfant en charge. À sa mort, le plan fut abandonné. Mais tout ça est arrivé d'un coup. Jusqu'à il y a deux ans, personne ne se doutait que des problèmes se préparaient. Un jour, la gentille petite fille qu'était Elspeth s'est transformée en une harpie que tout le monde appelle désormais la Furie.

— Qu'est-ce que tout ça a à voir avec Hulda ?

— Je n'en sais rien. Je croyais que Melidy était chargée de l'éducation d'Elspeth, mais d'après ce que tu me dis, il n'en est rien. À ma connaissance, Melidy est une femme énergique. Je ne la vois pas du tout laisser les rênes à une autre, surtout à une étrangère.

— Quelque chose s'est passé, dans ce cas, déduisit Talia. On dirait que c'est à moi de découvrir quoi.

— Je crains que oui, jeune fille, soupira Jadus. Je crains que oui.

Ce qui changea le plus dans la vie de Talia fut la façon dont les autres étudiants la traitaient. Ils avaient cru que sa réserve était liée à un caractère hautain. Découvrant que la cause en était simplement la timidité, ils firent de leur mieux pour l'inclure dans leurs jeux et leurs commérages.

Pour Talia, les séances de couture ne furent bientôt plus l'occasion de se cacher derrière une montagne de vêtements à repriser. Elle s'en aperçut un après-midi où seules des filles travaillaient dans la salle.

Les autres taquinaient Nerrissa sur le thème de sa dernière conquête amoureuse. La jeune femme, commençant à en avoir assez, jeta un coup d'œil alentour pour déterminer sur qui elle pourrait diriger les énergies des railleuses.

Elle avisa Talia.

— Oh, c'est ridicule ! fit-elle. Et ce n'est rien de nouveau. De plus, il y a ici quelqu'un qui est parvenu à attirer l'attention d'un garçon bien plus difficile à séduire que Baern !

Un chœur de questions accueillit la révélation.

— Comment ? fit Nerrissa, vous n'êtes pas au courant ? J'aurais cru n'être pas la seule à remarquer que Skif se comporte envers Talia bien autrement qu'en grand frère !

— Oh, vraiment ? Sherrill se tourna vers l'adolescente, rouge jusqu'à la racine des cheveux. Je croyais que nous étions amies, Talia ! Tu aurais pu m'en parler !

Talia rougit encore plus et bredouilla des dénégations.

— Allons, taquina Sherrill, ne t'en défends pas ! Tu sais ce qu'on dit de ceux qui protestent trop violemment…

Avec un effort, Talia parvint à ne plus rougir et à répondre du tac au tac.

Ses relations avec ses pairs en devinrent beaucoup plus faciles.

Le moment des repas lui permettait d'oublier temporairement combien il était dur de se rapprocher d'Elspeth. Mero se chargeait de tenir les mains de ses aides occupées, mais il ne les empêchait pas de parler. Les plaisanteries et les farces étaient toujours allées bon train dans la cuisine, la cible favorite étant le cuisinier. Avec son air innocent, Talia était généralement celle que les autres choisissaient pour le faire tourner en bourrique.

— N'avez-vous pas oublié quelque chose, Mero ?

— Moi ? Oublier quelque chose ? Talia, vous vous trompez sûrement.

— Il me semble que la salière a disparu, dit un autre étudiant.

— Par le Livre ! Qu'ai-je pu en faire ? gémit Mero, feignant la panique.

Il avait vu l'objet passer de main en main. La salière revint à Talia, qui la posa au beau milieu de la table alors que Mero avait le dos tourné.

— Ah ! cria-t-il en se jetant dessus. La voilà ! Je suis pourtant sûr d'avoir déjà cherché à cet endroit-là !

Il regarda Talia droit dans les yeux. Elle haussa les épaules d'un air candide.

— Ma cuisine est hantée par des farfadets, marmonna-t-il au milieu des rires étouffés de ses aides.

Cinq minutes plus tard, il prit sa revanche.

— Talia, vous êtes assez compétente en cuisine, n'est-ce pas ?

— Je... je crois que oui.

— Et vous savez préparer tous les plats ordinaires de votre peuple ?

— Absolument, affirma-t-elle.

Très bien. Dans ce cas, vous pouvez me montrer ce que je dois faire de ceci.

Il posa devant elle une énorme racine tordue et noueuse.

Talia n'avait jamais rien vu de tel de sa vie. Elle tenta de temporiser, se racla la gorge, fit semblant de réfléchir.

Puis, comme il était évident qu'il ne les nourrirait pas tant qu'elle ne lui aurait pas dit comment préparer la racine, ou avoué son ignorance, elle capitula.

Mero rit de bon cœur. Il emporta la racine et leur donna leur repas.

— Qu'est-ce que c'était, ce truc ? demanda Griffon.

— Une racine de bruyère, dit Mero en riant. Je doute que Talia ait réussi à en faire un mets convenant à un humain ; mais elle aurait pu préparer un repas de fête pour une colonie de termites !

Les repas étaient un moment très attendu de la journée. Talia avait désormais une place attitrée à la seconde table, entre Sherrill et Jeri, en face de Skif, Griffon et Keren. Au grand amuse-ment de leur professeur, Skif et Griffon rivalisaient d'attentions envers elle. Les manières de Griffon étaient celles d'un grand frère ; celles de Skif semblaient d'une nature différente, même s'il essayait de le cacher et d'imiter l'attitude de Griffon.

Mais celui-ci ne s'y trompait pas.

— Attention à toi, grommela-t-il. Traite ma Talia comme il convient, ou je te jette dans la rivière tout habillé.

Sherrill et les autres eurent du mal à ne pas rire de cette « subtile » menace.

Skif se vengea en vidant les poches de Griffon sans qu'il s'en aperçoive.

— Encore quelques légumes, mon frère ? dit-il d'un ton innocent en lui tendant un plateau où se trouvaient ses possessions.

Devant le visage ébahi de Griffon, Talia s'étrangla presque en essayant de retenir ses gloussements.

— Hep ! souffla quelqu'un à Talia de derrière les buissons plantés près de l'entrée du jardin.

Elle sursauta ; les persécutions n'étaient pas assez anciennes pour qu'elle ait oublié la misère des mois passés. Mais elle se détendit quand elle vit qu'il s'agissait de Skif.

— Que fais-tu ici ? demanda-t-elle en s'agenouillant.

Le jeune homme était caché dans une sorte de tunnel ménagé entre deux rangées d'arbustes.

— Ce que je t'ai dit. J'espionne la Furie Royale. Je voudrais te montrer quelque chose. Viens !

Elle le regarda, un peu étonnée, puis vit qu'il était sérieux. Elle rampa dans le tunnel végétal. Skif s'arrêta brusquement, Talia le percutant presque. Il lui fit signe de garder le silence et écarta les plantes, juste assez pour qu'ils puissent… jeter un coup d'œil.

Elspeth et ses deux nourrices, Hulda et Melidy, se trouvaient à quelques mètres. Ils entendaient parfaitement la conversation.

— Oh, non, ma chère, disait gentiment Hulda. Il n'en est pas question. Votre rang est bien trop élevé pour que vous puissiez être vue avec les enfants du seigneur Delphor. Après tout vous êtes l'Héritière du Trône, n'est-ce pas ?

Talia se mordit les lèvres de colère quand elle vit le visage d'Elspeth se décomposer. La vieille Melidy sembla sortir un instant de sa somnolence. Son visage ridé se plissa, comme si elle faisait un effort pour se souvenir de quelque chose.

— Hulda, fit-elle, cela… cela ne me semble pas bien…

— Qu'est-ce qui ne vous semble pas bien, ma chère ? demanda Hulda avec une gentillesse affectée.

— Elspeth n'est pas… Elle ne peut pas…

— Savoir tout cela si on ne lui dit pas, je sais. Ne vous inquiétez pas. Buvez votre médicament, je m'occupe de tout.

Hulda versa un liquide rouge et visqueux dans un gobelet et le fourra entre les mains de Melidy. La vieille femme abandonna la lutte et avala la potion. Peu après, elle s'endormit de nouveau.

Skif lui fit signe qu'ils feraient mieux de partir. À quatre pattes, ils refirent le chemin inverse.

— Voilà ce que je voulais te montrer, dit-il quand ils émergèrent de la haie. Ne bouge pas ; tu as des brindilles dans les cheveux.

Il les ôta soigneusement.

— Apparemment, dit Talia, elle drogue Melidy pour la faire obéir. Mais comment une telle chose a-t-elle pu arriver ?

— Je n'en sais rien. Demande à Jadus, il saura peut-être. Tu veux que je continue à les observer ?

— Si cela ne te dérange pas. Je voudrais savoir si elle agit de son propre chef, ou si elle reçoit des ordres de quelqu'un.

— Oh, cela ne me dérange pas du tout. C'est même amusant ! Comme quand j'étais un gamin des rues, sauf qu'on ne risque plus de me couper la main...

— Oh, Skif...

Ne sachant quoi ajouter, elle se pencha et lui donna un petit baiser sur la joue, toute rougissante. Puis elle tourna les talons et partit en courant.

Skif la regarda s'enfuir, surpris. Une de ses mains vint toucher l'endroit où elle avait posé le baiser.

Jadus ne savait rien de l'état de Melidy, mais il envoya Talia parler à une des Guérisseuses.

— Oui, Melidy a effectivement été malade, il y a deux ans, dit-elle pensivement. Savez-vous ce qu'est une attaque cérébrale ?

— Oui. C'est quand une personne âgée ne peut plus parler ni bouger, ou qu'elle reste inconsciente pendant longtemps, et puis se remet lentement ?

— C'est ce qui est arrivé à Melidy. Il semblait pourtant qu'elle s'était complètement rétablie. Je me suis peut-être trompée. Nous ne sommes pas infaillibles.

— Peut-être a-t-elle été affectée d'une manière que vous n'avez pas pu remarquer, dit Talia, son discours semblant beaucoup plus adulte que sa minuscule personne.

La Guérisseuse ouvrit les yeux d'étonnement.

— La mère de Keldar a eu une attaque cérébrale peu après être venue vivre dans notre maison, reprit Talia. Ensuite, elle a semblé parfaitement guérie, à part un détail : elle croyait absolument *tout* ce qu'on lui disait, même si c'était absurde. C'est peut-être ce qui est arrivé à Melidy ?

— Oui..., dit la Guérisseuse, pensive. Quant à ce médicament, je ne sais pas ce que c'est. Peut-être un des autres Guérisseurs le lui a-t-il prescrit. À moins qu'il s'agisse d'un remède de bonne femme... Je vais vérifier, si vous voulez.

Talia pensa que ce n'était pas une bonne idée ; elle ne voulait pas qu'Hulda sache que son manège n'était pas passé inaperçu.

— Non, je vous remercie. C'est sans doute un remède de bonne femme. Maintenant que j'y pense, cela ressemblait beaucoup au sirop contre les rhumatismes que Keldar faisait boire à sa mère.

La Guérisseuse sourit, soulagée.

— Oui, Melidy a effectivement de l'arthrite. Nous ne pouvons pas faire grand-chose pour elle, à part soulager la douleur. Je suis contente que l'autre nourrice prenne soin d'elle. Y a-t-il autre chose que je puisse faire ?

— Non, je vous remercie, répondit Talia. Vous avez répondu à toutes mes attentes.

Mais, pensa-t-elle en s'éloignant, *vous avez suscité une multitude de nouvelles questions, sans réponses !*

Chapitre 9

— Si seulement je pouvais retourner dans le temps…

— Si tu pouvais faire *quoi*? demanda Skif enlevant les yeux du livre qu'il étudiait.

Talia rêvait devant sa fenêtre en regardant les arbres éclairés par la lune. Son esprit n'était visiblement pas à l'étude.

— J'ai dit : « Si seulement je pouvais retourner dans le temps », répéta-t-elle. Je donnerais cher pour savoir qui est responsable de la venue d'Hulda, surtout sachant qu'elle est arrivée après la mort du père d'Elspeth. Mais comment faire, à part en voyageant dans le temps ?

— Hum… Il y a un autre moyen.

Talia attendit qu'il précise sa pensée.

— Il y a les archives de l'immigration. Tout ce qui concerne les gens provenant de l'extérieur du royaume s'y trouve. Si Hulda a été parrainée par quelqu'un d'autre, son nom s'y trouvera. Il me semble me souvenir que la loi exige trois parrains pour qu'un étranger puisse s'installer définitivement. Le prince et Selenay devaient en être deux, mais le troisième pourrait être très intéressant

— Où se trouvent ces archives ? N'importe qui peut-il y accéder ?

— Elles sont conservées au palais, dans le bureau du prévôt. Mais nous ne pouvons pas y accéder, du moins pas ouvertement. *Tu* le pourrais, mais il te faudrait invoquer l'autorité de la reine, et cela risquerait d'alerter Hulda… Mais… je pourrais y entrer discrètement. Seulement…

— Seulement, le Livre se trouve aussi dans le bureau du prévôt, termina Talia. Tu n'as pas été inscrit dedans pour mauvaise conduite depuis presque un an, n'est-ce pas ?

— Comment l'aurais-je pu ? sourit-il. Je suis trop occupé avec toi. Pourtant, si je suis pris, ils croiront que je suis entré dans le bureau pour modifier les inscriptions du Livre. Orthallen ne m'apprécie pas du tout. Il serait trop content d'avoir une occasion de me descendre en flammes. (Il sourit de nouveau.) Oh, et puis, que peut-il me faire de si terrible ? Je vais m'en occuper.

Skif n'était pas encore en retard, mais Talia eut soudain le sentiment que quelque chose était allé de travers. C'était ce soir-là qu'il avait prévu de s'introduire dans le bureau du prévôt.

Sans se rendre compte de ce qu'elle faisait, elle courut à travers les couloirs du Collegium, puis du palais. Elle s'arrêta en approchant de l'appartement de Selenay. Ayant repris son souffle, elle s'approcha timidement de la porte des quartiers privés de la reine. Le garde la connaissait ; il lui fit un clin d'œil.

Selenay était assise à son bureau, l'air perturbé. Elcarth, Keren et Kyril, le Héraut du sénéchal, étaient debout devant le bureau et cachaient quelqu'un à la vu de l'adolescente. Le seigneur Orthallen se tenait à côté du bureau de Selenay.

Talia se sentit pâlir. C'était donc Skif. Il s'était fait attraper, et les choses se passaient plus mal qu'il ne l'avait prévu. Comment faire pour le tirer de là ?

— Majesté, dit-elle, je… j'ai quelque chose à confesser. J'ai… j'ai demandé à Skif de faire quelque chose pour moi, et ce n'était pas très légal, j'en ai peur.

Selenay la regarda d'un air interrogateur.

— Je lui ai demandé de m'obtenir les archives des Hold.

— Les archives des Hold ? Pourquoi donc ? fit Selenay, intriguée.

Talia ne savait pas d'où lui venait cette idée, qui semblait être la bonne. Elle détestait mentir, mais comment prendre le risque de dire la vérité ?

— Je voulais vérifier que je n'y figurais plus.

À sa propre surprise, elle sentit des larmes brûlantes couler sur ses joues.

— Ils ne veulent plus de moi, très bien, mais je ne veux plus d'eux non plus ! Skif m'a dit qu'ils pouvaient demander l'Impôt Privilégié quand j'obtiendrai mon uniforme blanc, et je ne veux pas qu'ils en bénéficient !

Elle pleurait vraiment de colère, persuadée sur l'instant de la véracité de ce qu'elle venait de dire.

Selenay sourit de soulagement. Elcarth eut l'air sidéré, Keren et Kyril vaguement amusé, et Orthallen, pendant une seconde, eut l'expression d'un chat qui voit s'échapper une souris. Puis son masque normal, impassible et froid couvrit son visage.

— Vous voyez, Orthallen, je vous avais dit qu'il y avait une explication simple, fit Elcarth.

Il bougea ; Talia aperçut Skif, assis dans une chaise, l'air tendu et anxieux.

— Dans ce cas, pourquoi ce jeune homme ne nous l'a-t-il pas donnée lui-même? demanda froidement Orthallen.

— Parce que je ne voulais pas impliquer Talia! Je vous ai dit que je ne m'intéressais pas au Livre, que vous importe ce que je cherchais? Vous n'êtes pas le prévôt!

— Skif, le tança Kyril, le seigneur Orthallen n'en a pas moins droit à votre respect!

— Oui, monsieur, marmonna Skif en regardant ses pieds.

— Bien, lança la reine, maintenant que cela est réglé, pouvons-nous laisser partir ces jeunes gens? Talia, la prochaine fois que vous voudrez quelque chose, demandez-moi. Je m'assurerai que vous n'êtes plus assimilée aux Hold, si c'est ce que vous souhaitez. Mais je ne comprends pas pourquoi vous ne m'avez pas demandé…

— J'ai été égoïste, souffla Talia, le visage livide. Je ne voulais pas que quelqu'un sache…

— C'est humain, petite, dit Elcarth. Votre famille ne mérite aucune considération, sachant la façon dont elle vous a traitée… Retournez à vos quartiers, et vous aussi, Skif. Et ne recommencez pas ce genre de choses, même si nous comprenons pourquoi vous avez agi.

Skif tira pratiquement Talia hors de la pièce.

— Grands dieux! Comment as-tu pensé à cette explication? C'était superbe! Et comment as-tu su que j'avais des problèmes?

— Je n'en sais rien. L'idée s'est imposée à moi. Comment t'es-tu fait attraper?

— Manque de chance, dit Skif. Orthallen est venu chercher un dossier pour Selenay. Il m'a pris la main dans le sac ! J'ai été stupide, j'aurais dû faire plus attention aux bruits dans le couloir…

— Quelle punition exigeait-il ?

— Il essayait de me faire suspendre. Il ne lui est pas possible de me renvoyer, sauf si Cymry me répudiait. Mais il aurait pu me faire muter dans l'armée pour les quatre ans à venir… pour « m'apprendre ce que c'est qu'un travail honnête », a-t-il dit.

— Il aurait vraiment pu ?

— Oui. Il a trouvé une règle obscure quelque part dans les tablettes du Collegium qui le lui permettait. J'ai eu l'impression qu'il cherchait à tout prix un moyen de se débarrasser de moi…

— Il vaudrait mieux que tu cesses de m'aider, dans ce cas…

— Pas question ! Et dire que je venais juste de trouver le dossier d'Hulda ! Ah, c'est trop bête ! Mais je refuse d'abandonner !

Ils étaient arrivés dans la chambre de Talia. Il la serra rapidement dans ses bras.

— Va dormir, tu sembles en avoir besoin. Et moi aussi !

Un soir, Talia étudiait seule dans sa chambre quand un coup à la porte la tira de sa concentration. Elle ouvrit : une créature démoniaque tout de noir vêtue se tenait devant elle.

Une main se posa sur sa bouche avant qu'elle puisse hurler. La chose la poussa à l'intérieur et ferma l'huis.

— Chut ! C'est moi, Skif, murmura l'être d'une voix rauque.

Elle le regarda, les yeux ronds.

—Skif! As-tu décidé de me faire mourir de peur? dit-elle enfin. Pourquoi es-tu attifé de la sorte?

—Vêtu de gris, il est impossible d'escalader les parties interdites du palais. Reprends ton souffle et calme-toi, parce que tu viens avec moi.

—Moi? Mais…

—Ne discute pas, enfile ça, dit-il en lui tendant une chemise et des braies de couleur sombre.

Puis il lui tendit un pot de graisse noire.

—Enduis-toi de cela, et n'oublie rien, pas même la nuque.

Il alla à la fenêtre et l'ouvrit largement.

—Parfait. Nous n'aurons pas besoin de descendre jusqu'au sol.

Il tira une corde de sa ceinture et l'attacha autour de la taille de Talia.

—Bien. Suis-moi et fais exactement la même chose que moi.

Skif les fit passer de fenêtre en fenêtre sur toute la longueur de l'aile du Collegium, puis ils s'attaquèrent à la façade du palais. Sans l'étroite corniche qui courait le long des fenêtres, Talia était sûre qu'elle n'aurait pas pu s'en sortir. Ils s'arrêtèrent enfin devant une croisée obscure. Talia essaya de ne pas penser au gouffre qui béait derrière son dos tandis que Skif regardait précautionneusement à l'intérieur.

Ce qu'il vit sembla le satisfaire. Il sortit quelque chose de sa bourse et entreprit d'ouvrir les volets. Bientôt, ceux-ci pivotèrent et ils se hissèrent dans la pièce.

Elle était vide et semblait inutilisée. Skif amena Talia devant une sorte de placard mural, l'ouvrit et chercha quelque chose dedans à tâtons. Talia entendit un grattement ; deux trous d'observation apparurent.

De la lumière brillait de l'autre côté. Talia mit son œil à l'un des trous. Skif lui tendit un gobelet et lui fit signe de le poser contre le mur et de placer son oreille contre l'ouverture. Elle le fit et eut la surprise de constater qu'elle entendait tout ce qui se disait dans la pièce à côté.

— … à ce rythme, la gamine ne risque pas d'être élue, ni d'être désignée comme Héritière. Vous vous en sortez très bien. Je vous félicite, fit une voix de baryton aux accents suaves. Nous sommes très satisfaits de vos services.

— Mon seigneur, vous êtes trop aimable, dit Hulda.

Talia la voyait mais son interlocuteur n'était pas dans le champ visuel, et sa voix était trop distordue par le gobelet pour qu'elle la reconnût.

— Dois-je continuer de la même façon ?

— La fillette-Héraut a-t-elle de nouveau essayé de s'approcher d'Elspeth ?

— Non, mon seigneur. Il semble qu'elle se soit découragée.

— Possible, mais nous ne pouvons pas nous permettre d'erreur. Je vous suggère de continuer à raconter à l'enfant des histoires pour l'endormir. Vous savez lesquelles je veux dire.

— Oui, mon seigneur, celles où les Compagnons emmènent les gosses imprudents vers un destin horrible. Je continuerai à les lui conter !

— Parfait ! Voici une réserve de drogue pour la vieille nourrice, et votre salaire habituel.

Talia entendit tinter des pièces quand les deux bourses changèrent de mains.

Vous serez riche quand tout ceci sera terminé, Hulda, dit l'homme en quittant la pièce.

—J'en ai bien l'intention, mon seigneur, lança la femme à la porte qui venait de se refermer.

Puis elle quitta la pièce elle aussi.

Talia était trop occupée à penser à ce qu'elle venait d'entendre pour se soucier des difficultés du retour.

—Tu as déjà été témoin de ce genre de scène? demanda-t-elle quand ils furent revenus dans sa chambre.

—Trois fois. La première, c'était par hasard. Je l'avais suivie, et j'ai dû me cacher dans ce placard pour ne pas être aperçu. J'y ai trouvé les trous d'observation. La seconde fois, j'ai pensé qu'ils devaient se rencontrer ainsi régulièrement. Et puis… il y a autre chose…

—Oui?

—Une fois ou deux, Melidy a essayé de refuser la drogue. Et Hulda a fait *quelque chose*… Je ne sais pas quoi, mais elle a forcé la vieille nourrice à boire. J'ai eu l'impression qu'elle utilisait de la magie *réelle*… Tu sais, comme dans les légendes…

—Elle doit avoir un Don…

—Oui… Tu as peut-être raison…

—Skif, dit brusquement Talia en sortant un vêtement d'un coffre, cet uniforme est un peu grand pour moi. Il devrait t'aller.

—Pour quoi faire? dit Skif, étonné.

—Dès que tu seras habillé correctement, nous irons trouver Jadus.

Le vieil homme dormait quand ils arrivèrent chez lui. Normalement, jamais Talia n'aurait osé le déranger. Mais les circonstances n'étaient pas normales.

Il s'éveilla dès que les deux adolescents s'approchèrent de son lit ; une dague apparut soudain dans sa main.

Depuis plusieurs nuits, le vieux Héraut, qui dormait mal, avait repris l'habitude d'avoir une arme sous son oreiller.

— Talia ! fit-il, plus qu'étonné de sa présence.

Étant donné son penchant pour les blagues, pas toujours de bon goût, celle de Skif s'expliquait davantage.

— Monsieur, je suis désolée, mais il s'agit d'une urgence.

Jadus se redressa et jeta une couverture sur ses épaules.

— Très bien. Je te connais assez pour savoir que tu n'exagères pas. Raconte-moi tout.

Quand ils eurent terminé, Jadus admit qu'il avait effectivement affaire à une urgence.

— J'aimerais croire que vous avez inventé tout cela, mes petits, soupira-t-il. Mais je sais que ce n'est pas le cas…

— Monsieur, dit Talia, que dois-je faire ?

— Toi, fillette ? Rien du tout. Mes enfants, vous en avez fait assez, bien plus que les adultes. Je suis fier de vous deux. Maintenant, laissez-moi me charger du reste. Ceux qui doivent être informés écouteront plus facilement un vieillard que deux enfants. J'espère que vous me laisserez parler à votre place ?

— Vous *laisser* parler ? s'étonna Skif. Je n'avais peur que d'une chose, être obligé de tout expliquer moi-même à Selenay ou Kyril. Je préfère de loin ne pas être celui qui devra leur annoncer la nouvelle !

— Et toi, Talia ?

— S'il vous plaît, monsieur. Je ne saurais pas quoi dire… Et il y a tant de choses que nous ignorons… Qui était celui qu'Hulda appelait « mon seigneur », par exemple…

— Alors partez, tous les deux. Laissez-moi m'occuper de tout.

Après leur départ, Jadus réfléchit un moment puis appela son serviteur.

— Medren, il faut que tu fasses réveiller Selenay. Dis-lui de venir me rejoindre ici, pour une urgence. Appelle aussi le sénéchal, le Héraut Kyril et le Héraut Elcarth. Mets du bois dans le foyer et apporte à boire et à manger. Je crois que la nuit sera longue.

Talia ne s'occupa plus d'Hulda, satisfaite de laisser les adultes régler la question.

Quelques jours plus tard, l'odeur des bourgeons l'attira dans le jardin. Elle respirait l'odeur capiteuse des fleurs d'hibiscus quand elle entendit des sanglots étouffés provenant d'une des grottes artificielles fréquentées par les couples après la tombée de la nuit.

Talia crut d'abord qu'il s'agissait de quelque amoureux rejeté, mais à mesure que les pleurs augmentaient, elle s'aperçut que la voix était celle d'un enfant. Elle avança, se souvenant qu'on lui avait dit de faire confiance à son instinct.

À l'intérieur de la grotte, couchée sur la mousse et pleurant comme si elle avait le cœur brisé, se trouvait l'Héritière.

Talia entra et s'assit à côté de l'enfant.

— Vous ne ressemblez plus à un poisson, dit-elle d'une voix légère mais compatissante. Plutôt à une fontaine ! Qu'est-ce qui ne va pas ?

— Ils… ils ont renvoyé Hulda, hoqueta l'enfant.

— Pourquoi ? Et qui l'a renvoyée ? demanda Talia.

— Ma… ma mère et cet affreux Kyril. Je ne sais pas pourquoi… C'était ma seule amie, personne d'autre ne m'aime !

— Je suis désolée… Je sais ce que c'est d'être seule. Quand j'avais votre âge, on a marié ma meilleure amie à un horrible vieillard, et je ne l'ai plus jamais revue.

Les larmes de la petite s'arrêtèrent.

— Vous avez pleuré ?

— Quand j'étais seule, mais je me retenais dès qu'il y avait des adultes avec moi. Ils m'ont dit que c'était mal de pleurer pour une telle broutille. Ils avaient tort, parce que parfois, ça fait du bien. Vous vous sentez mieux ?

— Un peu, reconnut l'enfant. Comment vous appelez-vous ?

— Talia. Et vous ?

La gamine leva le menton avec arrogance.

— Vous devriez m'appeler Votre Grandeur.

— Non, pas encore. Vous n'êtes pas *vraiment* l'Héritière jusqu'à ce qu'un Compagnon vous ait élue et que vous soyez devenue un Héraut.

— Je ne suis pas l'Héritière ? Mais… ce n'est pas ce que disait Hulda !

— C'est pourtant vrai. Demandez à n'importe qui. Peut-être ne le savait-elle pas ? Ou peut-être vous a-t-elle menti ?

— Pourquoi l'aurait-elle fait ? dit l'enfant, abasourdie.

— Peut-être parce qu'elle ne voulait pas que vous soyez amie avec d'autres enfants. De cette façon, elle pouvait vous faire croire à votre importance. Et vous avez été si désagréable avec les autres gens qu'ils vous ont laissée seule.

— Comment savoir si ce n'est pas *vous* qui mentez ? dit la gamine d'un ton belliqueux.

— Je serai un Héraut dans quelques années. Les Hérauts ne mentent pas.

La fillette réfléchit un moment à cette inconfortable vérité.

— Elle m'a sans doute menti tout le temps ! Hulda n'était pas *vraiment* mon amie. Donc je n'ai pas d'amis du tout !

Ses lèvres tremblèrent comme si elle allait se remettre à pleurer. Elle se contint un instant, puis éclata de nouveau en sanglots.

Talia attira la fillette contre elle. Elle lui caressa gentiment le dos tandis qu'elle pleurait jusqu'à l'épuisement. Quand la crise de larmes fut terminée, l'adolescente lui donna un mouchoir pour s'essuyer les yeux et le nez.

— Vous n'avez pas d'amis pour le moment, mais cela ne veut pas dire que vous ne puissiez pas vous en faire. Je serai votre amie, si vous voulez, à une condition.

— Dites-moi d'abord laquelle, dit l'enfant, méfiante, ce qui en apprit long à Talia sur la manière dont Hulda l'avait traitée.

— C'est quelque chose de simple, mais je ne sais pas si vous pourrez le faire…, expliqua Talia sur un ton volontairement dubitatif.

— Je peux ! Je peux ! Dites-moi ce que c'est !

— Vous devez me promettre de ne pas vous mettre en colère contre moi quand je vous dirai quelque chose, mais d'y réfléchir d'abord.

— Je promets ! Je promets !

— Comme nous sommes amies maintenant, veux-tu me dire ton nom ?

L'enfant rougit de honte.

— Vous… Tu ne vas pas te moquer de moi ?

— Pourquoi le ferais-je ? Mais je te *promets* de ne pas me moquer.

— Hulda disait que c'est un prénom idiot. Je m'appelle Elspeth.

— C'est un très joli nom ; plus joli que Talia.

— Hulda disait que c'était un nom de paysanne.

Talia eut l'impression qu'elle n'allait pas tarder à être allergique aux mots « Hulda disait ».

— Ce n'est pas vrai. Trois reines ont porté ce nom, Elspeth la Pacifique, Elspeth la Sage et Elspeth Mains-Agiles. Tu auras du mal à égaler ces femmes, surtout si tu veux devenir le genre de personne qui peut être élue par un Compagnon et devenir l'Héritière.

Elspeth eut l'air inquiet.

— Je… je ne sais pas comment faire, dit-elle d'une petite voix. Et j'ai peur des Compagnons. Veux-tu… m'aider, s'il te plaît ?

— Et bien, tu pourrais commencer par être plus gentille avec les gens ; tout le monde, pas seulement les nobles. Si tu le fais, tu auras bientôt davantage d'amis, des gens qui t'apprécieront et qui n'essaieront pas d'obtenir quelque chose à travers toi.

— Je suis gentille avec les autres ! objecta Elspeth.

— Oh, vraiment ? dit Talia.

Fronçant les sourcils et tapant du pied, elle se livra à une imitation réussie de la Furie.

— Si tu trouves que c'est ça, être gentille, je me demande ce que tu appelles être en colère. Crois-tu que quiconque ait envie d'être l'ami d'une personne de ce genre ?

— N… non, dit Elspeth, un peu honteuse.

— Si tu veux vraiment changer, tu dois réfléchir à ce que tu fais. (Elle passa un bras autour des épaules de la petite fille.) Peu de gens voient que derrière *la Furie* se cache une brave gamine. C'est comme cela qu'on t'appelle, sais-tu ?

— Tu vas vraiment m'aider ?

L'enfant vulnérable qui regardait Talia avec des yeux éperdus gagna totalement son affection.

— Je te l'ai déjà promis. Je suis ton amie, souviens-toi. C'est à cela que servent les amis : à s'entraider.

Par les dieux, dans quelle galère me suis-je embarquée ? Talia se posa souvent la question au cours des semaines suivantes. Plusieurs fois par jour, elle courait de ses cours aux travaux ménagers et des travaux ménagers aux appartements de l'Héritière. Elle prenait désormais le petit déjeuner avec Elspeth et non au Collegium. Après le repas du soir, elle retrouvait Jadus jusqu'à ce qu'Elspeth retourne à ses appartements. À ce moment, elles se promenaient ensemble dans les jardins jusqu'à l'heure du coucher de la fillette.

Prévenue par quelqu'un, probablement un membre du Conseil, Hulda s'était enfuie avant que Selenay puisse la faire arrêter et interroger. Talia se souciait peu de ce qu'il était advenu de la femme ; elle avait trop à faire pour tenter de réparer les dégâts qu'elle avait provoqués.

Ce ne fut pas chose facile.

Elspeth piquait des crises de colère à tout propos. Son lait était top froid, son bain trop chaud, elle n'aimait pas la couleur de ses vêtements. Talia ignora les deux premiers accès, espérant qu'Elspeth s'arrêterait si on ne faisait pas attention à elle. Mais cela ne fonctionna pas.

La troisième fois, elle la corrigea. Une des servantes d'Elspeth lui avait accidentellement tiré les cheveux en la coiffant.

L'enfant lui avait arraché la brosse pour la frapper.

Talia récupéra l'objet et le tendit à la servante.

— Frappez-la !

— Mais, mademoiselle, je ne peux pas…

— J'en prends la responsabilité. Allez-y.

La servante donna un bon coup de brosse sur le postérieur d'Elspeth, qui en resta bouche bée.

Puis elle ouvrit la bouche et hurla comme elle n'avait jamais hurlé.

Talia lui jeta un verre d'eau au visage.

— Écoute-moi bien, dit-elle. À partir de maintenant, on te fera en retour ce que tu fais aux autres. Et comme tu n'es pas capable de bien traiter tes serviteurs, tu t'en passeras. (Elle se tourna vers la servante.) Je suis sûre que vous avez mieux à faire que vous occuper d'une gamine coléreuse.

La servante partit en dissimulant son sourire. Elle avait hâte de raconter l'aventure à ses camarades.

Talia lança la brosse à Elspeth et quitta aussi la pièce. L'enfant la regarda sortir sans un mot.

La Furie dut se débrouiller seule et son apparence ne s'améliora pas. Elle le savait et détestait cela. Les serviteurs, sur ordre de la reine, ne cachaient pas leur amusement ni le sentiment qu'Elspeth n'avait que ce qu'elle méritait.

Les courtisans étaient pires. Ils faisaient semblant de ne s'apercevoir de rien, mais la gamine savait qu'ils se moquaient d'elle par-derrière. Talia continuait à passer du temps avec elle ; elle acceptait même de l'aider à s'habiller ou à se brosser les cheveux si Elspeth le demandait poliment.

La Furie essaya de prouver qu'elle n'en avait rien à faire en se livrant à une mise à sac systématique de sa chambre. Elle renversa les meubles, déchira les draps et les coussins, cassa ses jouets et jeta le tout au centre de la pièce. Puis elle s'assit au milieu du carnage, hors d'haleine et satisfaite, et attendit l'arrivée de Talia.

Celle-ci regarda les dégâts avec calme.

— Bien, dit-elle. Je suppose que tu sais que ta chambre restera telle quelle jusqu'à ce que tu l'arranges…

Elspeth en resta bouche bée ; elle avait cru que Talia se mettrait en colère.

— M… mais, où vais-je dormir ?

— Sur le tapis ou sur le matelas, comme tu veux. Tu seras toujours mieux installée que Skif quand il vivait dans la rue ou moi quand je gardais les moutons dans ma famille.

Elspeth se mit à pleurer.

Talia la regarda sans sourciller. Voyant que ses larmes ne lui donnaient pas gain de cause, Elspeth attrapa un cube de bois et le jeta à la tête de l'adolescente, qui n'eut pas de mal à éviter le projectile. Puis elle avança vers l'enfant avant que celle-ci comprenne ce qui lui arrivait, et lui donna trois bonnes tapes sur le derrière.

— La prochaine fois, ce sera six, dit-elle avant que les cris de rage de la gamine couvrent sa voix.

Puis elle quitta la pièce et ferma la porte. À l'insu de la gamine, elle resta à proximité. Elspeth pleura jusqu'à s'en rendre malade, rata le repas du soir et s'endormit au milieu de la pièce, dans les couvertures déchirées.

Le lendemain, Talia mit un point d'honneur à apporter un copieux petit déjeuner à l'enfant. Elle se comporta comme si de rien n'était, aidant la fillette à se laver, à s'habiller et à se démêler les cheveux. L'enfant étant beaucoup plus calme, tout alla bien jusqu'au déjeuner, lorsqu'elle demanda quand on viendrait nettoyer sa chambre.

— Elle sera nettoyée quand tu l'auras fait toi-même, et pas avant, répondit Talia, inflexible.

La gamine hurla et lui lança le premier objet venu, ce qui lui valut les six tapes promises. Puis l'adolescente partit pour ses cours de l'après-midi, laissant Elspeth en larmes dans un coin de sa chambre.

Après trois jours de ce traitement, Talia trouva Elspeth en train d'essayer de traîner les couvertures sur son lit, qu'elle avait à peu près remis à sa place, ainsi que le reste du mobilier.

Sans un mot, l'adolescente l'aida à finir le rangement et à ramasser les jouets cassés, qu'elles rangèrent dans les étagères. Cette nuit-là, pour la première fois depuis une semaine, Elspeth s'endormit dans son lit au son de la berceuse que lui chanta Talia en lui tenant la main.

L'affrontement suivant fut déclenché par les jouets cassés.

Quand ils ne furent pas remplacés comme par magie, comme cela avait toujours été le cas auparavant, Elspeth demanda pourquoi.

— Apparemment, ils ne t'intéressaient pas, tu n'as donc pas besoin d'en avoir d'autres. Si tu veux des jouets, répare donc ceux que tu as cassés.

Suivit une crise de colère presque aussi grave que celle de la semaine précédente, à la différence qu'Elspeth s'abstint d'envoyer quoi que ce soit à la tête de Talia. Elle pleura de nouveau à s'en rendre malade. Au bout du cinquième jour, Talia en eut assez et décida de changer de tactique. Quand la fillette se mit à pleurer, elle la prit à bras-le-corps, la déposa dans sa baignoire et ouvrit à fond le conduit d'eau froide.

— Tu allais encore te rendre malade, dit-elle gentiment. Comme tu ne voulais pas t'arrêter toute seule, j'ai préféré t'y aider.

Elspeth prit soin de ne plus jamais pleurer ainsi. Pour les jouets, elle tint bon deux semaines. Puis Talia la trouva un après-midi avec de la colle dans une main et un wagon cassé dans l'autre. Il y avait autant de colle sur le wagon que sur la gamine qui leva les yeux, l'air pathétique.

— Je ne sais pas le réparer, dit-elle. J'ai essayé, j'ai vraiment, vraiment essayé ! Mais il reste cassé ! Comment dois-je faire ?

Une larme silencieuse coula sur la joue de la petite. Talia prit le jouet et la colle et serra l'enfant dans ses bras.

— Je vais t'aider, dit-elle. Il suffisait de demander.

Il fallut presque un mois pour réparer les jouets, certains étant irrécupérables. Talia ne proposa pas leur remplacement, ce qui provoqua une ou deux crises de colère, mais sans commune mesure avec les performances passées de la Furie. Elspeth commençait à comprendre que Talia était une compagne beaucoup plus amusante quand elle ne ruait pas dans les brancards.

L'adolescente décida qu'il était temps de commencer l'instruction de la petite fille.

Après le premier jour de hurlements (entre-temps, Elspeth avait au moins appris à ne plus attaquer les autres), Talia se débrouilla pour se libérer des cours du matin pendant une semaine.

À la fin de cette période, elle était plus fatiguée que si elle avait dompté des chevaux sauvages. Mais Elspeth avait fini par accepter l'idée d'étudier. Elle commençait même à y prendre plaisir, sans vouloir le montrer.

Peu à peu, les bons jours devinrent plus fréquents que les mauvais. En conséquence, les privilèges d'Elspeth lui furent restitués un par un. Ses serviteurs reparurent. Elle les traita comme si un regard méchant risquait de les casser. Puis ses jouets furent remplacés, un à la fois, d'abord ceux qui avaient été détruits irrémédiablement, puis ceux qui avaient été mal réparés. Quand Elspeth s'en aperçut, elle emmena partout avec elle, y compris pour dormir, une des poupées que Talia avait recollée. L'adolescente lui laissa ce jouet en souriant secrètement.

Pas de doute, on faisait des progrès !

Talia se trouva bientôt confrontée à un second problème : l'enfant avait une peur panique des Compagnons. Elle en faisait des cauchemars ; il était impossible de la persuader de s'approcher du Champ.

Talia entreprit de démystifier lentement les histoires d'horreur qu'Hulda avait racontées. Elle rapporta à la fillette les commérages du Collegium, qui parlaient aussi souvent des Compagnons que des apprentis Hérauts.

Dès qu'elle pensa que c'était possible, elle fit avec Elspeth des promenades nocturnes qui les rapprochèrent lentement du Champ des Compagnons. Puis elle l'emmena à l'intérieur et demanda à Rolan de les suivre à quelque distance.

L'enfant s'habitua à sa présence.

Enfin vint le jour où elle fit monter Elspeth sur le dos de Rolan. La promenade guérit définitivement l'ex-Furie de ses cauchemars et de ses crises d'hystérie. De plus, ce qui ne gâtait rien, Talia y gagna un moyen aisé de la récompenser, car Elspeth conçut pour les Compagnons un enthousiasme égal à la crainte qu'elle éprouvait naguère.

Après cela, il y eut des jours merveilleux, où Elspeth étant douce et d'humeur égale, il devenait un vrai plaisir de lui tenir compagnie. Quelquefois, la Furie réapparaissait pour une brève période, insultait les serviteurs et détruisait tout ce qui lui tombait sous la main. Talia lui donnait alors trois avertissements ; si le troisième ne produisait pas d'effet, le Derrière Royal recevait une Royale Fessée. Ensuite, l'adolescente attendait que la Furie disparaisse et qu'Elspeth vienne s'excuser.

Petit à petit, les bons jours prirent le dessus ; désormais il suffisait de rappeler à l'enfant que son comportement ressemblait à celui de la Furie pour qu'elle se reprenne.

Talia était épuisée, mais elle sentait que ses efforts en valaient la peine. Considérant le temps qu'elle consacrait à la petite, elle fut d'abord dispensée de corvées ménagères, puis de la surveillance du poulinage. À mesure que la Furie se calmait, elle recommença à se charger de ces travaux. Elspeth, qui s'intéressait de plus en plus aux Compagnons, se trouva fascinée par l'idée du poulinage. En hiver, ce n'était pas très drôle, mais en été, quelle partie de plaisir.

Les Compagnons femelles ne mettaient pas bas avec l'aisance des juments. Celles qui avaient déjà élu gardaient leur Héraut ou leur apprenti avec elles, mais les autres n'avaient personne. Si des complications survenaient, chaque minute comptait et pouvait faire la différence entre la vie et la mort pour la mère ou le poulain. Keren faisait de son mieux, mais elle n'était pas partout à la fois. Un des devoirs des apprentis était de passer la nuit avec les Compagnons femelles sur le point de pouliner. Cette mission échut à Talia vers le milieu de l'été. Elspeth la supplia de l'emmener avec elle ; elle accepta.

Talia pensait qu'il n'y aurait pas de problèmes, car le Compagnon femelle, d'après ce que Rolan lui avait dit, n'attendait pas la délivrance avant au moins une semaine.

Pourtant, peu après minuit, la jument l'éveilla en lui donnant des coups de tête : le travail était déjà bien avancé.

Elspeth courut chercher Keren quand Talia s'aperçut que le poulain se présentait par le siège. Puis la petite caressa la tête du Compagnon et le rassura pendant que Keren et Talia retournaient le nouveau-né. La petite créature mise à bas, Elspeth l'aida à se redresser et la frotta avec une serviette épaisse. Quand son poulain commença à téter, la mère envoya un message mental à Keren. Souriante, celle-ci arracha doucement quelques poils de la queue de la jument et tressa un bracelet et une bague qu'elle offrit à Elspeth, à moitié endormie mais ravie.

— Un petit cadeau de l'heureuse maman, dit-elle à l'enfant.

Elle mit aussitôt les « bijoux » et refusa de les retirer. Plus tard, Talia la vit souvent toucher son bracelet quand un accès de mauvaise humeur menaçait. À cet instant, l'enfant fronçait les sourcils et regagnait son contrôle.

La nuit du poulinage marqua la métamorphose définitive d'Elspeth.

Un jour, l'Héritière alla trouver sa mère, et lui demanda – si poliment que la reine en resta bouche bée – si elle pouvait accompagner Talia à ses cours de l'après-midi.

— Lui avez-vous demandé si elle n'y voit pas d'objections ? s'enquit Selenay avec un coup d'œil vers Talia.

— Oui, madame ma mère. Elle a dit que je pouvais venir à ses cours du matin, aussi, mais j'ai des leçons à ce moment-là. L'après-midi, je suis censée suivre l'entraînement au combat et à l'équitation. Mais je m'ennuie toute seule ; pourrais-je le faire en compagnie des étudiants du Collegium ? Je vous en prie, mère !

La reine donna sa permission. Elspeth sortie, Selenay se tourna vers Talia, qui n'avait pas encore ouvert la bouche.

— Je n'en crois pas mes yeux ! Est-ce la même enfant qui terrorisait ses serviteurs ? Vous avez fait des miracles !

— *Elspeth* a fait des miracles, corrigea Talia. Je lui ai simplement donné une raison de changer. Félicitons-nous que cette Hulda n'ait eu la mainmise sur elle que pendant ces deux dernières années ! Autrement, je crains qu'il ait été impossible d'agir.

— Alors remercions les dieux que vous ayez découvert le pot aux roses. Je croyais que tout ce qu'Hulda faisait était de flatter un peu trop ma fille et de lui donner une notion exagérée de son importance. Elle prétendait qu'Elspeth passait par une mauvaise phase, que tout rentrerait dans l'ordre. Je dois aussi avouer que ma fille ressemble plus à son père. Cela me posait un problème. J'ignorais si je réagissais rationnellement, ou à cause de l'évocation d'un homme méprisable. Quand Talamir a proposé de l'envoyer en pension, j'ai accepté. Pauvre homme, il était sans doute trop âgé pour s'occuper d'une enfant si jeune. Puis il a été assassiné…

— Vous en êtes donc sûre désormais ?

— Nous avons retrouvé un flacon de potion pour le cœur dans les affaires qu'Hulda a abandonnées. Si on en prend trop, la substance a l'effet inverse : le cœur s'arrête. C'est ce qui est arrivé au pauvre Talamir. Je sais qu'il a toujours fait de son mieux, mais nous avions une trop grande différence d'âge. Il en était embarrassé ; je pense qu'il n'a jamais osé me faire de remontrances, même quand je les méritais.

— Je le comprends ! Je ne me vois pas non plus vous donner la fessée !

Selenay se mit à rire.

— Mais vous avez votre franc-parler avec moi, je vois !

Talia rougit.

— Pardonnez-moi. Je n'ai aucun droit de vous parler de la sorte.

— Au contraire. Vous en avez le droit et le devoir. Talamir n'a pas osé les exercer. Ne commettez pas la même erreur ! (Selenay regarda l'adolescente, intriguée.) Je commence à croire que le dicton disant que la sagesse du Héraut de la reine est intemporelle est tout à fait exact. Vous êtes mon Héraut en même temps que celui d'Elspeth, comme si vous étiez deux fois plus âgée. Et je n'ai aucune intention de me passer un jour de vos conseils !

Chapitre 10

Des jours plus tard, le même sujet fut l'objet d'une autre conversation entre Talia et la reine.

— Il est déjà assez ennuyeux qu'Hulda ait disparu, dit Selenay, exaspérée d'avoir laissé la femme s'enfuir, mais de plus Kyril a découvert que son dossier a été subtilisé.

— Par les dieux ! Nous ne saurons peut-être jamais qui était celui qu'elle appelait mon seigneur. D'après Skif, il était toujours masqué. Hulda elle-même ne devait pas connaître son identité. Croyez-vous qu'elle puisse nous causer d'autres problèmes ?

— Cela semble peu vraisemblable. Melidy récupère lentement. La drogue ne semble pas avoir d'effet durable.

— Je suis heureuse de l'apprendre.

— Et moi, je suis contente d'apprendre que vous avez réussi à chasser la peur qu'Elspeth avait des Compagnons.

— Je n'ai pas eu grand-chose à faire, après le départ d'Hulda. Quelques visites à Rolan et aux autres, et le tour était joué. Maintenant, elle les adore !

— J'avais remarqué, dit Selenay en souriant. Elspeth m'a demandé de partager de nouveau mes promenades avec Caryo… Au fait, je sais que vous êtes très occupée, Talia, mais pourriez-vous me consacrer une heure ou deux par semaine ?

Talia soupira.

— Je trouverai le temps. Pourquoi ?

— Je souhaite que vous preniez la place de Talamir au Conseil.

— Comment ? Tout de suite ?

— Pourquoi pas ? Vous devrez le faire un jour ou l'autre. Autant vous y habituer. Cela vous donnera une idée des intrigues qu'on y noue ; de plus, j'aimerais que les Conseillers s'habituent à vous voir là. Vous n'aurez pas besoin d'intervenir pendant les sessions, mais vous pourriez remarquer des choses qui me seraient utiles. Enfin, cela vous donnerait un surcroît de protection. Vous voir au Conseil fera comprendre à *qui de droit* que je n'ignorerai pas une tentative de vous nuire, même si vous n'êtes pas encore un Héraut confirmé !

— Puis-je imposer une condition ?

— Oui.

— Je voudrais qu'Elspeth vienne avec moi. Ainsi, elle ne se sentira pas rejetée, et elle apprendra que régner est un véritable *travail.*

— C'est une excellente idée ; de celles que je n'aurais jamais eues.

— Ce n'est pas vrai, protesta Talia.

— Si, et vous le savez bien. Comme vous allez assumer le rôle de Héraut de la reine, vous m'appellerez désormais par mon prénom. Plus de Majesté ou de Grandeur dans votre bouche !

— Oui, Maj… Selenay, répondit Talia en souriant.

— La prochaine réunion du Conseil a lieu dans deux jours, après le déjeuner. Je vous y attendrai.

Elspeth assistait ponctuellement à l'entraînement au combat de Talia. Elle était fascinée par les différentes techniques que le maître d'armes enseignait. Les autres apprentis, un peu sceptiques en apprenant qu'Elspeth serait là, se dégelèrent et se mirent à lui faire des petits signes amicaux. Bientôt, tous la considérèrent comme une amie.

Environ deux semaines plus tard, Alberich eut une idée ; fidèle à son habitude, il ne jugea pas utile d'en parler d'abord à Talia.

Les yeux du maître d'armes se posèrent comme par accident sur l'enfant.

— Toi, petite, aboya-t-il, approche !

Elspeth releva le menton. Talia vit qu'elle était près de retourner à ses anciennes manières ; elle lui fit une petite grimace, celle que la fillette appelait la « Furie-Royale », du nom qu'on lui donnait autrefois. Elspeth gloussa et toucha son bracelet ; puis elle obéit à l'injonction d'Alberich avec bonne grâce et sans trace de hauteur.

— Écoutez-moi bien, vous tous. À son âge, on n'a rien appris, donc on n'a pas de mauvaise habitude à perdre. Elle est plus souple qu'un acrobate et apprendra trois fois plus vite qu'aucun d'entre vous. Ton nom, petite ?

— Elspeth, monsieur.

Il montra un exercice simple.

— Peux-tu le faire ? demanda-t-il.

Elspeth se concentra et imita de son mieux les mouvements. Il apporta quelques corrections mineures puis lui fit répéter plusieurs fois l'exercice en allant de plus en plus vite.

— Vous voyez ? Voilà ce que vous devez faire : imiter l'esprit agile et réceptif de l'enfant. Et maintenant...

Il l'attaqua de telle manière que la réponse logique soit le mouvement qu'il venait de lui enseigner. Elle l'utilisa si bien que des applaudissements spontanés saluèrent sa performance.

— Essayez de faire aussi bien qu'elle, intima Alberich à ses élèves.

Il appela Talia.

— Tu t'occupes de cette petite ? demanda-t-il comme s'il ignorait qui était Elspeth.

— Oui, monsieur.

— J'aimerais lui donner des leçons. Cela sera-t-il possible ?

— Facilement, monsieur. Aimerais-tu apprendre le maniement des armes, Elspeth ?

— Oh, oui, dit-elle, les yeux brillants. Mais, monsieur...

— Oui, petite ?

— Vous ne me frapperez pas aussi fort que vous avez frappé Griffon, s'il vous plaît ?

Alberich rit, une chose rare pour lui.

— Non, petite. J'adapte la force de mes coups à l'épaisseur du crâne de mes élèves. Griffon a un crâne *très* épais !

Griffon, qui était juste à côté, cligna de l'œil en souriant à la petite fille.

— Ton crâne à toi n'est pas très épais, continua le maître d'armes. Donc je te frapperai très légèrement. Que dirais-tu de répéter le mouvement que je viens de t'apprendre ?

Alberich venait de porter le coup de grâce à la Furie Royale.

Il y eut quelques brèves rechutes, comme on pouvait s'y attendre, mais la fillette se comporta globalement de manière satisfaisante. Au cours de l'été, elle devint la mascotte du Collegium ; cependant personne ne s'avisa de la gâter, car chacun gardait présent à l'esprit le souvenir de la défunte Furie.

Elle proposa de participer aux activités plutôt que de regarder. À l'entraînement au tir à l'arc, elle apportait de l'eau aux élèves et des flèches pour remplacer celles qui se cassaient. Elle aidait de son mieux à étriller les Compagnons, pas seulement Rolan mais tous ceux qui se trouvaient là. Quand Talia était de corvées ménagères pendant « leurs » après-midi, Elspeth insistait pour les partager avec elle. Elle était fascinée par les travaux de ravaudage, car jamais elle ne s'était demandée comment les vêtements abîmés étaient réparés. Toutefois, elle n'était pas assez patiente pour ce type de travaux ; elle préférait effectuer des tâches plus actives, par exemple trier les vêtements en piles qu'elle baptisa « encore bons », « à porter pour l'exercice » et « cas désespéré », des appellations vite reprises par les autres, qui ne manquaient jamais de se livrer aux mimiques appropriées quand les « cas désespérés » leur tombaient entre les mains.

Cela devint un jeu apprécié de tous.

Quand les feuilles commencèrent à se détacher des arbres, personne n'aurait pu imaginer le Collegium sans Elspeth accompagnant l'un ou l'autre des cadets.

Un après-midi d'hiver glacial, on frappa un petit coup à la porte de Talia. Elle ouvrit. Devant ses yeux étonnés se tenait Sherrill, en uniforme blanc de Héraut.

Talia resta un instant sans voix. Puis elle se précipita vers son amie, la serra dans ses bras et s'écria :

— Tu as réussi ! C'est formidable !

Sherrill la regarda, une larme de bonheur dans les yeux.

— Oui, on dirait, fit-elle. Tu es la première à le savoir, à part Elcarth.

— C'est vrai ? Oh Sherrill, je ne sais pas quoi dire ! Je suis si contente pour toi ! Quand pars-tu pour ta première mission ?

— La semaine prochaine. Et... comme je suis ton mentor... il y a quelque chose dont je dois te parler avant..., fit-elle, gênée.

— Vas-y, dit Talia, se demandant pourquoi son amie était soudain si mal à l'aise.

— Eh bien... Que penses-tu des... des garçons ?

— Je ne peux pas dire que j'y ai beaucoup pensé.

— Je veux dire, est-ce que tu les apprécies ? Tu... tu sembles apprécier Skif, en, tout cas !

— Je ne suis pas comme Keren, si c'est ce que tu veux savoir.

— Non, pas vraiment, dit Sherrill, de plus en plus gênée. Je parlais des... bébés, et tout ça... Tu comprends ?

— Heureusement que oui, puisque j'allais être mariée quand Rolan m'a trouvée ! répondit Talia, amusée. J'ai aidé Keren à mettre au monde plus de poulains que tu ne peux l'imaginer ! Je crois qu'ils m'attendent pour naître.

— Je voulais dire, sais-tu comment *éviter* d'avoir des bébés ? Tu as dû remarquer qu'on ne voit pas souvent de Héraut enceinte, mais que nous ne sommes pas spécialement abstinents...

— J'ai remarqué le second point, sourit Talia en pensant aux activités nocturnes de sa voisine de palier, Destria. Mais je dois avouer que le premier m'est inconnu.

— Les Guérisseurs nous préparent quelque chose, dit Sherrill, soulagée de n'avoir pas besoin d'expliquer à sa jeune amie que les bébés ne naissaient pas dans les choux. C'est une poudre à prendre tous les jours, sauf pendant les menstruations. Elle te permet aussi de modifier tes cycles, pour éviter d'avoir tes règles si cela est trop ennuyeux, par exemple en mission. J'ai pensé qu'il valait mieux que je t'en parle. Pour l'instant, je sais que tu n'en as pas besoin mais cela pourrait arriver bientôt, si j'en juge par les regards égrillards que te lance le jeune Skif.

— Oh, Sherrill, tu t'es souciée de me parler de tout cela le jour où tu as reçu ton uniforme blanc ? s'extasia Talia. Qu'ai-je fait pour mériter une amie comme toi ?

La poudre fonctionna aussi bien que les petites éponges que Sherrill lui avait conseillé d'adopter à la place des serviettes qu'elle utilisait auparavant pour ses périodes. Du moins, en ce qui concernait la modification des cycles, que Talia apprécia fort.

Elle n'eut jamais vraiment l'occasion de tester l'efficacité de l'autre propriété de la poudre.

Elle et Skif étaient si souvent ensemble que Talia l'avait inconsciemment rangé dans la catégorie des amis « sans danger », surtout depuis l'affaire Hulda. De plus, ils étaient presque du même âge, Skif n'étant guère plus grand qu'elle. Il baissait la voix en sa présence, car il avait compris qu'elle était facilement effrayée par les hommes.

Ils étaient camarades depuis le début. Maintenant Skif était attiré par elle d'une manière toute différente.

Ce qui se passa ensuite ne fut donc pas surprenant.

Après l'accident de la rivière, Alberich avait demandé à Sherrill de donner des leçons de natation à Talia, comme en recevaient les enfants de la région des Lacs. Avant de partir pour sa première mission, en guise d'adieu, Sherrill jeta Talia par surprise dans la rivière, à peu près à l'endroit où elle avait failli périr. L'eau était presque aussi froide ; Sherrill se tenait sur la berge prête à intervenir en cas de problème, mais Talia passa l'examen impromptu haut la main.

Skif la rencontra comme elle rentrait dans sa chambre, riante et frissonnante de froid, pieds nus, et dégoulinante sous la couverture dont elle s'était enveloppée.

— Par le ciel ! fit-il, que t'est-il donc arrivé ?

— Sherrill m'a jetée à l'eau. Non, attends, dit-elle en le voyant partir, une lueur meurtrière dans les yeux. C'était sur ordre d'Alberich. Elle m'a appris à nager ; elle voulait vérifier que j'avais assimilé son enseignement.

— Fichtre de test, grommela Skif.

Puis, à la surprise de Talia, il la prit dans ses bras et la porta jusqu'à son lit.

— Ils ne te laissent jamais tranquille, n'est-ce pas ? demanda-t-il en l'aidant à quitter ses vêtements trempés avant de s'échiner à allumer un feu dans sa cheminée.

— Tu en fais deux fois plus que tout le monde, reprit-il, et en plus ils t'imposent ce genre de choses…

Elle se retourna et tituba. Skif la rattrapa ; tout à coup, elle se trouva face à lui, le regardant droit dans les yeux. Risquant le tout pour le tout, il l'embrassa.

Ils se séparèrent un long moment plus tard, troublés.

— Euh, Talia..., fit-il.

— Je t'apprécie beaucoup, Skif, dit-elle. Vraiment beaucoup

— C'est vrai ? (Il rougit.) Moi aussi, tu le sais bien !

— Tu connais ma voisine de palier ? Personne ne ferait attention si... Tu comprends ce que je veux dire...

— Talia..., souffla-t-il, n'osant croire à sa bonne fortune. Mais... je vois que tu as mis ton meilleur uniforme... Tu as un rendez-vous ?

— Je dois assister à une réunion du Conseil. Mais après...

Hélas pour le pauvre Skif, la réunion fut longue et ennuyeuse. Éprouvée par son bain glacé et les radotages des Conseillers, Talia retourna dans sa chambre et s'assit sur le lit pour se reposer un peu en attendant Skif.

Quand il arriva, elle dormait à poings fermés, tout habillée.

Il se mordit les lèvres de frustration. Puis son expression s'adoucit. Il posa délicatement une couverture sur elle et lui donna un chaste baiser sur la joue. Elle était si fatiguée qu'elle ne frémit même pas.

— Peu importe, ma dame, murmura-t-il. Nous remettrons ça à une autre fois...

— Par le ciel, petite ! s'écria Jadus en voyant l'expression tendue de Talia, que t'arrive-t-il ?

— Je... ne sais pas exactement... dit-elle avec hésitation. Tout le monde est tellement *en colère*. J'ai essayé de lever mes boucliers, mais je n'y parviens pas...

— Tu aurais dû en parler plus tôt. Elcarth aurait pu t'aider…

— Elcarth était occupé et tous les autres étaient trop furieux pour que je les approche. Jadus, que se passe-t-il ? Je croyais que les Hérauts ne se mettaient jamais en colère !

— Parce que tu n'étais pas en état de percevoir l'humeur du Collegium l'hiver dernier, ma chère petite.

— Vous changez de sujet, accusa Talia. De plus si cela a quelque chose à voir avec Selenay ou Elspeth, je *dois* savoir de quoi il s'agit.

— Ce n'est pas une histoire très reluisante, dit Jadus après avoir réfléchi un instant. Un Héraut du nom de Dirk s'est amouraché d'une des belles dames de la Cour. Ce n'est pas si rare, surtout la première fois qu'un jeune homme est affecté à la Cour. Mais dans ce cas, la belle s'est servie du garçon pour se rapprocher de ses amis. Quand il s'en est aperçu, elle lui a dit des choses très cruelles, qui ont totalement détruit sa confiance en lui. Elle l'a convaincu qu'il ne vaut rien ; il a été renvoyé dans sa famille pour un certain temps, dans l'espoir qu'il se remettrait. Je l'espère, Dirk est un bon garçon, et un Héraut de valeur. Il en valait *cinquante* comme cette coquette sans cervelle ! La colère que tu captes a pour cause notre impuissance à punir cette femme. Nous ne sommes pas surhumains, fillette ; nous savons ce que sont la rage et l'angoisse de ne pas pouvoir venger l'un des nôtres. Mais nous obéissons à l'esprit et à la lettre de la loi.

Talia quitta Jadus en se demandant si elle serait jamais digne d'autant d'affection.

Skif glissa un billet à Talia au petit déjeuner. « Chez moi, ce soir ? »

Elle lui sourit et fit discrètement signe que oui.

Quand il revint dans sa chambre, après une séance d'entraînement particulièrement intensive, il était épuisé et endolori de la tête aux pieds. Il avait oublié le rendez-vous et ne pensait qu'à une chose : manger. Mais il n'avait pas envie de se traîner jusqu'à la cuisine.

Quand il vit Talia assise sur son lit, il n'en crut pas ses yeux.

— Par les dieux, Talia, je t'avais oubliée !

— Je m'en étais aperçue, dit-elle en lui tendant le thé et la collation qu'elle avait préparés pour lui. J'ai pensé que tu aurais besoin de nourriture et d'une oreille compatissante. Nous verrons ensuite si cela te met en forme pour autre chose.

— Alberich est un vrai sadique, gémit-il.

Il s'assit précautionneusement.

— Sais-tu ce qu'il m'a dit ? « J'ai décidé que tu serais mon assistant, cela te laissera moins de temps pour te livrer à tes facéties. » Il ne m'a pas prévenu que j'allais servir de partenaire à d'énormes brutes qui ont déjà reçu leur uniforme blanc ! Surtout, il ne m'a pas averti que je devrais donner des cours à trois géants qui n'ont jamais vu d'arme plus complexe qu'une massue ! Des fermiers… Je te demande un peu !

Talia lui massa les épaules en chuchotant quelques paroles d'un ton compatissant.

— J'ai mal à des endroits que tu n'arriverais pas à imaginer, fit-il en avalant sa nourriture à une allure légèrement moins rapide que d'habitude.

— Je pourrais peut-être t'aider…, sourit-elle en continuant à le masser.

Son lit était tout près. Elle parvint à retirer presque tous les vêtements de Skif, et une bonne partie des siens. Elle avait trouvé de l'huile d'amandes et s'en servit pour dénouer les muscles endoloris du garçon. Il commençait à se sentir revivre. À ce moment-là, il commit l'erreur fatale : fermer les yeux.

Talia comprit que c'était sans espoir, quand elle l'entendit ronfler.

Elle soupira, se leva et remit ses vêtements. Puis elle le borda comme un bébé et retourna dans sa chambre.

Aux vacances d'hiver, cette année-là, elle resta au Collegium, ravie d'avoir l'occasion de lire toute la nuit si elle le souhaitait. En plus de Jadus, Mero et Gaytha demeurèrent au Collegium, ainsi que Keren et Ylsa. Tous les six se retrouvaient souvent dans la chambre de Jadus pour de longues discussions arrosées de cidre chaud – ou pour du cidre chaud agrémenté de longues discussions.

Keren et Ylsa l'emmenèrent faire de grandes promenades dans la campagne, hors de la capitale. Elles parvinrent même à persuader Jadus de les accompagner. Keren apprit à Talia à patiner sur une mare gelée dont la surface était plus lisse qu'un miroir.

Des patins d'acier poli fixés à ses bottes, Keren glissait sur la mare avec la grâce d'un faucon en vol. Talia, au contraire, tomba beaucoup, du moins au début.

— Vous essayez de vous venger de moi, accusa-t-elle Keren en riant. Je n'ai jamais eu mal aux fesses en montant, donc vous avez trouvé un autre moyen pour que j'aie peine à m'asseoir !

Keren gloussa et l'aida à se relever.

Talia trouva son équilibre au bout de quelque temps. Elle parvint à se déplacer sans tomber, même si elle ressemblait plus, de son propre aveu, à un dindon qu'à un faucon !

Les leçons de patinage eurent lieu tous les deux jours ; au Solstice d'Hiver, Talia était assez dégrossie pour parvenir à glisser à reculons, même si ses mouvements étaient encore un peu maladroits.

Une fois encore, elle passa les fêtes avec les serviteurs qui avaient également invité les cinq autres membres du groupe. Talia fut parfaitement satisfaite de ses vacances d'hiver.

Quand les classes recommencèrent, elle décida d'ajouter à son programme un cours de langue et un de jurisprudence, en sacrifiant l'heure libre qu'elle passait habituellement à la bibliothèque. Souvent, il lui semblait que les jours n'étaient pas assez longs pour y caser ses activités, mais elle parvint tout de même à se débrouiller.

Son lien avec Rolan continua à se renforcer. Il lui semblait désormais qu'il était toujours présent dans son esprit. Maintenant, elle savait qu'une partie de la sagesse étonnante dont elle avait fait montre au bénéfice de la reine provenait de lui ; c'était Rolan qui l'avait guidée quand elle avait dû sortir Skif du mauvais pas où il s'était fourré pour l'aider, lors de l'affaire Hulda. Après tout, il avait partagé l'esprit d'un homme de grande valeur, l'ancien Héraut de la reine Talamir, pendant toute sa vie. Il était juste qu'il en fasse bénéficier Talia.

Pourtant, une partie de cette sagesse était inhérente à Talia : celle qui en faisait le Héraut Personnel de la reine.

Bientôt, les bourgeons apparurent sur les arbres. De nouveaux cadets arrivèrent. Leur extrême jeunesse étonna Talia. Quand elle y réfléchissait, elle s'étonnait de sa *propre* jeunesse, car elle avait le sentiment d'avoir déjà vécu plusieurs vies.

Le printemps lui apporta un peu de répit. Keren lui avait appris tout ce qu'elle savait, et déclara qu'il n'y aurait plus de leçons d'équitation. Talia continua à l'aider à donner des cours particuliers aux cadets qui en avaient besoin, mais c'était loin d'être aussi fatigant.

À présent que Keren n'était plus le professeur de Talia, leur relation put devenir une amitié profonde – plus encore que celle que Talia avait eue avec sa sœur Vrisa. Malgré leur différence d'âge – Keren avait un peu plus du double de celui de Talia – elles s'aperçurent que cela importait peu. Talia réalisa que Keren était la seule personne du Collegium avec qui elle pouvait se laisser aller. Peut-être parce qu'elle comprenait ce qu'était le poids des responsabilités du Héraut de la reine, ayant vécu une expérience similaire, dans sa propre famille. Pouvoir dire à quelqu'un tout ce qu'elle avait sur le cœur rendit la vie de l'adolescente beaucoup plus facile.

Pour Keren, Talia était l'une des rares personnes, même dans le Cercle Héraldique, qui acceptât sans retenue sa relation avec Ylsa et ce que cela impliquait. Nombre de Hérauts admiraient Keren, mais semblaient mal à l'aise en sa présence, comme si ses préférences sexuelles risquaient de les contaminer. Keren se sentait fréquemment seule, avec Ylsa si souvent en mission au loin. L'amitié de Talia allégea un peu cette solitude.

Talia apprit au sujet de son amie quelque chose que peu de gens soupçonnaient. Son apparence de force et de compétence cachait une grande fragilité. Sa stabilité émotionnelle reposait sur trois axes, sa relation avec Teren, son lien avec Dantris, son Compagnon, et enfin son union avec Ylsa. C'était en partie pour cela que les jumeaux avaient été tous deux affectés à l'enseignement quand était venu le temps de les exempter de missions sur le terrain. Au Collegium, Dantris et Teren ne couraient pas de risques particuliers. Ylsa avait reçu l'affectation de Messager Spécial à cause de l'endurance exceptionnelle de Felara. Ce travail était moins dangereux que beaucoup d'autres. Pourtant, Talia se disait souvent que si quelque chose arrivait à Ylsa, Keren ne s'en remettrait pas.

La nuit était belle; il était encore trop tôt pour les insectes. L'endroit semblait parfaitement idyllique, avec son lit de jeunes fougères. Talia avait rencontré Skif, par hasard, en revenant avec Elspeth du Champ des Compagnons.

—Tu es à l'aise?

—Hum... oui... Et les étoiles...

—Elles sont splendides. Je pourrais les regarder sans me lasser.

—Je croyais, taquina Talia, que tu avais autre chose en tête...

—Oh oui, dit-il.

Mais il avait passé l'après-midi avec Alberich. Talia, elle, avait été occupée depuis les petites heures du matin.

Cette fois, ils s'endormirent ensemble.

Le chant des oiseaux et la rosée les éveillèrent, juste comme l'aube pointait.

—Je ne voudrais pas avoir l'air pessimiste…, commença Skif.

—Je sais. Nous n'y arriverons jamais, n'est-ce pas ?

—Je ne crois pas. Les dieux doivent être contre nous…

—Je crois que nous ferions mieux de rester amis. Ce ne sera pas faute d'avoir essayé, pourtant !

Leurs camarades de classe ne se rendirent jamais compte que leurs rendez-vous galants n'avaient pas porté de fruit. Chacun pensait que Talia n'était pas une fille facile ; en conséquence, Skif acquit une réputation de séducteur imparable. Étonné mais ravi, il entreprit de l'exploiter. À ce moment, Alberich prit Jeri comme assistante. Les accès de somnolence qui avaient troublé l'histoire d'amour du jeune homme avec Talia ne se reproduisirent plus. La jeune fille sourit et garda le silence quand on la taquinait au sujet de Skif. Personne ne sut rien de leur « secret ».

Le glas sonna quatre fois cette année-là. Talia dut assumer un nouveau rôle, tout à fait inattendu.

Après avoir assisté aux funérailles de la première victime, elle était allée trouver Rolan au Champ des Compagnons. Comme son nom ne l'indiquait pas, le Champ était un terrain vallonné de plusieurs acres, partiellement boisé, qui abritait les étables (en cas de mauvais temps), la grange, le hangar contenant le fourrage, et enfin la remise à sellerie, un bâtiment de bonne taille muni de cheminées à chaque extrémité. Le cœur du Champ des Compagnons était le bosquet, où étaient apparus les Compagnons originels. Là se trouvait aussi la tour du glas. Autour, il y avait nombre de ruisseaux et de mares, et quantité de petits fourrés.

L'intuition de Talia l'amena vers un de ces coins isolés, où une petite mare se nichait au fond d'une minuscule vallée ombragée. Elle y rencontra un Héraut qui regardait fixement l'eau, son Compagnon l'observant anxieusement en lui donnant des petits coups de tête.

— Voulez-vous que nous parlions ? demanda-t-elle.

Il jeta un bout d'écorce dans la mare.

— C'est moi qui l'ai trouvé. Gerick, je veux dire.

— C'était moche ?

— Plus que vous ne l'imaginez. Ce qui l'a tué n'était pas humain. Le pire…

— Oui ?

— C'est qu'il patrouillait *dans mon* secteur. Si je ne m'étais pas cassé la jambe, c'est moi qui serais mort. Peut-être.

— Vous pensez que vous y auriez échappé ?

— Il se passait des choses bizarres dans les Marches de l'Ouest, surtout dans mon secteur. Je l'ai prévenu, mais il s'est moqué de moi, disant que j'étais là depuis trop longtemps et que j'imaginais des choses. Si ça avait été moi… Je ne sais pas.

Talia ne dit rien. Elle savait qu'il n'avait pas terminé.

— Je n'arrive plus à dormir, dit le Héraut. Chaque fois que je ferme les yeux, je le vois tel qu'il était quand je l'ai trouvé. Tout ce sang, la souffrance inscrite sur ce qui restait de son visage… Par les Douze Cercles des Enfers !

Pourquoi ? Je n'ai jamais connu quelqu'un qui aime autant la vie que lui ! Pourquoi, fallait-il qu'il périsse ainsi ?

— Personne ne peut vous répondre, je le crains, dit doucement Talia. Je crois que nous comprendrons le pourquoi des choses à notre dernière heure... Mais, s'il aimait la vie autant que vous le dites, Gerick a dû profiter de chaque minute ?

— C'est vrai, savez-vous ? Il m'arrivait de lui reprocher ses frasques ; il se contentait de rire. Ne sachant pas ce qui l'attendait le lendemain, il profitait du présent pour boire, rire et aimer ! Comme s'il avait voulu vivre sa vie en accéléré... Il a bien eu raison ! Je me rappelle une fois...

Il égrena un chapelet de souvenirs, presque oublieux de la présence de Talia. Il s'arrêta quand sa gorge lui fit mal. Ébahi, il réalisa qu'il parlait depuis au moins deux heures.

— Par le ciel, que suis-je en train de vous raconter ? s'écria-t-il soudain, voyant que sa compagne était une adolescente. Je suis désolé... Comment vous appelez-vous ?

— Talia. (Elle sourit de voir que le Héraut reconnaissait le nom.) Inutile de vous excuser. Je me suis contentée de vous écouter. Maintenant, vous vous souvenez de votre ami tel qu'il était dans la vie, non dans la mort. N'est-ce pas mieux ainsi ?

— Oui, dit l'homme, pensif.

Son visage s'était apaisé. Talia ne sentait plus le désespoir destructeur qui l'avait attirée en ce lieu. Du chagrin, oui, mais plus d'obsession.

— Je dois y aller maintenant, dit-elle. Vous devriez dormir un peu pour ne pas tomber malade.

— Merci, Héraut de la reine, murmurait-il comme elle partait.

Mais le ton de sa voix en disait long.

Le second Héraut qui mourut cette année-là fut victime d'une avalanche. Convaincre son amante qu'il n'avait pas pris de risques inutiles à cause de la querelle précédant son départ tint de l'exploit. Talia avait l'air si épuisée le lendemain que Nerrissa, promue Héraut et professeur du premier cours du matin, la renvoya à son lit.

Le troisième décès fut l'occasion d'une autre séance d'introspection avec Selenay. La reine était rongée par la culpabilité d'avoir envoyé une jeune Héraut inexpérimentée régler une querelle explosive entre deux familles de l'Est. La dispute ayant dégénéré en conflit ouvert, la jeune femme s'était trouvée sur le chemin d'une flèche perdue en essayant de réconcilier les deux ennemis. Avec plus d'expérience, elle ne se serait pas exposée de la sorte.

Bien entendu, Selenay n'avait eu aucun moyen de mesurer l'ampleur du conflit au moment où elle avait envoyé Beryl ; mais elle prétendait qu'elle aurait dû deviner.

Au moment de la mort du quatrième Héraut, juste après les vacances de Solstice d'Hiver, Talia se trouva incapable de consoler qui que ce soit.

Le défunt n'était autre que Jadus...

Un matin, sachant que quelque chose n'allait pas, et que cela concernait Jadus, elle s'éveilla avant l'aube. Elle prit à peine le temps d'enfiler un manteau par-dessus sa chemise de nuit et courut jusqu'à la chambre du vieil homme. Un Guérisseur en sortait. Son regard lui apprit instantanément la vérité.

Jadus était mort paisiblement, dans son sommeil. Son Compagnon aussi avait rendu l'âme, sans doute au même moment.

Rien de tout cela ne la consola.

Elle se retira dans sa chambre et s'assit au bord de son lit. Elle pensa à tout ce qu'elle avait voulu lui dire, tout ce qu'il avait représenté pour elle. C'était trop tard, désormais ; trop tard pour le remercier, trop tard pour lui parler, pour faire de la musique en sa compagnie…

— Petite colombe… J'ai appris…, dit Keren.

Talia n'avait même pas vu la porte s'ouvrir. Elle leva les yeux vers son amie. Le glas sonna au même instant.

Talia commença à pleurer silencieusement, comme si la cloche funèbre avait donné libre cours à ses larmes.

Keren la serra contre elle. Elles pleurèrent ensemble leur vieil ami et tout ce qu'il avait signifié pour elles. Quand elles relevèrent la tête, elles virent avec étonnement que le doyen Elcarth était assis au pied du lit de Talia.

— J'ai deux choses à vous dire, ma chère petite, déclara-t-il. D'abord, Jadus était un vieil ami qui fut mon conseiller lors de ma première mission. Il m'a laissé la charge de m'occuper de ses affaires après sa mort, car il savait qu'il n'avait plus longtemps à vivre. Il m'a demandé de vous remettre ceci…

Il lui tendit l'étui qui contenait sa harpe.

Talia le prit entre des mains tremblantes et le regarda fixement, incapable de parler.

— L'autre chose est que vous avez rendu Jadus plus heureux au cours des deux dernières années qu'il ne l'a été depuis la perte de sa jambe. Il n'était pas un très bon professeur. Les cours que nous lui avions demandé d'assurer servaient à lui donner l'impression de se rendre utile, il le savait. Jusqu'à votre arrivée, il s'était replié sur lui-même, sur son passé. Vous lui avez rendu sa dignité. Quand vous avez été malade, vous n'imaginez pas à quel point vous soigner l'a fait se sentir *vivant* de nouveau. Sans parler de la joie qu'il avait à vous conseiller et à vous guider ; cela représentait tout à ses yeux.

— Il le savait ? Il savait combien j'avais besoin de lui ?

— Bien sûr ! Il avait le Don de perception des pensées. Même si votre bouclier mental est efficace, petite, quand deux êtres ont l'un pour l'autre l'affection qui vous unissait, elle se sent ! Quand vous êtes venue le trouver pour l'affaire Hulda, je ne saurais vous dire quelle fut sa fierté ! Il me disait souvent que ne pas avoir de famille n'importait plus, du moment qu'il vous avait. Sans compter tous les amis que vous lui avez amenés. C'était un vieil homme très solitaire avant votre arrivée, Talia. Grâce à vous, il est mort heureux et comblé.

Elcarth baissa la tête et se frotta les yeux.

— Je dois y aller, dit-il enfin.

Il se leva. Talia lui prit la main.

— Merci, murmura-t-elle.

Elle ne parvint pas à toucher la harpe de Jadus avant plusieurs mois. Quand elle le fit, elle pratiqua tous les jours, même si son ami lui manquait plus cruellement à ces moments-là.

Mais elle essaya toujours de se souvenir de lui vivant et alerte, sa harpe à la main, un sourire heureux sur les lèvres.

Elle revoyait souvent son visage, quand il leur avait dit, à elle et à Skif, de laisser le problème Hulda entre ses mains : fort et confiant, parce que quelqu'un avait besoin de lui.

Elle se remémorait le rire et la joie qu'ils avaient partagés le jour d'hiver où Keren lui avait appris le patinage.

Tout cela l'aidait un peu.

Mais seulement un peu.

CHAPITRE 11

— Diantre ! Je suis en retard !

Talia jura en apercevant l'heure sur le cadran solaire du jardin. Elle ramassa hâtivement ses notes et se précipita hors de sa chambre.

En trois ans au Collegium, elle avait découvert quelques raccourcis qui lui permirent d'arriver à la salle de cours quelques instants avant le Héraut Ylsa et le doyen. Elle passa une main dans sa crinière bouclée pour la discipliner un peu, juste assez pour qu'on ne remarque pas trop sa course à travers les couloirs.

Son apparence avait beaucoup changé en trois ans. L'adolescente aux membres trop grêles avait disparu, cédant la place à une jeune femme mince, souple et athlétique. Le bénéfice en revenait en partie à la croissance, en partie à l'entraînement d'Alberich. Extérieurement, elle était pleine de confiance en elle, mais cette façade cachait une certaine timidité et un reste d'incertitude. La couleur indécise de ses cheveux s'était transformée en auburn. Elle les portait à hauteur des épaules. À son désarroi, car elle aurait aimé avoir des cheveux raides et noirs comme ceux de Sherrill, mais ils étaient restés frisés. Elle n'était pas belle à proprement parler, mais elle charmait tout le monde quand elle souriait. Tous ceux qui la connaissaient l'appréciaient. Les cadets les plus anciens avaient pris sur eux de prévenir les Bleus qu'ils feraient mieux de la laisser tranquille, sous peine de représailles. Ses professeurs essayaient de l'intéresser aux cours en faisant de leur mieux afin qu'elle ait la possibilité d'honorer toutes ses obligations. Les plus jeunes élèves l'idolâtraient, car elle avait toujours un mot gentil pour eux, les encourageant quand ils se sentaient déprimés ou seuls. Ses pairs avaient formé pour elle une sorte de garde d'honneur, présidée par Griffon, toujours prêt à la soulager d'une corvée ou d'une tâche quand le besoin s'en faisait sentir.

En échange de ces attentions, elle témoignait une gratitude sans affectation qui faisait se sentir privilégiés ceux qui l'avaient aidée.

Pourtant, elle gardait toujours un certain sentiment d'*isolement*. Sauf avec ses quelques amis intimes, Skif, Keren, Sherrill et Jeri. On eût dit qu'elle n'appartenait pas réellement au Collegium.

Talia recevait sans cesse l'affection et l'attention dont elle avait besoin, mais l'impression de ne pas faire grand-chose pour les mériter lui gâchait un peu le plaisir.

Démasquer Hulda avait été en grande partie l'œuvre de Skif. Civiliser Elspeth avait surtout consisté à l'obliger à assumer les conséquences de ses actes et à la ramener à son comportement antérieur. Servir d'oreille compatissante à Selenay ne lui semblait pas requérir non plus de grands talents. Quand elle avait le temps d'y penser, elle se disait qu'elle ne ferait pas vraiment partie intégrante du Collegium tant qu'elle n'aurait pas réussi quelque chose qu'elle seule pouvait accomplir au bénéfice du Cercle Héraldique.

Elle ne comprenait pas qu'en apaisant les tourments de ses contemporains elle remplissait déjà cette fonction. À ses yeux, n'importe qui aurait pu le faire, si les circonstances s'y étaient prêtées. Seuls Elcarth, le Héraut Kyril (qui étudiait particulièrement les Dons héraldiques) et Ylsa mesuraient à quel point son talent était exceptionnel, et combien elle leur manquerait si elle n'était pas parmi eux.

Mais elle ne parlait jamais de ses incertitudes ; abusé par son apparence enjouée, personne ne se doutait de ce qu'elle pensait.

Seuls Keren et Rolan étaient témoins de ses crises de doute, de colère, de dépression ou d'apitoiement sur elle-même. Aucun d'eux n'aurait trahi sa confiance, qu'elle accordait rarement. Au bout de trois ans, il lui était toujours difficile de se fier aux autres.

En ce jour précis commençait une nouvelle étape de ses études ; cela l'effrayait un peu. Elle devait maintenant apprendre à utiliser sa capacité de percevoir la détresse des autres.

Les leçons de « magie héraldique » allaient commencer.

Le cours concernait trois autres étudiants, les jumeaux Drake et Edric, et un garçon silencieux aux cheveux roux arrivé l'année après Talia. Les pouvoirs de Neave, c'était son nom, avaient causé quelques perturbations au début, avant qu'il en soit identifié comme la source. C'était un « projeteur ». Sans le vouloir, il avait envoyé ses cauchemars dans les rêves de tous ceux qui étaient réceptifs et n'avaient pas encore appris à lever leurs boucliers. Sa vie ayant été plutôt agitée jusqu'à ce qu'il soit élu, ses camarades avaient souffert de plusieurs nuits sans sommeil !

Quand le doyen Elcarth entra dans la salle, Talia s'aperçut qu'elle était complètement crispée. Elle avait appris à maîtriser les manifestations les plus courantes de son Don, mais elle avait du mal à oublier les préjugés des Hold, qui considéraient ces pouvoirs comme anormaux, voire démoniaques.

Elle fit un effort pour se détendre ; après tout, chaque Héraut devait apprendre à se servir de son Don. Heureusement, les professeurs étaient deux personnes qu'elle connaissait bien. Elcarth lui fit un petit sourire d'encouragement qui la ragaillardit.

Le doyen regarda ses quatre étudiants. Drake et Edric avaient l'air à l'aise ; il était vrai que le Don faisait partie d'eux depuis leur naissance. Il sourit à Neave et Talia et se lança dans son discours habituel.

— Nous vous avons mis ensemble dans cette classe parce que vos Dons appartiennent à la même « famille », le secteur de la communication. Nous appelons ces pouvoirs « magiques » quand nous en parlons dans le monde extérieur, mais sachez qu'ils n'ont rien d'anormal. Vous avez des talents, comme un Barde, un artiste, ou un artisan. Inutile d'avoir peur de ce qui vous a été accordé. Il vous suffit d'apprendre à utiliser ces Dons pour votre bénéfice et celui des autres.

» Talia et Neave, vous connaissez, Ylsa. C'est elle qui a découvert l'éveil prématuré de vos Dons car elle est une des plus douées pour les utiliser et les détecter. Elle sera donc responsable de ce cours ; je suis ici pour l'aider. N'ayez pas peur de lui poser des questions ; malgré sa réputation, elle ne mord pas…

— Pas très fort, en tout cas, interrompit Ylsa en souriant.

— Et si elle ne connaît pas la réponse à vos questions, elle sait où chercher et à qui demander ! Ylsa, c'est à vous !

— Bien, dit-elle, croisant les bras et s'appuyant à son bureau, par quoi allons-nous commencer ? L'un de vous a-t-il des questions ?

— Héraut, dit Neave, l'air troublé, cette « magie » est-elle maléfique ?

— Une arbalète est-elle maléfique ? demanda Ylsa.

— Cela dépend de qui la manie, fit l'un des jumeaux, et de qui elle vise.

— Exactement. Ton Don peut être utilisé pour faire le mal, comme n'importe quelle arme. Ne t'y trompe pas : c'est une arme quand tu en décides ainsi. Mais tu ne serais pas avec nous en ce moment si tu étais disposé à faire le mal. Crois-en le jugement de ton Compagnon, Neave. Ils ne choisissent jamais leur élu parmi les êtres mauvais. Les rares fois où un Héraut est devenu mauvais – et cela n'est plus arrivé depuis deux cents ans –, il a été répudié par son Compagnon. Comme toi et Kyldathar semblez toujours dans les meilleurs termes, tu n'as aucun souci à te faire !

— Héraut, dit l'autre jumeau, nos Compagnons semblent rendre le Don plus fort. Edric et moi pouvions « parler » un peu ensemble, mais depuis que nous avons été élus, la communication est beaucoup plus claire et plus facile.

— Bien ! Je me demandais si l'un de vous s'en était aperçu. Oui, les Compagnons renforcent nos Dons et développent ceux qui sont latents. Vous le constaterez : vos Dons sont bien plus puissants quand vous êtes en contact physique avec le Compagnon ou sous le coup d'une émotion violente. Personne ne saisit le mécanisme exact, car nos Dons ne sont pas aisés à mesurer.

— Héraut Ylsa, nous avons tous entendu parler de l'Enchantement de Vérité. Allons-nous apprendre des *enchantements* ? demanda Talia. Mon peuple pense que tous les sorts sont l'œuvre du démon.

— Oui, vous apprendrez des enchantements, mais pas ce que les gens des Hold considèrent comme tels. Pour nous, ce sont plutôt des exercices permettant la concentration. Quand vous vous concentrez, vous augmentez vos capacités ; c'est aussi simple que cela. Le mot « enchantement » est une façon pratique de définir ce qui se passe.

— Mais alors, tout le monde possède ce genre de Don ? demanda Neave.

— Effectivement. Mais pour la plupart des gens, il est si faible qu'il ne leur est pas réellement utile. Par exemple, Talia a un joli brin de voix, mais elle n'aurait jamais pu devenir Barde. Même parmi nous, la force des Dons varie. Nous en avons tous assez pour créer le lien avec notre Compagnon et pratiquer l'Enchantement de Vérité. Mais les Dons très puissants sont rares chez les Hérauts. Il semblerait que ce soit les Guérisseurs qui aient les plus forts : ils sont assez semblables aux Dons de communication. Vous serez peut-être appelés à aider des Guérisseurs, en cas d'urgence. Parfois, les Don les plus puissants se dissimulent ; j'ai connu un ou deux cas où une incapacité persistante cachait une capacité très puissante. Généralement, le contact avec le Compagnon éveille le Don, et celui-ci se développe en même temps que le lien mental, jusqu'au moment où le Héraut acquiert le contrôle conscient de son Don. Il est alors possible de vous entraîner à l'utiliser, et à connaître ses limites. Oh, pendant que j'y suis, au sujet de l'Enchantement de Vérité, c'est *réellement* un enchantement, au sens qu'entendent les récits des Bardes. Si votre Don est puissant, vous pourrez l'utiliser pour obliger les gens à dire la vérité ; s'il est moins fort, vous serez seulement capables de détecter s'ils mentent ou pas. L'Enchantement de Vérité est la dernière chose que vous apprendrez. À présent, si tout le monde est prêt, nous allons arrêter de parler et commencer nos exercices.

Pour une fois, apprendre quelque chose ne fut pas un jeu d'enfant pour Talia. À son grand désarroi, maîtriser le Don se révéla beaucoup plus difficile que de le bloquer ou le laisser diriger passivement ses actions. Les autres la dépassèrent rapidement dans cet exercice. La combinaison de concentration et de relaxation qui semblait indispensable pour y exceller lui échappait. Plusieurs semaines plus tard, elle n'était pas plus avancée qu'au début des cours.

— Tu sais, lui dit un jour Ylsa, comme si elle était en train de comprendre quelque chose d'évident, je crois que nous essayons de développer le mauvais Don. Je ne suis plus du tout sûre que ton Don principal soit la perception des pensées.

— Que peut-il être d'autre ? s'écria Talia.

— Tout ce que tu m'as dit, et ce que j'ai vu, n'indique pas l'esprit, mais le cœur. Ton appel à Rolan était motivé pas la peur. Quand tu aides Selenay ou d'autres Hérauts, tu réponds à l'appel du chagrin, de la culpabilité, du deuil… Ce que tu as perçu de moi la première fois était l'amour… ou l'envie de faire l'amour, dit-elle, faisant un clin d'œil à Talia, qui rougit. Sérieusement, reprit Ylsa, tu es capable de percevoir les pensées si tu y es bien préparée, ou si tu es en transe. Mais ce que tu reçois le mieux et le plus directement, ce sont les *émotions*. Quand il n'y en a pas en jeu, comme à l'entraînement, tu as beaucoup de mal à percevoir quelque chose. Je n'y ai pas pensé avant, parce que le Don de capter les émotions ne se trouve presque jamais seul, mais associé aux Dons de guérison ; les Compagnons ne choisissent jamais leurs élus parmi ceux qui ont les Dons de guérison, sans doute parce qu'ils sont trop nécessaires comme Guérisseurs. Et que t'ai-je dit depuis le début des cours ?

— De me détendre et de ne penser à rien, dit Talia, commençant à comprendre où Ylsa voulait en venir, et en particulier pas *aux émotions provenant de l'extérieur*.

— Et bien sûr, tu as échoué. Nos Dons sont délicats à manipuler. Ils dépendent beaucoup de notre foi en nos capacités. Chaque fois que tu échoues, tu perds un peu de confiance et c'est encore plus difficile la fois d'après. Il est temps que nous changions d'orientation.

— Par exemple ?

— Tu verras… Garde simplement tes boucliers baissés. Si ce que je pense est vrai, je ne veux pas que tu t'attendes à quelque chose en particulier.

Ylsa se tourna vers Neave et lui murmura quelques mots à l'oreille. Il fit un signe de tête et sortit.

Soudain, Talia fut assaillie par une terreur indicible, suivie de près par une image, qui se transforma rapidement en vision, car la pièce et les gens disparurent, remplacés par une salle de taverne enfumée. Des hommes ivres et quelques femmes à l'air débauché étaient avachis aux quatre coins de la salle. Les hommes étaient beaucoup plus grands qu'elle ; on eût dit qu'elle était revenue à la taille d'un enfant de dix ans. Elle essayait de se glisser entre eux, mais l'un des ivrognes émergea de sa stupeur et lui agrippa le bras au passage.

— Viens, ici, mon joli, dit-il d'une voix doucereuse malgré les efforts de Talia pour se dégager. Je veux te faire un petit cadeau…

Sachant parfaitement ce que l'homme cherchait, elle tenta de hurler ; mais elle avait si peur qu'elle n'émit qu'un couinement. C'était comme un cauchemar duquel l'éveil était impossible. Elle se laissa submerger par la panique. Puis quelque chose brisa la transe où elle était tombée.

— Talia ! Ylsa la secoua en lui tapotant les joues.

— Talia, dresse tes boucliers !

— Par la Déesse…, dit la jeune femme en s'affalant dans son siège. Que s'est-il passé ?

— J'ai demandé à Neave de projeter l'image la plus affectivement chargée qu'il pouvait créer, dit Ylsa. Nous avons réussi au-delà de nos espérances ! Tu n'as pas seulement reçu l'image, tu as été complètement piégée. Bien, cela répond déjà à une question : ton Don est bien l'empathie. Nous allons pouvoir te former beaucoup plus efficacement.

— Par la Déesse, répéta Talia en enfouissant son visage dans ses mains, pauvre Neave ! Si vous aviez vu ce que j'ai vu… Comment cela peut-il exister ?

— Je suis né à l'extérieur du royaume, dit Neave en rentrant dans la pièce.

Il avait l'air très calme pour quelqu'un dont l'esprit contenait de tels souvenirs, pensa Talia.

— Là d'où je viens, continua-t-il, un orphelin pauvre est une proie toute désignée pour n'importe qui. Tant que les prêtres et les soldats de la paix ne sont pas *officiellement* informés, et si personne n'est là pour intervenir, tout est permis, ou du moins toléré. Est-ce que ça va ? J'ai senti qu'il y avait un problème, sans savoir de quoi il s'agissait. Alors j'ai cessé d'émettre, mais tu as rompu le contact au même moment. Ton emprise sur moi était très forte, Talia. Je me suis retrouvé en train de revivre ce lamentable épisode...

— Neave... Je suis désolée...

Sans y parvenir, elle essaya d'exprimer ce qu'elle ressentait.

Il effleura son bras.

— C'était il y a longtemps. Grâce à des gens comme Ylsa et le doyen, les souvenirs ne sont plus très douloureux. Maintenant, je sais que tout ce qui s'est passé n'était pas ma faute. Le temps guérit beaucoup de blessures. Parfois, je rêve de faire en sorte que rien de tel n'arrive plus jamais à un autre enfant.

— Nous espérons que les Hérauts parviendront à faire de ce rêve une réalité, dit le doyen. Un jour, quand tous les royaumes de ce monde nous accueilleront à bras ouverts. Mais pour l'instant... nous sauvons ceux que nous pouvons, Neave, et nous essayons de ne pas trop penser aux autres. Il est impossible d'être partout...

Les yeux d'Elcarth disaient combien il lui était difficile d'oublier les enfants toujours prisonniers de leur enfer miniature.

Un jour, Ylsa déclara que la classe était terminée, car il n'y avait plus rien qu'elle puisse leur apprendre. Tout dépendait maintenant des limites de leurs Dons, et de la façon dont ils les perfectionneraient avec la pratique.

La fin du cours signifiait qu'il était temps pour eux d'apprendre la seule véritable « magie » qu'ils verraient jamais, l'Enchantement de Vérité.

— La légende dit que cet Enchantement a été découvert par un contemporain du Héraut Vanyel, juste avant l'arrivée des Serviteurs de l'Obscurité. Comme Vanyel était le dernier des « Mages Héraldiques », l'Enchantement est l'ultime élément magique créé à Valdemar. À part quelques petites choses qu'utilisent les prêtres et les Guérisseurs, c'est tout ce qui nous reste. C'est dommage d'un certain point de vue : il serait formidable de pouvoir encore bâtir une forteresse comme le palais ou le Collegium, ou de paver les rues comme le faisaient les anciens…

» L'Enchantement commence par une incantation. Quelques vers…

Le poème était accompagné d'une image qui avait peu de sens pour Talia : une brume évanescente où luisaient des yeux bleus. Il fallait réciter neuf fois les vers en gardant l'image présente à l'esprit. À la neuvième répétition, il fallait imaginer que le brouillard enveloppait la personne à qui on destinait l'Enchantement.

Ylsa fit une démonstration sur le doyen Elcarth. En quelques instants, celui-ci fut entouré d'un halo de couleur bleue.

— C'est le premier stade, celui qui me permet de savoir s'il ment ou pas. Dites-moi un mensonge, Elcarth.

— Je suis amoureux de vous.

L'aura disparut, à l'amusement des cadets et de Ylsa.

— La vérité, maintenant.

— Je suis fichtrement heureux que vous ne soyez pas ma compagne ! Vous avez un sale caractère, même si vous êtes l'un des atouts majeurs du Cercle Héraldique.

Le halo reparut. Ylsa soupira.

— Ah, Elcarth, vous me brisez le cœur !

— Monsieur, voyez-vous l'aura qui vous entoure, comme nous ?

— Absolument rien, répondit le doyen. Tout le monde voit le halo, sauf la personne qui subit l'Enchantement, qu'elle ait un Don ou pas. Invoquez le second stade, Ylsa.

Ylsa le regarda fixement.

— Quel âge avez-vous, Elcarth ? Essayez de répondre vingt ans.

— V… v… Cinquante-sept ans…, bredouilla le doyen, le front couvert de sueur. Levez l'Enchantement, Ylsa, avant de me faire dire quelque chose de *vraiment* secret !

Elle ferma les yeux.

— Il est aisé d'annuler l'Enchantement. Il suffit de fermer les yeux et d'imaginer que le nuage de brume se dissipe.

» Vous avez tous un Don assez puissant pour aller jusqu'au deuxième stade. Commençons à nous exercer. Talia et Neave, avec moi. Les jumeaux, avec Elcarth.

Talia s'aperçut que le second stade de l'Enchantement produisait une sensation très bizarre. Quoi qu'elle ait décidé de dire, seule la vérité sortait de sa bouche ; si elle ne connaissait pas la réponse à une question, elle était forcée de le dire aussitôt sans pouvoir temporiser.

Bientôt Ylsa déclara qu'ils maîtrisaient suffisamment l'Enchantement et que le cours était terminé.

— Ne l'utilisez jamais pour faire une blague, avertit leur professeur. Faites-le pour vous exercer, si vous voulez, mais toujours sous la supervision d'un Héraut confirmé. Pratiquer vos Dons les développera pleinement. Si vous avez des problèmes à leur sujet, nous sommes tous les trois à votre disposition : moi-même, le doyen, ou le Héraut Kyril. Il y a aussi des ouvrages utiles dans la bibliothèque. Vous y trouverez des explications théoriques sur vos Dons, si vous en sentez le besoin. Cette partie n'est pas mon fort !

Leur classe fut la première des trois à finir l'entraînement. Les deux autres étaient composées d'une part de Griffon et d'une fille plus jeune, Christa, et de l'autre de Davan et Wulf, un garçon de l'âge de Christa.

Talia était très curieuse des autres Dons. Elle posa des questions à Ylsa.

— Les deux autres groupes sont les Porteurs et les Voyants. Les premiers peuvent déplacer des objets par la pensée ; les seconds voient à distance. Bizarrement, Dirk et Kris, les deux Hérauts maîtrisant le mieux ces deux Dons, travaillent en équipe. Enfin, peut-être n'est-ce pas si bizarre. Les Dons qui vont devenir nécessaires ont tendance à apparaître juste avant !

Le second nom réveilla un vague souvenir en Talia.

— Kris... Il s'agit bien du garçon qui est incroyablement beau, n'est-ce pas ? demanda-t-elle à Ylsa avec un demi-sourire.

— C'est bien lui. Que Dirk et lui soient partenaires explique pourquoi ces cours ont lieu tous en même temps, et pour plusieurs groupes d'âge. Il semble plus intelligent d'attendre que Dirk et Kris ne soient pas en mission quelque part. Pourquoi cette question ? termina Ylsa, intriguée.

— Insatiable curiosité, avoua Talia. Je me demandais de quelle manière leurs Dons étaient liés au mien.

— Celui des Voyants est probablement le plus proche du tien ; les émotions sont un pôle d'attraction puissant pour les yeux de l'esprit. Tu as aussi une certaine quantité de ce Don. Je t'ai déjà dit que personne n'a un seul Don ? Tu possèdes assez de capacités de perception des pensées et de vision à distance pour être utile en cas d'urgence, et tu as sans doute aussi un Don mineur de guérison. Mais la différence entre ton Don et le leur est que tu auras besoin de voir les choses à travers les yeux de quelqu'un, sauf si des émotions fortes sont en jeu. Eux voient les choses comme s'ils y assistaient, même s'il n'y a personne sur place. Il n'y a rien d'intéressant à observer dans la classe de Kris, car ils sont tous les trois assis, plongés dans une transe. Mais le cours de Dirk est beaucoup plus spectaculaire ! Tu veux y jeter un coup d'œil ? Je sais qu'il n'y verra pas d'inconvénient.

— Ce serait possible ? dit Talia sans cacher son excitation.

— Je pense bien ! Le Héraut Personnel de la reine doit savoir comment fonctionnent les autres Dons. D'autant que ton camarade Griffon possède un des Dons les plus rares et les plus dangereux.

— Oui ? Que fait-il donc ?

— C'est un Boute-feu.

À cause du Don de Griffon, Dirk donnait son cours à l'extérieur, loin des bâtiments et près d'un puits, à tout hasard. Il avait aussi un seau d'eau à portée de la main. Ses deux élèves et lui étaient assis en tailleur sur les pavés. Il fit un signe de tête à Ylsa et à Talia en les voyant approcher.

Talia constata que le Héraut Dirk était le jeune homme qu'elle avait rencontré lors de son arrivée à la capitale. Trop intimidée et effrayée à ce moment-là pour l'observer de près, elle profita de cette occasion pour le faire.

D'apparence, il était plus qu'ordinaire, elle ne s'était pas trompée. Son visage n'était pas harmonieux ; ses dents auraient été plus à leur place dans la bouche de son Compagnon que dans celle d'un humain. Sa chevelure ressemblait à un toit de chaume raté par un artisan peu consciencieux. Deux choses l'empêchaient d'être carrément hideux : d'abord le sourire amical qui jouait en permanence sur ses lèvres, par ailleurs trop épaisses, puis ses yeux, d'un bleu aussi profond que ceux des Compagnons, pleins de compréhension et de gentillesse – deux saphirs dans une gangue grossière.

Griffon était en pleine démonstration, chassant toute autre pensée de l'esprit de Talia.

Apparemment, il s'exerçait sur des matériaux de moins en moins combustibles. Devant lui se trouvaient les résidus de morceaux de papier, de tissu, de corde bitumée et de petit bois d'allumage. Dirk posa devant lui un morceau de roche noire.

— Cela brûlera si vous le chauffez suffisamment, je vous le garantis, dit-il. Les forgerons l'utilisent parfois à la place du charbon, quand ils ont besoin d'un foyer vraiment chaud. Allez-y, essayez !

Griffon regarda intensément la pierre. Rien ne se passa.

— C'est inutile…, soupira-t-il enfin.

— Vous vous concentrez *trop*, dit son professeur. Détendez-vous, c'est la même chose que pour le bois. Ce matériau est juste un peu plus résistant ! Laissez-lui le temps.

Griffon regarda de nouveau la roche. Soudain ses yeux se firent vagues ; Talia éprouva une sensation bizarre au creux de l'estomac, comme si la nature même des objets était modifiée.

La pierre noire brûla avec une intensité explosive.

— Formidable ! cria Dirk.

Il jeta le seau d'eau sur la roche. Elle avait émis une telle chaleur qu'elle se fendit quand l'eau l'atteignit.

Griffon regarda la pierre noircie et craquelée.

— C'est moi qui ai fait ça ?

— Certes ! Mes félicitations, dit Dirk. Vous comprenez maintenant pourquoi ces cours ont lieu dehors ? Pensez-vous pouvoir le refaire avec davantage de contrôle, cette fois ?

— Je crois que Oui.

Les yeux de Griffon prirent une expression lointaine. Malgré la flaque d'eau, les restes de la pierre noire recommencèrent à brûler.

— Éteignez le feu, maintenant, commanda Dirk.

Les flammes moururent. Quelques secondes plus tard, la pierre était assez froide pour que Dirk puisse la ramasser.

— Très bien, jeune homme ! Vous avez saisi ! Avec la pratique, vous parviendrez à faire naître le feu de rien, mais n'essayez pas maintenant. Cela suffit pour aujourd'hui. Si vous continuez, vous aurez un fichu mal de tête !

Ylsa aussi les avait prévenus. Les maux de tête survenaient quand on tentait de forcer un Don. Parfois, c'était inévitable, mais il valait mieux essayer de s'arrêter à temps.

— Christa, c'est à vous.

Il se tourna vers la jeune fille maigre assise à sa gauche.

— Il y a un tube identique à celui-ci dans la bibliothèque, sur la première étagère. (Il posa devant elle un tube à message.) Il est plus gros que tout ce que vous avez déplacé jusque-là. Pensez-vous pouvoir le visualiser et l'amener jusqu'ici ?

Christa prit le tube et l'observa. Une tension grandissante s'empara de Talia. Elle eut l'impression que son esprit était attiré vers deux directions différentes.

Tout à coup, il y eut un bruit semblable à une petite explosion ; deux tubes se trouvaient dans les mains de Christa.

Dirk sourit.

— Parfait ! Maintenant, voyons si vous pouvez aller un peu plus loin…

Ylsa fit signe à Talia de la suivre. Elles s'éloignèrent discrètement.

— Les Dons comme celui de Griffon peuvent poser des problèmes énormes s'ils ne sont pas contrôlés, dit Ylsa quand elles furent hors de portée auditive.

» Il est arrivé que le professeur réagisse par la peur à ce que fait l'élève : parfois cela aboutit à un blocage total de son Don, qui risque cependant de craquer à un moment de crise. Par le passé, nous avons eu la chance que la violence en résultant ait toujours été dirigée vers les ennemis du royaume.

—Lavan la Tornade de Feu…, dit Talia. Je m'en souviens. Il a repoussé seul les Serviteurs de l'Obscurité lors de la bataille du col du Poulain Blanc. Mais son Compagnon a été tué pendant la bataille des Pins Brûlés, et la dernière Tornade de Feu qu'il a créée l'a englouti avec ses ennemis.

—À ce jour, il ne reste que du roc calciné à Pins Brûlés. Rien ne garantit que les Tornades de Feu ne puissent pas se retourner contre les alliés où les amis ; la rage est souvent aveugle. C'est pour ça que Dirk est un si bon professeur. Il ne montre jamais de peur à ses élèves. Nous avons de la chance de l'avoir. Bien, tu dois aller à ton entraînement. Je te verrai à l'heure du repas.

Talia s'entraînait tous les soirs. Elle avait choisi le moment où les émotions étaient à leur plus bas niveau, après la fatigue de la journée. Pendant plusieurs semaines, elle se contenta d'observer les choses vers lesquelles elle était attirée ; à quelques reprises, elle s'orienta sur un autre sujet, par exemple quand le contact initial trouvait ses camarades dans une situation très personnelle plutôt embarrassante pour elle. Quand elle eut acquis plus d'expérience, elle tenta de supprimer les cauchemars d'un des plus jeunes cadets.

À sa grande joie, elle parvint à éliminer la peur à l'origine des mauvais rêves, qui se transformèrent bientôt en fantaisies plus inoffensives.

Ce succès l'incita à intervenir de nouveau dans les émotions des autres. En se limitant à rediriger les plus négatives, comme la peur, la colère – ou même la haine dans le cas exceptionnel de deux serviteurs dont la mésentente avait dégénéré.

Alors se manifesta un effet secondaire de son Don, auquel elle n'avait pas pensé. Rolan était un étalon, le premier de la horde des Compagnons. Comme leurs partenaires humains, les mâles étaient toujours « prêts ».

Son Don totalement éveillé, Talia ne pouvait plus isoler Rolan de son esprit. Elle partagea donc ses prouesses amoureuses.

Son savoir dans certains domaines en fut grandement augmenté.

Même si elle ne le fit pas exprès !

Sa sensibilité nouvelle et sa curiosité l'entraînèrent vers la Maison des Guérisseurs puis leur Collegium. La plupart des patients étaient des Hérauts blessés en mission. Quand leur état s'était stabilisé, on les rapatriait ici, où les connaissances et les efforts des meilleurs Guérisseurs du royaume étaient consacrés à leur venir en aide. La détresse qu'elle sentait en ce lieu l'attirait comme un aimant. Elle se demanda comment entrer, puis se souvint du seul professeur qu'elle connaissait parmi les Guérisseurs, Devan, celui qui l'avait soignée lors de sa maladie.

Elle n'aurait pu mieux choisir. Ylsa avait informé Devan de la nature du Don de Talia. Il comprenait parfaitement l'attirance que la jeune fille éprouvait pour la Maison des Guérisseurs. Ainsi, il fut heureux qu'elle visite ses patients car il devina qu'elle pouvait aider à leur guérison.

Ce ne fut pas facile, mais, comme elle l'avait un jour dit à Selenay, quand quelque chose devait être fait, elle parvenait à trouver le temps. Elle se leva une heure plus tôt et entreprit de suivre la visite matinale avec Devan ; elle y retourna de nouveau l'après-midi, pendant le temps qu'Elspeth passait en promenade avec sa mère.

Talia apprit beaucoup, et pas seulement au sujet des Dons de Guérison. Il ne lui était pas demandé de participer aux traitements, mais ce qu'elle vit éveilla en elle un profond respect pour Devan et ses capacités. Sa spécialité était les problèmes causés par les blessures et ce qu'il appelait les « traumatismes », les accidents où les lésions physiques étaient accompagnées d'un choc psychique.

Talia comprit à ce moment combien l'occupation de Héraut était hasardeuse.

— Les Marches sont habituellement le secteur le plus dangereux, dit un jour Devan. Par exemple, votre région d'origine. La durée normale de mission pour un Héraut est d'un an et demi. Devinez combien de temps ils tiennent dans les Hold ?

— Un an ?

— Neuf ou dix mois. Puis il leur arrive quelque chose de pire qu'une simple flèche, en général au moment des raids de pillards en provenance de Karse, au printemps. Alors ils reviennent se retaper ici. Les Marches du Nord ne valent guère mieux ; là, ce sont les barbares qui arrivent comme des vautours chaque fois qu'ils ont un problème d'approvisionnement. C'est pour cela qu'Alberich vous entraîne au combat et à la stratégie. Jusqu'à l'arrivée des renforts, le Héraut responsable du secteur est souvent la seule personne ayant une formation militaire.

Plus tard, elle lui demanda pourquoi il n'y avait pas de Hérauts blessés provenant de la région du Lac Evendim ou des secteurs du Sud.

—Il n'y a pas de pillards ou de barbares, mais des pirates. Ce genre d'adversaires ne cherche pas à tuer, ni même à blesser gravement. Tout ce qui les intéresse est de voler et de s'enfuir. Les Hérauts sont habituellement soignés dans les Temples de Guérison locaux, et repartent en mission directement. Dans le Sud, les gens sont amicaux. Les problèmes viennent du climat, qui est bizarre, surtout en été. Il y a des malades, et des os cassés par accident. Là aussi, ils sont généralement soignés sur place.

—Deux blessés viennent du Nord-Ouest. L'un d'eux est le pauvre Vostel, dit Talia.

Elle en frissonna. Brûlé sur presque tout le corps, Vostel souffrait atrocement dès que l'effet des drogues s'estompait. Elle passait beaucoup de temps avec lui, essayait de l'encourager, le laissait pleurer sur son épaule, maudire les dieux ou confesser sa peur de ne jamais guérir. Ainsi tentait-elle de lui rendre un peu de l'énergie émotionnelle que la gravité de ses blessures le forçait à dépenser.

—Le Nord-Ouest est imprévisible, déclara Devan. Et j'en sais quelque chose, car j'en suis originaire ! Des choses bizarres s'y passent, que j'ai vues de mes yeux. Prenons un exemple : quatre-vingt-dix-neuf personnes sur cent vous diront que les griffons n'existent pas dans le monde réel. La centième est allée dans le secteur nord-ouest et les a vus dans le ciel, comme moi. Ils sont durs à tuer et impossibles à capturer. Ce sont des créatures très dangereuses, comme toutes celles qui vivent dans ces terres sauvages. La légende dit que ce sont les survivants d'anciennes guerres où des mages se sont affrontés... De vrais mages, comme dans les histoires des Bardes.

— Pensez-vous que ce soit vrai ?

— C'est une explication comme une autre... Les gens n'y croient pas, sauf les Hérauts qui les ont vus de près. Comme Vostel, qui a été brûlé par le souffle d'un oiseau-dragon quand il a voulu approcher de son nid. C'est peut-être pour cela que je reste ici : au moins, les gens me croient !

— Vous restez ici parce qu'on a besoin de vous, vous le savez, dit doucement Talia.

— Vous êtes trop avisée pour votre âge, petite ! Je devrais en être heureux, car vous aidez mes patients à se remettre. J'apprécie vos efforts, même si je n'en parle pas. Et ne me regardez pas avec ces yeux innocents ! Je sais bien ce que vous faites ! Pour ma part, vous pouvez continuer !

Le contact des blessés exigeait une application plus subtile de son Don. Les émotions à transformer étaient moins violentes que celles suscitées par la mort d'un Héraut, mais non moins destructrices.

Le manque de confiance en soi était l'une de ces plaies. Aucun des Hérauts soignés ici n'en était exempt. Ils se reprochaient la mort de ceux qu'ils étaient censés aider *et* leurs propres blessures.

Il n'était pas étonnant non plus que certains aient développé des phobies. Ce complexe entrelacs de doute et de culpabilité devait être démêlé pour leur permettre d'entamer le processus de guérison. Un Héraut était supposé rester hors d'atteinte de sentiments comme la haine. Haïr les responsables de leur problème les accablait de culpabilité. Il ne leur venait pas à l'esprit qu'un Héraut restait un être humain.

L'émotion la plus insidieuse demeurait le désespoir – parfaitement compréhensible quand la gravité des blessures indiquait que la guérison ne serait pas totale. Parfois, la plaie n'était pas soignée assez vite, et s'infectait. C'était ainsi que Jadus avait perdu sa jambe dans les guerres de Karse. Comment soulager la douleur de quelqu'un qui voyait jour après jour son corps mutilé et savait que rien ne pourrait lui rendre sa santé et ses capacités ?

Il y avait aussi le découragement consécutif à des douleurs prolongées, comme celles qu'endurait Vostel.

Tout cela *appelait* irrésistiblement Talia. Dès qu'elle maîtrisa mieux son Don, elle commença à aider les blessés dont les souffrances n'étaient pas uniquement mentales. Elle le fit si subtilement qu'ils réalisaient seulement après ce qu'elle accomplissait. Il était difficile pour elle de trouver le temps d'agir, et d'assister à des tortures psychiques qui ne pouvaient pas se guérir par simple contact ou par une explosion de chagrin cathartique. Une fois qu'elle eut commencé, il lui fut impossible d'arrêter. La tristesse qui émanait de la Maison des Guérisseurs l'attirait aussi inexorablement que la détresse consécutive à la mort d'un être aimé.

Elle ne s'en rendait pas encore compte, mais elle suivait le chemin de plusieurs autres Hérauts de la reine. Comme Talia, ceux qui possédaient les Dons les plus puissants finissaient souvent par s'occuper de la totalité du Cercle Héraldique. Chacun pensait que la jeune fille, quand elle recevrait son uniforme blanc, serait un des Hérauts dont la vie forme la trame des légendes.

Hélas, ces braves-là bénéficiaient rarement d'une très longue vie.

Chapitre 12

— Assurez-vous que le bandeau soit bien ajusté, dit Elspeth à Skif. Sinon, le test ne sera pas valable.

Skif se retint de dire qu'il le savait.

— Keren est-elle prête ? s'enquit-il seulement.

— J'y vais, dit Elspeth.

— Tu es sûre que tu ne vois rien ? demanda-t-il à Talia en ajustant le bandeau.

— C'est noir comme dans un four, dit-elle. Il ne risque pas de glisser, je crois…

— Keren dit qu'elle sera prête quand tu voudras, cria Elspeth depuis la rangée d'arbres où Keren attendait, dans le Champ des Compagnons.

Skif conduisit Talia à l'endroit où elle se tenait, les mains sur les hanches.

— Je t'ai prise au mot, petite centauresse, dit-elle. C'est compliqué ! Je crois que personne n'a essayé ceci avant toi. Ça va être intéressant…

— Nul n'a jamais eu avec son Compagnon le genre de lien que je semble avoir, répondit Talia. Je voudrais être sûre que c'est réel, et pas l'effet de mon imagination.

— Eh bien, ceci devrait le prouver. Si tu vois vraiment par les yeux de Rolan, tu devrais pouvoir traverser ce labyrinthe sans faux pas. Dans le cas contraire, cela te sera tout simplement impossible !

Sur plusieurs centaines de mètres, Keren avait peint sur le sol soigneusement nettoyé un labyrinthe complexe. Les « couloirs » avaient environ un pas de large ; il ne serait pas aisé d'éviter les lignes dessinées sur l'herbe.

Rolan se tenait derrière Keren, sur une petite butte qui surplombait le labyrinthe et lui permettait d'être ses yeux… Si leur lien mental était aussi profond qu'elle le pensait, elle traverserait sans grande difficulté.

À mi-chemin, elle hésita brièvement.

— Elle va foncer dans un cul-de-sac, murmura Skif à Keren.

— Non, dit celle-ci. Il y a plusieurs issues. En réalité, elle vient juste de choisir le chemin le plus court.

Enfin Talia s'arrêta et se tourna vers les spectateurs.

— Alors ?

— Enlève le bandeau et vois par toi-même, dit Keren.

Les lignes de peinture étaient intactes.

— Ça a marché !

— C'est une des choses les plus étonnantes que j'aie vues, avoua Keren. Je pensais que Dantris et moi avions un lien très fort, mais je doute que nous aurions pu réussir un tel exploit. Pourquoi t'es-tu arrêtée à mi-chemin ?

— Rolan n'était pas d'accord avec moi. Je voulais prendre l'itinéraire que j'ai finalement suivi alors qu'il préférait le chemin en T.

— Les deux menaient à l'extérieur, mais le tien était plus court. Prête pour le second test ?

— Je crois. Rolan aussi.

— Parfait. Allez-y, tous les deux, dit-elle en donnant une tape sur la croupe de Rolan.

Elle sortit un dé à jouer de sa poche.

Le Compagnon s'éloigna, suivi de Skif.

Cette fois, Rolan se servirait des yeux de Talia pour indiquer sur quelle face le dé retombait.

Keren le lança vingt fois. Rolan et Skif avaient un jeu de six cartes – une par face. Rolan montrait de la tête la carte correspondant à la face tirée et Skif notait la réponse. Ce ne fut pas bien long. Rolan et Skif revinrent auprès des autres.

Skif et Talia comparèrent leurs listes.

— Incroyable ! Tout est juste ! Nous devons en parler à Kyril. Il voudra sans doute faire d'autres tests, dit Keren.

— S'il le souhaite, pas de problème, fit Talia. Je voulais d'abord être sûre. Maintenant que c'est terminé, je peux vous dire que j'ai gardé mes boucliers levés tout le temps.

— Tu plaisantes, je suppose ? dit Skif.

— Pas du tout. Vous comprenez que si je n'arrive pas à couper Rolan de mon esprit, personne d'autre ne le pourra, n'est-ce pas ?

— Cela te sauvera la vie, un jour, prédit Keren. Même si tu es inconsciente, nous t'atteindrons à travers Rolan.

— Talia, penses-tu que j'aurai un jour un ami comme Rolan ? demanda Elspeth.

Talia la serra contre son cœur.

— Ma petite chatte, n'en doute jamais. Je te promets que ton Compagnon sera encore meilleur que Rolan !

Ce dernier n'émit pas le rire mental teinté d'ironie dont il était coutumier. Comme pour confirmer la promesse de Talia, il posa doucement ses naseaux sur l'épaule de la fillette.

Quelques jours plus tard, Talia décida de déterminer la portée maximale de son Don.

Elle s'allongea sur son lit et ferma les yeux. Puis elle se concentra, isola et apaisa son esprit jusqu'à ce que sa conscience se mette à flotter, comme détachée de son corps. Elle étendit lentement son sens empathique, d'abord hors de sa chambre, puis au-delà du Collegium, du palais et des terrains environnants.

Elle allait toujours plus loin. Dans la cité, les émotions qu'elle rencontrait lui parurent semblables à des lumières colorées qu'on traversait comme si elles étaient faites de brume. Même les émotions négatives ne la retenaient pas longtemps. Une ou deux fois, elle s'arrêta pour intervenir dans une querelle de taverne, puis pour apaiser les cauchemars d'un jeune soldat.

Elle allait de plus en plus loin, sur la route du Nord, flottant de contact en contact comme s'ils étaient des balises sur son chemin. Celles-ci étaient peu nombreuses, car la route du Nord traversait un des districts les moins peuplés du royaume. Comme Talia avançait, elle se souvint que c'était la route que Ylsa avait empruntée au début de la semaine, quand elle était partie en mission.

Comme si penser à Ylsa suffisait à lui donner l'impulsion nécessaire, elle se trouva attirée vers le nord par une force trop urgente pour qu'elle y résiste.

À mesure qu'elle avançait, elle ressentit une appréhension et une peur croissantes. Incapable de rompre le contact ou de ralentir, elle s'inquiéta davantage encore.

Elle allait céder à la panique quand elle se trouva soudain aspirée par l'être qui l'avait appelée en ce lieu.

Soudain, elle fut *sur place* et vit le monde à travers les yeux d'une autre personne.

Ceux de Ylsa.

Une embuscade !

Ils étaient trop nombreux pour qu'elle parvienne à s'en débarrasser. Felara essayait de se frayer un chemin à coups de dents et de sabots, mais leurs assaillants, habiles, se contentaient de les encercler. Ylsa se cramponnait pour rester en selle ; désarçonnée, elle n'aurait pas tardé à être tuée.

Elle tira son épée et attaqua. Pour chaque ennemi abattu, deux autres surgissaient. L'épée n'était pas faite pour combattre à cheval ; après quelques estocs, elle lui fut arrachée des mains. Alors elle tira sa dague. D'un seul mouvement, ses ennemis reculèrent en entendant sonner un cor.

Une douleur terrible traversa son épaule et lui brouilla un instant la vue. Elle baissa les yeux et vit que la penne d'une flèche dépassait de sa poitrine.

Felara hurla de douleur quand une autre flèche s'enfonça dans son flanc. La lune les éclairait, faisant d'elles des cibles parfaites pour les archers cachés sous les arbres.

D'autres flèches sifflèrent. Felara cria encore une fois et s'écroula, emprisonnant Ylsa sous son poids.

Elle ne pouvait plus bouger ni penser, la douleur de la mort de son Compagnon étant trop paralysante pour qu'elle réagisse.

Le travail des archers était terminé. Les hommes armés d'épées approchèrent de nouveau. Elle vit une lame décrire un arc de cercle dans la lumière lunaire, et sut que c'était celle qui allait prendre sa vie.

Kyril! Prévenez la reine! Dans le bois!

Des douzaines d'images traversèrent son esprit. Une d'elles s'imposa. Cinq flèches cerclées de noir. Cinq flèches creuses.

Puis vint une douleur intense, suivie par le silence et une obscurité bien plus terrifiants que la souffrance.

Talia était incapable de s'échapper.

Il n'y avait rien à quoi se retenir…

Soudain, elle sentit une présence à côté d'elle.

Rolan.

Elle l'agrippa, folle de peur, et *tira* de toutes ses forces…

Talia hurla à cause d'une agonie, qui n'était pas la sienne. Elle se dressa d'un bond dans son lit et resta ainsi un instant, se demandant si ce qu'elle venait de vivre était un cauchemar ou la réalité.

Le glas se mit à sonner.

— Non! Oh, non, non! sanglota-t-elle.

Quelque chose l'arrêta.

Keren.

Keren, dont le lien avec Ylsa était aussi fort que celui qu'elle partageait avec son Compagnon ou avec son jumeau. Talia savait qu'elle avait l'habitude de communiquer tous les soirs avec son amante.

Elle avait dû la sentir mourir.

Sous l'effet du chagrin, il n'était pas impossible que Keren perde son sens des responsabilités et du devoir assez longtemps pour se laisser glisser elle aussi dans la mort.

Talia n'avait ôté que ses bottes. Sans prendre le temps de les remettre, elle courut vers les quartiers des Hérauts. Sans se tromper, elle suivit le phare mental qu'étaient la douleur et le chagrin de Keren.

La porte était ouverte quand elle arriva. Teren était assis sur le sol à côté d'elle, le regard vague. Sa sœur était figée sur une chaise, murée en elle-même. Son visage ressemblait à un masque de pierre. Son regard était celui d'une créature blessée à mort en qui il ne restait presque plus rien d'humain.

Talia lui prit la main en hésitant ; pas de réponse. Elle poussa un petit cri et, serrant les doigts glacés de son amie, elle tenta d'atteindre son esprit.

Elle fut attirée aussitôt dans un maelström de douleur où il n'y avait rien à quoi se raccrocher, sinon l'insupportable angoisse de la solitude et du deuil. Le jumeau de Keren était également prisonnier de ce tourbillon infernal.

Talia chercha désespérément un point d'ancrage. Il n'y avait rien.

Rien…

Puis vint Rolan ; la panique cessa. Elle avait maintenant la possibilité de penser aux autres.

Keren était inaccessible, mais elle pouvait peut-être libérer son frère. Elle chercha l'étincelle qui était Teren, la trouva et la saisit. Avec l'équivalent mental d'un sursaut, elle rompit le contact.

Elle avait traversé la pièce. Teren et elle se soutenaient mutuellement.

— Qu'est-il arrivé ? haleta-t-elle.

— Je l'ai entendue crier. Je me suis précipité, et je l'ai trouvée dans cet état. Quand je l'ai touchée pour la faire revenir à elle, elle m'a attiré dans son esprit… Talia, je ne parviens pas à l'atteindre ! Et vous ? Le pouvez-vous ?

— J'ai essayé : impossible d'établir le contact. Elle est en train de se détruire Il faut trouver un moyen de lui faire tourner son chagrin vers l'extérieur.

Les pensées chaotiques de Talia s'organisèrent un peu. Elle eut une des intuitions dont elle seule était capable : elle pensa à Sherrill…

Sherrill, qui avait osé plonger derrière Keren dans la rivière… Oui, c'était la clé. Il fallait pouvoir suivre Keren. Talia se souvint de la façon dont Sherrill semblait *apparaître* chaque fois que Keren ou Ylsa étaient présentes. Elle revit le désir réprimé qui se lisait dans ses yeux ; la façon dont elle avait toujours évité d'être trop proche des deux femmes, comme si elle avait eu peur de gâcher quelque chose, ou d'être de trop.

Sherrill appartenait au même peuple que Keren et Teren : des gens qui ne pensaient pas que l'amour entre deux personnes du même sexe était un scandale.

Sherrill, qui avait eu l'embarras du choix de ses amants et de ses amantes – et qui n'était restée avec personne.

— Teren, Sherrill est-elle revenue de sa mission ? demanda Talia.

— Je… Je crois que oui, dit-il, toujours un peu sonné.

— Allez vite la chercher ! Elle doit déjà savoir pour qui le glas a sonné. Dites-lui que Keren a besoin d'elle !

Il ne lui posa pas de questions, se leva et quitta la pièce en courant. Talia retourna s'asseoir près de Keren et lui prit de nouveau la main, boucliers levés pour ne pas être entraînée une nouvelle fois dans le maelström.

Quelques instants plus tard, Sherrill fit irruption dans la chambre. Une seule chose lui importait : Keren.

Talia lui laissa la place. Sherrill saisit les mains de son amie et s'agenouilla près d'elle en sanglotant…

L'écho de ses pleurs pénétra dans l'esprit de Keren. L'amour que Sherrill n'essayait pas de cacher et un chagrin presque aussi violent que le sien brisèrent son isolement.

Le visage de Keren s'anima, ses yeux se posèrent sur celle qui était agenouillée près d'elle.

— Sherrill…, dit-elle d'une voix rauque.

Alors Talia se souvint d'une phrase de Ylsa. « Parfois, une incapacité persistante cache en fait une capacité extrêmement puissante. »

Sherrill avait toujours prétendu avoir des capacités très rudimentaires en matière de perception des pensées.

Ses barrières mentales craquèrent sous l'assaut conjugué du chagrin et du désir d'apporter du réconfort à son amie.

Teren et Talia quittèrent discrètement la pièce. Les deux femmes n'étant plus seules, elles pourraient affronter ensemble leur douleur.

Talia s'appuya contre le mur. Elle n'avait qu'une envie : fondre en larmes.

— Talia ? murmura Teren en effleurant son coude.

— Par la Déesse, Teren, c'était horrible ! J'ai vu Ylsa mourir ! Je l'ai *vue* !

Les larmes coulaient le long de ses joues, mais elles n'étaient pas du genre qui apporte le soulagement. D'autres Hérauts se rassemblaient autour d'elle ; leur chagrin se mêlait au sien… Elle avait l'impression qu'on la déchirait vivante.

Le Héraut Kyril, un homme de grande taille, de loin l'aîné de Talia, se fraya un chemin jusqu'à elle, accompagné par la reine. Il prit la main de la jeune fille et parvint à isoler son esprit du tourment des autres.

Cela lui apporta un peu de répit. Mais il n'avait pas le pouvoir de la protéger de ses souvenirs.

— Majesté ! s'exclama-t-il. Elle est la seconde présence que j'ai détectée !

Selenay ordonna que le couloir soit dégagé.

— Kyril, dit-elle quand ils furent seuls avec Talia, il est possible qu'elle ait la réponse. Son Don étant l'empathie, elle ne fait qu'un avec la personne qu'elle touche.

Talia hocha la tête pour confirmer les paroles de Selenay.

— Ma dame, commença Kyril, vous êtes peut-être la clé d'un terrible problème. Je peux lire les pensées, mais seulement sous forme de mots. Ylsa m'a envoyé un message au moment de mourir, mais je n'en comprends pas le sens ! Vous qui avez partagé ses derniers moments, vous pouvez peut-être traduire ?

Les images étaient encore vives dans l'esprit de Talia.

— Les flèches…, commença-t-elle.

Elle haleta, sentant encore l'agonie de Ylsa dans sa propre chair.

— Les flèches cerclées de noir qu'elle avait dans son carquois sont creuses ; ce que vous voulez se trouve dans leur bois.

— « Dans le bois ! », bien sûr ! dit Selenay. Elle voulait dire le bois des flèches !

Talia appuya les mains sur ses tempes douloureuses et ferma les yeux. Elle aurait voulu pouvoir se cacher dans les ténèbres de son propre esprit.

— Kyril, Kris et Dirk sont-ils ici en ce moment ? demanda Selenay.

— Oui, Majesté.

— Alors nous avons une chance de récupérer ce que Ylsa nous apportait avant que quelqu'un d'autre s'en empare. Talia, je suis obligée de vous demander encore un effort. Kyril, trouvez Kris et Dirk et amenez-les avec vous.

Selenay partit en courant. Talia fut obligée d'ignorer ses tempes douloureuses et de forcer ses jambes à suivre la cadence. Elles arrivèrent dans l'aile du palais réservée à la famille royale dès l'époque de Valdemar.

La reine ouvrit la porte d'une petite pièce circulaire qui contenait une table ronde. Une lanterne pendue au plafond éclairait la sphère de cristal posée dessus. La table était entourée de bancs à dossier. Quand la porte se ferma, les bruits extérieurs moururent. La pièce était si bien isolée acoustiquement qu'on n'entendait plus le son lugubre du glas.

Talia s'affala sur un banc, les yeux fermés. Ce répit fut de courte durée. La porte s'ouvrit de nouveau pour laisser passer Kyril et les deux Hérauts qu'il était allé chercher.

Ils s'assirent à gauche de Talia, Kris à côté d'elle. Kyril s'assit à sa droite, et Selenay près de lui.

— Talia, dit Kyril, je veux que vous retrouviez l'endroit où vous avez voyagé en esprit. Ce ne sera pas facile, et ce que vous découvrirez en arrivant vous affligera sans doute plus que vous ne l'êtes déjà. Je ferai de mon mieux pour amortir le choc, mais comme votre Don est lié aux émotions et aux sentiments, cela sera douloureux, quoi que je fasse. Kris vous suivra avec son Don de vision. Prenez sa main, et ne la lâchez sous aucun prétexte. Dirk sera lié à lui ; la reine nous abritera des *interférences* – les pensées des autres.

Talia n'eut pas l'énergie de répondre. Elle laissa Kris lui prendre la main et s'abandonna contre le dos rembourré du banc. La douleur, dans sa tête, brouillait la transe. Elle entendit un murmure, reconnut une présence mentale – Selenay – et sentit sa souffrance s'estomper. Elle retrouva le chemin qu'elle avait suivi, capta les émotions qui l'avaient attirée, et revit le terrain lui-même grâce à la vision de Kris.

Le temps perdit sa signification. Reconnaissant les abords du lieu fatidique, elle commença à trembler.

Retrouver le site de l'embuscade fut la pire expérience de sa vie,

Le corps de Ylsa avait été fouillé avec une brutalité bestiale qui donna envie de vomir à Talia. Une pensée surnageait : grâce aux dieux, Keren ne pouvait pas voir ce qu'on avait fait au cadavre de son amante ! Elle essaya de stabiliser la Vision, mais bientôt ses forces l'abandonnèrent. Elle ne sentait plus son corps ; une brume lumineuse obscurcit l'image de la scène. Talia sut qu'elle était en danger de se perdre à jamais, mais elle n'avait plus la force de réagir.

Pour la troisième fois, elle sentit l'esprit de Rolan, venu ajouter son énergie à ses forces vacillantes. Elle continua à résister. Enfin, la voix de Kris annonça :

—Je les tiens.

Il lâcha la main de Talia.

—Votre intervention est terminée, Talia, murmura Kyril.

Elle sortit de sa transe avec un sursaut, puis se laissa aller contre la table, la tête dans les mains. Les autres étant occupés ailleurs, elle eut enfin la possibilité de donner libre cours à son chagrin.

Quelque chose tomba sur la table. Le même bruit se fit entendre quatre fois.

—C'est tout, dit la voix de Dirk, rauque de fatigue.

Talia entendit un crissement de métal et un craquement de papier.

Après quelques minutes de silence absolu, la reine parla.

—C'est la preuve dont j'avais besoin, dit-elle. Je dois réunir le Conseil. Des têtes vont tomber. Des têtes haut placées !

Kyril se leva.

—Je présenterai le Cercle Héraldique au Conseil, dit-il d'une voix incertaine.

—Allez-y, Kyril, le rassura Kris. Nous prendrons soin d'elle.

—Merci mes amis, soupira-t-il. Talia, nous n'aurions rien pu faire sans vous. Mais les mots ne servent pas à grand-chose ! Bientôt vous saurez ce que les événements de ce soir nous ont apporté. Justice sera enfin rendue ! Ylsa aurait été fière de vous !

Il partit.

—Talia ?

C'était la voix de Dirk. Cessant de pleurer au prix d'un énorme effort, elle se sécha discrètement les yeux avec sa manche et leva sa tête douloureuse.

Les deux Hérauts avaient l'air aussi épuisés et désolés qu'elle. Des sillons de larmes se distinguaient sur leurs joues. Ils essayèrent de la réconforter malgré leur chagrin, mais ils ne savaient pas quoi dire.

—Je pense… que j'aimerais retourner dans ma chambre, dit Talia.

La douleur lui brouillait la vue. Elle essaya de se lever, mais la pièce tourbillonna autour d'elle. Elle vit Dirk se précipiter ; puis la réalité sembla se dissoudre. Son esprit abandonna la partie, laissant l'obscurité l'engloutir.

Talia voyait Ylsa et Felara. Du moins, pensa-t-elle que c'était Felara, car le Compagnon changeait de minute en minute, telle une vaste forme mouvante et scintillante.

Ylsa et son Compagnon étaient debout dans sa chambre, dont les murs étaient devenus transparents.

Elle voyait aussi la lune et les étoiles à travers les murs.

—Ylsa ? murmura-t-elle, étonnée, car son amie avait l'air à peine plus âgé qu'elle.

—Ma petite chatte, dit Ylsa, tu ne te souviendras pas en détail de ceci, mais tu n'oublieras pas ! Dis à Keren de ne pas être trop triste pour moi. Ajoute que je le lui ordonne ! Si elle refuse de prendre ce que Sherrill lui offre, je reviendrai la hanter ! La mort n'est pas une fin, petite. Le paradis nous attend, et je dois me hâter. Mais avant, j'ai quelque chose à te dire, et à te donner…

Talia s'éveilla le lendemain, les yeux brûlants et les tempes toujours douloureuses. Mais elle se sentait étrangement réconfortée. Il y avait eu ce rêve… Était-ce bien un rêve ? Ylsa lui avait parlé, intacte, et jeune de nouveau. Pour un fantôme, elle lui avait paru étonnamment vivante.

Talia se souvenait de certaines choses avec une clarté extraordinaire ; que dire à Keren, comment faire comprendre à Sherrill qu'elle ne prenait rien à personne en offrant son amour à Keren.

Puis Ylsa avait pris sa main, et lui avait fait... quelque chose.

La jeune fille ne se souvenait pas de ce qui s'était passé, mais elle avait senti son angoisse et son désespoir remplacés par un chagrin plus doux, plus facile à supporter. Le souvenir de la mort de Ylsa était devenu comme lointain – du moins la partie qu'elle avait vécue avec la défunte, à travers son esprit.

La sensation de mourir en même temps qu'elle avait quitté sa mémoire.

Quelqu'un l'avait mise au lit après avoir desserré ses vêtements. Elle s'assit et fut aussitôt prise de nausées qui s'ajoutèrent à la douleur qui battait dans ses tempes et son crâne. Elle reconnut les symptômes.

Ayant utilisé son Don au-delà du raisonnable, elle en payait maintenant le prix. Ylsa avait aussi parlé de cela dans le rêve...

Elle se leva et se traîna jusqu'à son bureau. Quelqu'un y avait posé un gobelet de la décoction que Ylsa leur donnait pour ce genre de malaise. Elle mit de l'eau à chauffer, fit infuser la tisane, puis la but d'un coup sans prendre le temps de la sucrer ou de la filtrer.

Après un bain chaud, elle se sentit assez bien pour aller à la cuisine. Mero travaillait comme un damné, son visage rond creusé de chagrin. Il lui apporta à manger et une autre tasse de décoction.

— Y a-t-il quelque chose de nouveau depuis la nuit dernière ? demanda-t-elle, sachant Mero toujours au courant des derniers événements.

— Pas grand-chose..., soupira-t-il, à part que... qu'on l'a ramenée chez elle à l'aube...

— Et Keren ?

Elle tient le coup. Mieux que je n'aurais cru. Appeler à son côté celle qui pouvait le mieux l'aider était une riche idée. Le Livre de l'Unique dit que l'amour véritable pense d'abord à la douleur de l'être aimé. Je crois qu'elle serait fière de vous. Ylsa, je veux dire.

— Je l'espère, Mero. Que savez-vous de la reine et du Conseil ? Et de Teren ?

— Teren aide Sherrill à s'occuper de sa sœur. Il semble ne pas aller trop mal. Sherrill a reçu l'ordre de rester au Collegium jusqu'à ce que son Don nouvellement éveillé soit analysé et correctement entraîné. Quant au Conseil, il est toujours en réunion. Il y a eu des allées et venues de gardes juste avant l'aube. On dit que certains nobles ne se sont pas réveillés dans leur lit, ce matin... Mais vous ne mangez pas ! *Elle* m'a dit un jour qu'il fallait se nourrir pour remplacer les forces dépensées par la magie.

Il resta avec elle jusqu'à ce qu'elle ait fini son déjeuner.

— Tout est si calme, dit-elle soudain. Où sont tous les gens ?

— Dans la salle d'apparat, à attendre le résultat des délibérations du Conseil. Vous devriez peut-être y aller aussi.

— Non, je ne crois pas que cela soit nécessaire, répondit-elle en fermant les yeux. Maintenant que ma tête va mieux, je sais quelles décisions seront prises.

Ylsa avait sacrifié sa vie pour obtenir les preuves, *écrites de leurs mains*, de la trahison de plusieurs nobles très haut placés à la Cour. Ils étaient responsables de la mort de nombreux Hérauts. Deux étaient membres du Conseil. Cela n'importait plus, car il leur serait impossible de nier ce qu'ils avaient couché sur le papier. Avant la nuit, le complot ourdi par l'époux de la reine serait écrasé. Les documents récupérés par Ylsa deviendraient l'instrument de la vengeance des Hérauts assassinés : Ylsa elle-même, Talamir, et nombre d'autres dont Talia ne connaissait pas les noms.

La jeune fille n'avait pas la moindre idée de la façon dont Ylsa avait obtenu les lettres.

Son esprit se mit à dériver, car les potions qu'elle avait bues faisaient leur effet.

Elle sombra dans un sommeil léger et se réveilla en sursaut quand le glas cessa de sonner. Presque aussitôt, d'autres cloches résonnèrent : celles qui annonçaient la prise d'une décision importante par le Conseil. Leur son annonçait une sentence de mort.

— Le Conseil a décidé, dit Mero. Les condamnés se verront offrir la possibilité du suicide ; s'ils n'en ont pas le courage, ils rencontreront le bourreau au petit matin. J'aimerais... j'aimerais qu'ils aient cinq vies chacun, pour pouvoir vraiment payer ! Les étrangler tous de mes mains, voilà qui me dirait...

Talia ferma les yeux un instant, bouleversée par l'intensité de sa peine ; puis elle entreprit de l'apaiser.

Les pétales de pommiers étaient du même blanc immaculé que la robe de Rolan et l'uniforme de voyage en cuir blanc de Skif.

—Ai-je l'air si différent ? demanda-t-il. Je me sens toujours le même.

—J'ai bien peur que tu *sois* différent, dit Talia. Tu as l'air de ne plus être toi-même.

—Comment ?

—Eh bien, pour ne rien te cacher... (Elle baissa la voix comme si elle allait lui annoncer une terrible nouvelle.) Tu as l'air...

—Oui ? Oui ? s'affola-t-il.

—Responsable. Sérieux. *Adulte*.

—Talia !

—Non, en fait, tu es toujours tel que toi-même ! gloussa-t-elle. On dirait jute que tu es tombé dans une cuve de peinture blanche !

—Talia, dit-il, riant avec elle. Tu me manqueras.

—Toi aussi.

—Au moins, je n'aurai pas besoin de me faire trop de souci pour toi. Tu es en sécurité maintenant que les conspirateurs ont été éliminés. Et puis, tu as l'air de faire *vraiment* partie du Collegium. Ce n'était pas toujours le cas.

—J'ai l'impression d'avoir gagné ma place ici.

—Tu n'avais pas besoin de la gagner, car tu y avais droit !

—Je sais, mais je pensais autrement.

Ils arrivèrent auprès de Cymry, le Compagnon de Skif, et de l'instructeur désigné pour sa première mission, Dirk.

—Promets-moi une chose, dit-elle.

— Oui

— N'oublie pas de rire un peu chaque jour.

— Juré !

Soudain sérieux, il ajouta :

— Tu es la meilleure amie que j'aurai jamais.

Sans un mot, Talia enfouit son visage dans l'épaule de Skif et l'étreignit de toutes ses forces.

— Talia, dit-il au bout d'un moment, j'aimerais te demander quelque chose avant de partir. Un truc que je voudrais que tu fasses pour moi.

— Tout ce que tu veux, dit-elle en souriant, à condition que cela ne soit pas trop illégal !

— Eh bien... Je n'ai jamais eu de famille... Accepterais-tu d'être ma sœur ? De toute façon, il semble que nous ne soyons pas destinés à autre chose !

— Oh, Skif! Je... Rien ne saurait me rendre plus heureuse ! Je n'ai plus de famille, mais tu vaux bien une douzaine de Hold !

— Nous avions un rituel, dans la rue...

Il se fit une petite entaille au poignet avec son poignard, puis le tendit à Talia. Elle fit de même et colla son poignet contre celui de Skif.

— Liés par le sang, jusqu'à la mort, murmura-t-il.

— Et au-delà, répondit-elle.

— Et au-delà.

Il déchira son mouchoir, puis en noua un morceau autour de son poignet et de celui de Talia.

— Il est temps, je suppose. Si je tarde encore, Dirk va trouver que j'exagère. Prends bien soin de toi.

— Sois prudent, Skif. S'il t'arrivait quelque chose, je... je lâcherais Alberich sur toi !

— Par le ciel, Talia, tu es impitoyable !

Il la reprit dans ses bras, lui posa un baiser rapide sur les lèvres et courut vers son mentor.

Avant de partir, il se retourna et fit un signe d'adieu à Talia.

Elle lui répondit et resta là jusqu'à ce que les deux cavaliers soient hors de vue.

Elle ne se rendit pas compte qu'on l'observait.

— Et voilà son dernier ami parti, soupira Selenay.

— Je ne crois pas que ce soit le dernier, dit Kyril.

Ils venaient de ramener leurs Compagnons au Champ et s'en retournaient vers le palais quand Kyril avait aperçu Talia. Pour ne pas perturber les adieux des deux jeunes gens, ils s'étaient dissimulés dans un bosquet.

— Vous croyez ? Elle n'a pas beaucoup de temps pour se faire des amis.

— Elle n'a pas besoin de temps. Nombreux sont ceux qui deviennent spontanément ses amis ! Les cadets l'adorent… Elle a Keren, Sherrill… et même Alberich.

— Croyez-vous que cela suffise à la garder près de nous sans regret ? Kyril, nous lui avons volé son enfance. Nous l'avons forcée à assumer des responsabilités d'adulte.

— Nous volons l'enfance de tous les élus. Aucun de nous n'a eu la possibilité d'être vraiment insouciant. Nous devons assumer nos destins à un âge très tendre. Mais pour Talia, il n'y avait plus rien à voler : son propre peuple s'était déjà occupé de cela !

— Ce n'est pas juste…

— La vie n'est pas juste. Si elle avait eu le choix, elle

aurait préféré être élue à tout autre destin. Cette femme sera plus heureuse parmi nous que n'importe où ailleurs.

— Si seulement je pouvais en être sûre...

— Il vous suffit de l'observer. Vous verrez...

Quand Skif eut disparu à l'horizon, Talia retourna au Collegium. Se tournant pour partir, Selenay vit son visage. Se croyant seule, elle n'avait érigé aucune barrière. Son expression pensive s'éclaira quand elle vit le Collegium.

Le cœur de Selenay bondit de joie quand elle eut la preuve que Kyril avait raison.

Talia soupira et se tourna vers le Collegium. Elle sentit Rolan toucher délicatement son esprit. Pendant un moment, après le départ de Skif, elle s'était crue abandonnée et solitaire. Mais c'était fini.

Jamais elle ne pourrait être seule tant qu'elle aurait Rolan.

Et Skif n'était pas son seul ami. Il y avait Jeri, partie depuis peu en mission. Mais aussi Sherrill qui était toujours au Collegium. Keren, Devan, la petite Elspeth, Selenay, et même ce cher Griffon... Tous étaient ses amis ; plus que ses amis, sa famille. Sa *véritable* famille, celle de l'esprit. Comme elle l'avait dit à Skif, elle faisait partie intégrante de cette famille, même s'il lui avait fallu du temps pour s'en apercevoir.

Le cœur léger, elle prit la route qui menait au Collegium.

Le chemin de la maison.

Achevé d'imprimer en novembre 2008
Par CPI Brodard & Taupin - La Flèche (France)
N° d'impression : 49470
Dépôt légal : novembre 2008
Imprimé en France
81120051-1